포스

한국 SF 장편소설의 새로운 기준을 세우다

POS

포스

조상현 지음

북스원
BOOKSONE

차례

가까운 미래의 어느 날 처자식을 교통사고로 잃은 한 남자가 민관 합
동 기구인 ATI(사)로부터 뜻밖의 제안을 받는다. 만약에 누군가에 의해
의도된 사건(타이어의 펑크)이 분명할 경우에는 타임머신을 이용해 과거로
되돌아가 범죄자를 검거할 수 있다는 것이다. 그는 원한을 살 만한 인물
이 있었다면 사장인 자기 앞에서 사표를 쓰고 퇴사한 그밖에 없을 거라
고 단정한다. 하지만 심증만 있을 뿐이지 물증은 확보하지를 못한다. 이
에 ATI(사)가 운영 중인 자백 프로젝트 프로그램에 용의선상에 오른 그
를 교묘히 끌어들인다.

프로그램의 핵심 골자는 이렇다. 6,500만 년 전인 백악기 시대로 두
사람을 떨어뜨린다. 그리고 그들이 원래의 자리로 되돌아올 수 있는 기
지에 도착하기 위해선 48시간이란 여정이 소요된다. 이 과정에서 동고동
락을 해가며 자연스레 용의자의 자백을 받아낸다는 것이다. 과연 에아이

펫(AIPET)사의 전 직원이었던 그는 실토를 하고 죄를 뉘우칠 것인가, 아니면 끝까지 자신이 무죄임을 강변할 것인가.

한 사람은 사장이고 반면에 또 한 사람은 직원이었던 이 둘 사이엔 교통사고 사건이 발생하기 전에 대체 회사 내에서 어떠한 일이 있었던 건가. 그것이 무엇이었기에 서로에게 악한 감정만을 가진 채 서로를 떠나야만 했었던 것인가.

지구 상의 최고 포식자인 호모 사피엔스를 대표하는 두 주인공의 삶이 이럴진대 6,500만 년 전의 공룡들은 또한 어떠한 삶을 영위해 나갔을까.

경상남도의 땅을 답사하면 왜 공룡이 그곳에서 자신의 유적을 화석으로 남겼는지가 충분히 이해가 된다. 거대한 몸집의 공룡들이 살기에 적합한 분지를 가졌기 때문이다. 일명 경상분지라 칭한다. 이곳 또한 인간의 삶과 거의 비슷한 일상이 하루하루를 이어가고 있었다. 그리고 먼 훗날 호모 사피엔스가 농사를 짓기에 알맞은 곳이란 걸 인지하였고 그때부터 지금까지 농경을 운영해 오고 있는 터전이었다. 조금만 높은 곳에 올라서면 확 트인 시야에 개울들이 물 소리를 내며 흘러가는 곳이 아니던가. 더욱이 밤이 오면 수많은 별들이 비처럼 쏟아지며 손에 닿을 듯한 곳이지 않는가.

강자인 한 사장은 육식공룡인 티라노사우르스의 포악한 횡포를 목도하며 꽤 만족해한다. 반면에 전 직원이었던 강산혜는 두려움에 떨고 있는 초식공룡들을 관망하며 몹시 불편해한다.

주어진 48시간이 다 되가는데도 끝내 자백을 받아내지 못한 한 사장은 시간여행에서 하나의 오류 점을 발견한다. 그것은 용의자인 강산혜가 이곳 6,500만 년 전에 이미 죽었던 인물이라면 자신의 미래는 어떻게 될 것인가. 그의 입꼬리가 슬쩍 올라가며 묘한 웃음을 짓는다. 하지만 이건 플랜 A일 뿐이었다.

자꾸만 자신의 목을 조여오는 올가미 같은 책략에 강산혜는 어떻게 대처하며 풀어나갈 것인가. 아니면 티렉스의 군림에 속수무책으로 당하기만 하는 저 들판 위의 초식공룡으로 끝내 전락하고 말 것인가. 한편 ATI(사)의 제어 센터에선 둘의 대화 내용을 수시로 도청하며 상황을 쭉 지켜보고 있다. 용의자인 그가 어서 모든 죄를 낱낱이 실토하기만을 바라면서 말이다.

이 SF 소설을 쓰기 위해 경상분지의 답사와 함께 고성 공룡 박물관과 태백 고생대 자연사 박물관을 여러 번 관람했다. 공룡들의 도감은 박물관 내에 전시된 모형과 과학 잡지인 〈뉴톤(Newton)〉을 함께 참고했다.

CUI(character user interface): 그래픽이 아닌 텍스트 화면으로서 컴퓨터의 실행 속도가 빠름.

GUI(graphic user interface): 그래픽 화면으로 실행 속도는 텍스트에 비해 현저히 느림.

IP: MAC

IP: 아이피 주소. MAC(media access control): 랜(LAN) 카드의 물리적 주소임. 위의 내용은 통신 프로토콜인 TCP/IP의 일반 서적 내용임.

에익펫(Aicpet): Artificial intelligence com-pet의 이니셜.

POS: 라틴어와 그리스어로 Power.

POS
포스

POS

1

　달라붙는 짧은 머리에 길쭉한 직사각형의 뿔테 안경을 착용한 남자가 병원 응급실 밖 의자에 상체를 구부린 채 앉아 있다. 푸르스름한 망사형 재킷에 잿빛의 면바지가 어딘지 모르게 구겨져 있다. 기도하듯 두 손을 모아 깍지를 낀 손등에는 약간의 찰과상이 보인다. 그가 고개를 들어 수술실 쪽 방향으로 시선을 돌린다.

　복도 안쪽으로 쭉 들어간 끝에 이르자 강화 유리로 된 슬라이드 문이 닫혀 있고, 한가운데에선 수술 중이란 초록색 문구가 문이 열리는 역 방향 쪽으로 연속하여 지나가고 있다. 그것을 바라보는 그의 두 눈이 검은 뿔테의 직사각형 유리면 안쪽에서 일그러지고 있다.

　바깥쪽 차선에서 1차선 안쪽으로 하얀색의 승용차 한 대가 주황색의 좌측 깜박이를 켜고 사선을 그리며 진입한다. 뒤이어 오는 차량들은 브레이크를 살짝 밟는다. 누군가는 앞을 가로막는 것에 본능적으로 경적을 울려댄다.

5월의 태양은 그 아래의 세상사에는 전혀 무관심하듯이 파란 하늘 위의 중천을 향해 힘껏 솟아오른다. 앞서가는 차 중 하나가 후미 지붕 쪽에서 자그만한 태양 모양의 구를 만들어 그의 시선 쪽으로 빛을 강하게 쏘아댄다. 눈살을 찌푸리며 신경질적인 어투가 무심결에 입 밖으로 튀어나온다. 뒷좌석에서 초등학생인 사내아이와 함께 타고 있던 아내는 조금은 걱정스러움에 남편을 응시한다.

"괜찮아요."

남자는 이런 일은 일상인 듯 금세 웃는 얼굴을 짓는다. 아이와 아내도 덩달아 웃어댄다. 창문을 반쯤 열자 오월의 신선한 바람이 차 안으로 들어온다. 내부의 탁하고 미지근한 공기는 들어오는 바람결과 갈마들며 쏜살같이 밖으로 빠져나간다.

뛰엄뛰엄 앞서가는 차량들은 길쭉한 코너 길을 따라 쭉 꺾어지며 나아간다. 멀리서 천천히 다가오던 가로수들은 차량 앞에 이르자 빠른 속도로 휙휙 지나쳐버린다.

아직은 오월인데도 햇볕을 조금만 길게 쐬면 따스함이 금세 따가움으로 바뀌어버리기에 그는 왼손을 이용해 차창 올림 버튼을 누른다. 하지만 뒤에 앉은 아이와 아내는 좀 아쉬운 듯 "어~" 하며 소리를 내다가 이내 침묵을 한다. 그가 말문을 연다.

"여행 목적지에 도착하면 이건 아무 것도 아니잖아."

그녀는 고개를 끄덕이며 남편의 의사에 수긍을 한다. 느닷없이 파리 한 마리가 날갯짓 소리를 요란하게 내며 그녀의 얼굴 주위를 짜증스럽게 맴돌아 댄다. 한 손으론 귀찮아하며 허공을 휘젓는다. 녀석은 요리저리 얄밉게 피하다가 차창 유리면에 안착을 한다. 그녀는 오른손 손바닥을 펴서 목표물을 향해 정조준을 하다가 문득 하나의 의문이 든다.

"이 녀석은 대체 어디서 온 거지?"

그녀의 두 눈이 파리를 빤히 쳐다본다. 녀석의 날갯짓이 초당 이삼백 번의 파동을 친다고 해도 60km 이상으로 달려대는 차 속으로 뛰어들 수는 없어. 하늘에서 뚝 하고 떨어진 것은 더더욱 아닐 테고. 날벌레를 앞에 두고 상념에 잠긴 엄마의 모습을 이상해하며 아이는 호기심 어린 눈을 떼지 않는다. 가끔씩 웃기도 한다. 남편도 백미러에 반사된 아내의 묘한 표정을 힐끗힐끗 보다가 피씩 웃고 만다. 그녀도 덩달아 웃는다. 그러다 약간 놀란 표정을 짓는다. 혹시 집에서 출발할 때부터 따라온 건 아닐까. 그게 재미있다는 듯이 다시 생각에 잠겨든다.

파리는 따듯한 유리면이 좋은지 전혀 미동도 하지 않는다. 녀석은 차의 후미 쪽에 꼭 붙어 있었다가 적색 신호등에 차가 잠시 멈추고 창문이 열린 틈을 분명히 놓치지 않았을 거야. 그녀는 신호등 앞에만 서면 차창을 살짝 내리곤 하던 남편의 차량 습관을 떠올린다. 이 작은 미물도 자신이 움직여야 할 때를 분명히 알고 있는 거야. 생각이 여기에까지 이르자 그녀의 손이 목표물에서 점점 멀어진다. 놈은 두 앞발을 의기양양하게 연달아 비벼대다가 탁 소리와 동시에 바닥으로 추락한다.

"그래도, 파리는 인간에게 이롭지 않아."

순간 퍽 소리가 나면서 그들이 타고 있는 승용차가 좌측으로 심하게 쏠린다. 아이와 아내는 두 발과 엉덩이에 힘을 주어 마찰력을 높인다. 겨우겨우 중심을 잡으면서 본능적으로 운전석 쪽을 본다. 핸들을 잡고 있는 양 손이 왼쪽으로 기울어져 있는 것이 눈에 잡힌다. 아내가 "핸들을 오른쪽"이란 말이 떨어지기가 무섭게 그가 틀어진 차량을 바로잡아보려 애쓴다. 운전대는 똑바로 잡혔는데 그들을 실은 차량은 좀처럼 무게중심을 잡지 못한다. 운전자는 이유를 몰라 답답해하는데 뒷좌석에선 "어어" 소리가 연달아난다.

검은 뿔테 안의 당황한 눈은 더욱 커진다. 전면 유리 너머로 하얀 보닛이 호를 그리며 노란색 중앙선을 넘어가고 있는 것이다. 그제야 그는 왼쪽 앞바퀴가 터진 것을 직감한다. 역방향에서 내달리는 차량들은 일제히 경적을 울려대며 있는 힘껏 브레이크를 밟아댄다. 중앙선을 완전히 넘어갈 무렵 적갈색 스포티지 한 대가 오른쪽 휠 측면 부위를 겨우 비껴간다. 아찔함이 상상의 충돌로 이어져 온몸의 혈을 타고 흐른다. 그는 두상을 좌우로 여러 번 흔들어댄다. 그래도 상상의 고통이 완전히 가시지는 않은 모양이다.

뒷자리에선 온몸을 위태롭게 유지한 채 전율하며 바깥쪽을 바라본다. 브레이크를 밟았는데도 돌격하듯이 몰려오는 차량들이 그녀의 흔들리는 홍채를 가득 채운다. 게다가 차들은 가까이 올수록 큼직하게만 보인다. 미끄러지는 타이어에선 잿빛 연기가 일며 공기는 날카롭게 찢어진다.

그는 입술을 깨물며 일방적인 충돌을 받아들이기로 한다. 단, 정면이 아닌 측면을. 또 한편으로는 운이 따르길 간절히 바라면서 브레이크와 가속 페달을 번갈아 밟아대며 핸들을 최대한 순방향으로 꺾는다.

차선을 가로지르며 안쪽으로 거의 틀어질 찰나 차체의 앞쪽 모서리의 범퍼를 화물차가 세차게 쳐댄다. 부딪히는 즉시 승용차는 전복되며 몇 번을 굴러가서야 겨우 멈춰 선다. 다행히 뒤집힌 자라 꼴이 되지는 않았지만 충격에 시동은 꺼진 상태다. 강타된 부위는 흉물스럽게 찌부러져 있다. 정신을 차린 그는 본능적으로 백미러를 본다. 아내와 아들이 보이지 않는다. 좌우로 몸을 돌려 더듬듯 뒤를 본다. 이번에는 버스가 후미 쪽을 치고 만다.

수술실 문이 열리고 하얀 가운에 은빛 안경을 쓴 의사가 무거운 발걸음으로 천천히 다가온다. 그의 앞에 이르자 잠시 말을 잊는다. 침묵의 의미가 어두운 그림자가 되어 뇌리로 스며들지만 그는 희망을 버리지 못하며 애써 묻는다.

"살았나요."

"……"

"이곳에 도착했을 땐 이미 두 사람 다 출혈이 과다했어요. 게다가 몸의 상태도 말이 아니었고요. 그래도 최선을 다했지만 두 분을 살리지는 못했어요."

의사의 마지막 말이 마저 전해지자 뿔테 안경 아래로는 눈물이 미끄러지며 흐른다. 한 손으론 가슴을 움켜쥐듯 이리저리 만져댄다. 더 이상의 위로는 무의미하다고 판단을 내린 의사는 그의 슬픔에 연민하며 자리를 뜬다. 졸지에 처자식을 잃은 그는 그의 두 다리에선 순간 힘이 쭉 빠지면서 휘청거리다가 휴게실 의자에 털썩 주저앉고 만다. 상체는 굽어지며 깍지 낀 두 손과 두 다리는 안쪽으로 서서히 오므라든다.

대기실의 한쪽 벽면엔 디지털 시계가 고정되어 있다. 초침은 소리 없이 흐르는 수심처럼 가기만 한다. 가끔씩 알게 모르게 분침이 앞으로 한 발 나아간다. 시침도 몰래 한 걸음 내딛는다. 그런 비밀스런 시간의 움직임이 돌고 돌다가 애달픈 그의 눈길에 들키고 만다.

한참을 응시하다 부심히 가기만 하는 초 바늘처럼 무념을 해보려 애쓴다. 그럴수록 가슴은 더 아파진다. 애써 고개를 돌려 둘러봐도 주위가 자신의 빈 가슴처럼 텅 빈 게 더 에이기만 하다. 그때 바닥을 또각또각 치는 구두 발자국 소리가 길쭉한 대기실의 벽면을 타고 연이어 들려온다. 이상하게도 음향은 마치 아내가 평소처럼 기쁜 얼굴로 다가오는 걸음새의 패턴과 일치한다. 이해가 가지 않는다. 분명 처와 자식은 영안실인 저곳에 안치되어 있는데 말이다. 그는 머릴 좌우로 흔들어댄다.

소리는 귓가에 가까워지며 고막을 더 세게 두드려 댄다. 그의 시선은 불가해의 기대치에 한치의 저항도 없이 끌림을 당한다. 고갤 마저 돌리자 아내가 아닌 한 남자가 자신이 있는 쪽으로 걸음을 활보하며 다가옴에 의아함보다 먼저 실망이 앞선다. 앞에 이르러서야 급한 걸음을 멈춘 사내는 가쁜 숨을 내쉬며 묻는다.

"AIPET사의 사장님이신 한마루가, 되시지요."

한 사장은 대답대신 고개를 끄덕인다. 느닷없는 돌출성 물음에 다소 경계심을 갖고 상대를 위아래로 차근차근 훑어본다.

정수리에서 시작한 머리는 오른쪽 가르마를 탔다. 예리한 눈매는 급히 오느라 흘러내린 검은색 앞 머리카락에 가려 있다. 가끔씩 이는 바람에 앞 모발이 살랑댄다. 날카로운 눈맵시에 비해 언뜻 보이는 훤칠한 이마가 대기실의 형광등 불빛에 밝게 반사된다. 감색 재킷을 걸친 아래로는 청바지를 입었고 앞이 뾰족한 갈색 구두를 신었다. 셔츠는 맨 상위 쪽에서 단추 두 개가 귀찮다는 듯이 헤쳐 풀어져 있다.

직사각형의 안경은 눈살을 찌푸린다. 형사는 그제야 자신이 뭔가 실수를 했다고 인식한다. 눈에 웃음기를 머금고 그가 말문을 연다.

"아, 이거 초면에 인사가 늦었군요. 교통사고 전담반 형사계 반장인 강한신입니다."

병원 내의 카페로 자리를 옮긴 두 남자는 마주보며 앉는다. 잠시 어색한 침묵이 흐른다. 두 개의 머그잔에선 뜨거운 커피의 김이 삼각함수의 값에 따라 파형을 그리며 조용히 허공을 타고 오르고 있다. 먼저 강 형사가 몇 번의 마른기침을 한 후 말문을 연다. 일시에 발포된 공기의 기세에 굽이굽이 길을 타고 오르던 파장들이 살짝 뒤틀리기 시작한다. 그러면서 반원의 한가운데 부위가 제일 먼저 대오의 행렬을 이탈하려고 애쓴다. 형사의 얘기를 들으면서 한 사장은 그 장면에 깊은 호기심을 갖는다.

"혹시, 시간여행에 대해 들어본 적이 있나요."

"······."

한 사장은 어이가 없는지 형사의 질의에 대번 헛기침을 해대며 실소한다. 위태롭게 고불고불 피어오르던 고부랑이들은 이에 방향성을 잃고 허공으로 이리저리 비산한다. 경험이 많은 강 반장은 상대의 조소에 충분히 그럴 수도 있다는 표정을 지으며 느긋이 다음 단계로 넘어간다.

"혹시, 과거로 돌아갈 수만 있다면 지금쯤 차디찬 안치소에 누워있는 아내와 아들을 구할 수도 있는 거 아닌가요."

사장은 애써 무심하려는 채 카페 주위를 둘러보다 말없이 눈을 감는다. 시각이 사라지자 기다렸다는 듯이 귀가 밝아진다. 한쪽 벽에 걸린 시계의 분침이 딱 하고 한 걸음 이동한다. 그러자 애환이 담긴 저마다의 얘기가 여기저기서 그의 귀로 돌진하듯 들어와 고막을 시끄럽게 때려댄다. 두 눈을 크게 뜨며 그가 말한다.

"과거로 가서 잘못된 일을 바로잡을 수만 있다면 지금 이곳은 기쁨의 소리로 넘쳐나야 되는데 영 그렇지 못하는 것 같소. 안 그렇니까?"

반장은 한 사장의 대구에 본의 아닌 날카로운 눈매로 주위를 본다. 한 중년의 여자와 시선이 마주치자 여인은 불쾌한 눈살로 형사의 얼굴을 뚫어져라 쳐다본다. 그는 얼른 안면을 돌려 얘기를 이어간다.

"사장님의 지적이 전적으로 맞습니다. 왜냐하면 이건 비공식적인 취급 업무이기 때문이죠."

비공식적이란 대목에서 직사각형의 안경은 반신반의하며 생각을 해본다. 형사란 사람이 교통사고로 가족을 잃은 이에게 짓궂은 말장난이나 하자고 여기까지 급히 서둘러 온 일은 결코 아닐 것이다.

"그럼, 어디 한번 들어나 봅시다."

강 형사는 주위를 둘러보며 조심스레 입술을 움직인다.

"시간여행을 하면 당신은 사건이 일어나기 전으로 돌아갈 수가 있어요. 단, 지금 일어난 불행이 우연이 아닌 의도적으로 누군가에 의해 꾸며진 소행일 경우에만 해당이 되지요."

"이번 사고에 범행의 흔적이 있다는 건가요." 직사각형의 안경은 좀 전과는 달리 눈을 끄게 뜨며 묻는다.

"확실치는 않습니다만." 형사는 잠시 머뭇거리는가 싶더니 이윽고 자신의 생각을 피력해 나간다.

"어느 정도는 파악을 했겠지만 이번 불상사의 원인은 왼쪽 앞바퀴의 타이어가 급작스레 터져 일어난 것이죠. 사고의 현장과 파손된 차량을 면밀히 조사하다가 약간의 특이한 흔적을 발견을 했지요. 타이어의 왼쪽 측면이 날카로운 모서리와 크게 어긋나며 깊이 찢긴 부위가 사고 전에 이미 떨어져 나갔다는 것이죠. 흠집이 난 상태로 힘차게 달리던 바퀴는 차의 하중과 한낮의 뜨거운 아스팔트와의 마찰열을 끝내 견디지 못한 것 같아요. 게다가 사고는 도시 근교에서 발생한 것으로 미뤄 보면, 참사는 이미 출발 전에 예정된 것이나 다름없었던 것 같아요. 혹여, 원한을 살 만할 일…"

귀여겨듣고 있던 한 사장은 문득 어제 초저녁 사람을 칠 뻔했던 일을 떠올린다.

지하 1층 주차장으로 들어서기 위해선 구부러진 터널을 지나야 한다. 휘어진 곡선을 따라 조심스레 핸들을 꺾으며 나아가는데 급작스레 검은 물체 하나가 돌출한다. 그는 본능적으로 운전대를 왼쪽으로 틀며 급히 브레이크를 밟았다. 차는 일순간 틀어지며 멈춰 섰다. 두려움과 짜증이 갈마들면서 양미간은 심하게 일그러진다. 전방을 주시하고서야 오히려 당혹스러워한다. 돌출변수가 양손을 쭉 뻗은 채 차대 앞쪽을 막고 서 있는 게 아닌가. 본인도 의식하지 못한 말투가 입 밖으로 툭 튀어나온다. 저 새낀, 뭐야.

실눈을 뜨고 돌출자의 인상착의를 인지하려 애쓴다. 뒤집어쓴 두건 때문인지 얼굴이 보일 듯 말 듯하다. 거기에 터널 내의 빛은 어스레하다.

후드 맨은 검지 손가락으로 몹시 찡그린 운전자를 향해 삿대질을 해대며 지껄이다가 이내 오던 길 반대쪽으로 씩씩대며 나아간다. 하도 어이가 없어 운전대를 잡은 채 멀어져 가는 녀석의 뒷골만을 바라보는데 누군가의 뒤통수가 번뜩였다. 저건, 강산혜 아냐. 헌데 녀석은 내게 사표를 던지고 나간 놈팡이잖아.

한 사장은 즉시 가속 페달을 밟아 그의 뒤를 쫓는다. 주변을 도리반거리며 엘리베이터 쪽으로 향한다. 두건을 쓴 인적이 눈에 좀처럼 뜨이가 않는다. 저만치서 엘리베이터의 출입문이 닫히며 깜박대는 화살촉이 지상 1층을 향해 날아오르는 게 보일 뿐이다.

"뭐가 집히는 구석이라도 있나요?"

형사는 예리한 눈매로 사장을 주시한다. 직사각형의 안경은 그 물음을 기다리기라도 하였다는 듯이 즉시 대꾸한다.

"짐작 가는 이가 있어요. 아니 녀석이죠."

"추측만으론 안 됩니다."

"정황이 충분히 의도적이면 되지 않나요."

형사는 예리한 눈에 힘을 주며 단호한 어조로 말의 어폐를 바로잡는다.

"의도적 정황이 아니라 의도적인 사건이라 했습니다. 그러므로 반드시 입증할 수 있는 물증이 수반돼야 합니다."

좀 전에 형사와의 눈싸움에서 과감히 승리한 중년의 여성은 마주 앉은 친구와 담소를 나누며 이따금씩 둘을 번갈아 본다.

한 사장은 증거주의에 자신감을 갖는 듯 주먹을 불끈 쥔다. 생각해 보니 지하 주차장에는 CCTV가 설치돼 있고 녀석과 충돌할 뻔했던 지점엔 분명히 이 사건을 해결할 수 있는 실마리가 존재할 것이다. 여기서 더 이상 머물 이유가 없다.

그가 급히 일어서려 하자 형사가 잠시 만류한다. 그리고 감색의 재킷 안주머니에서 뭔가를 꺼내 건넨다. 명함이었다. 사장은 이유를 모르겠다는 듯 형사를 빤히 쳐다본다. 일단 눈여겨보란 말에 엄지와 집게 사이에 쥐고 있는 명편을 눈 가까이로 가져간다.

거기엔 이런 문구가 적혀 있다. 〈당신의 걱정거리는 미래가 아니라 과거입니다〉. 알쏭달쏭한 문구에 저도 모르게 픽 웃으며 바투 머리를 끄덕인다. 뒤이어 회사 상호명이 보인다. 한 번 소리 내어 읽는다. 〈Antemporit Corp〉. 영어사전엔 없는 단어란 감이 오는 모양이다. 잠시 머뭇거리더니 접두사 An-을 〈선조〉란 Ancestor로 어림잡는다. 접미사 -it는 영어의 to go로 해석한다. 그러자 그의 뇌리 속에서 다음과 같은 하나의 문장이 만들어진다. 〈당신의 시간(tempor)를 과거로 되돌려 주는 회사〉. 한 사장은 직사각형의 안경알 너머로 형사의 얼굴을 넌지시 본다.

맨 아래에는 회사의 실무 대표명과 함께 전화번호와 주소가 새겨져 있다. 그는 대표자의 이름인 이유를 무의식적으로 되뇐다.

우측 상단에는 회사의 로고가 인쇄되어 있다. 360도의 원 안에는 정삼각형이 자리하고 또 그 안에는 역정삼각형이 위치한다. 그런 식으로 역정삼각형은 번갈아 가며 전 것보다 크기를 줄여 원 안의 중심쪽으로 끊임없이 나아간다. 직사각형의 안경은 그것에 무척이나 흥미를 느끼며 마지막 삼각형까지 추적해보려 애쓴다. 한참을 가다가 돋보기의 필요성이 절실해진다. 형사는 가벼이 주먹 쥔 오른손을 입가에 대며 단속적으로 헛기침을 해댄다. 한 사장은 명함지에 바짝 대고 있던 안면을 그제야 든다. 손으론 콧등 밑으로 흘러내린 안경을 바로잡는다.

"증거를 확보하면 그리로 가야 합니다."

형사의 그리로란 말에 건성으로 지나쳤던 명함 속의 주소를 꼼꼼히 본다. 〈Ai-로 Ai역 i출구 방향으로 100m 이내의 ATI 건물〉. 건물의 이름 부분에서 그는 미처 보지 못한 게 있는지 로고의 그림을 얼른 자세히 들여다본다. 회사명의 머리 글자 ATI가 원과 삼각형의 각 뿔이 만나는 접점 내에 각각 하나씩 써있는 것을 발견한다.

"어, 이 로고 괜찮은데. 게다가 Ai-로엔 내 회사인 AIPET도 있잖아."

"먼저 그곳의 실무 대표인 이유 분을 만나세요. 그래야 타임머신을 이용할 수 있는 사전 절차가 마무리됩니다. 그리고 증거가 확보되면 바로 저와 함께 과거로 되돌아가 범인을 체포할 수 있습니다."

카페를 나서는 두 남자를 중년여성은 얘기하다 말고 물끄러미 응시한다. 그러면서 자꾸만 기억을 더듬는다. 두 사람의 대화 속에서 들은 타임머신을 자신이 꼭 이용해본 것만 같기 때문이다. 하지만 느낌은 오는데 당최 기억은 나질 않는 모양이다. 그녀는 머릴 좌우로 짧고 빠르게 잇달아 흔들어댄다. 마주 앉은 친구가 호호호 웃으며 말한다.

"너 오늘 이상해."

형사는 주차상으로 가고 그는 병원 밖으로 강화 유리문을 힘껏 밀고 나간다. 순간 5월 중순의 신선한 공기가 그의 기도를 타고 폐장의 허파꽈리까지 시원하게 도달한다. 저절로 가슴이 펴진다. 사위를 둘러본다. 그는 자신이 있는 곳이 다름 아닌 Ai-로 인 것을 바로 인식한다. 저만치서 Ai-로 구역만 운행하는 지상 열차가 사람을 그득 실은 채 그가 서있는 방향으로 힘차게 다가오더니 쌩하고 지나친다. 달라붙은 그의 짧은 머리가 일순간 쭈뼛한다.

정거장 앞에 서서 역 노선도를 보며 Ai역명을 찾는다. 그의 눈에 제일 먼저 붉은색 바탕에 〈Here〉란 단어가 들어온다. 그 밑으로 병원명의 역명인 H가 보인다. H였군. 열차가 가는 방향으로 길쭉한 직사각형의 안경테가 움직이다 멎는다. 바로 다음 다음 역인 것이다. 한순간 생각이 인다. 근거리니까 걸어갈까 아니면 막 다가오는 캡슐형 열차를 탈까. 한시가 급한 마음은 이에 제동을 걸며 질문 자체를 물리친다.

열차가 들어오며 공기를 가르는 소리가 쉬-하며 잦아든다. 시시각각 갈라지는 바람결은 승객들의 옷자락과 머리카락을 타면서 이리저리 날린다.

역 정류장에서부터 뒤통수가 근질거렸지만 겨를 없이 열차에 올라탔다. 이젠 뒷자리에 앉은 누군가가 자신의 뒷골을 뚫어져라 쳐다보는 것만 같아 직사각형의 안경은 창가로 고개를 쓱 돌린다.

열차는 황색의 중앙선을 가까이하며 힘차게 돌진한다. 역 방향의 선로와 인접한 차량들이 씽씽 지나간다. 유리면엔 단발머리를 한 여인의 측면 초상이 반쯤 사라진 빛으로 그려진다. 전진하는 열차는 단속적으로 덜커덩거리며 유선형 창문을 흔든다. 여자의 상이 널컥 아내의 얼굴로 바뀐다. 한 사장은 가슴이 미어져 오며 안면은 일그러진다. 그 반영이 엄마의 곁에서 사고로 고통에 힘겨워하는 아들의 몰골로 변한다. 차마 눈을 감아버린다. 사라지는 잔영들이 번갈아들며 그의 이름을 불러댄다. 한, 한, 한, 한….

"거기 한마루 아니니."

그는 황거히 눈을 뜨며 소리가 들리는 쪽으로 흉부를 돌린다. 비스듬히 보이는 눈가엔 검은 점들이 모여 형성된 화살 하나가 핑 하고 날아온다. 머츰한다. 단발머리의 여인은 상체가 반쯤 돈 한 사장의 생김새를 유심히 들여다본다.

"맞네. 짝 달라붙은 머리에 직사각형의 안경. 학교 때나 지금이나 전혀 변한 게 없네. 나, 나야. 이유 몰라. 너의 첫 번째…."

그는 자기 앞에서 우연한 만남의 기쁨에 홍조를 띤 채 거듭 확인하며 물어보는 여자의 용모를 눈여겨보며 옛 여인의 화상을 떠올린다. 기연가미연가해한다. 약 20여 년 전 과거의 모습과 지금의 이미지가 잘 매치되지 않는 모양이다. 고개를 갸우뚱한다. 여자는 자신을 바로 알아채지 못한 옛 남자 친구에게 이맛살을 지으며 자신의 왼쪽 뺨을 증표라도 된 듯 들이민다. 볼 한가운데선 몇 개의 검은 점들이 여름철 밤하늘의 별자리 중 하나인 돌고래로 변신해 그녀의 홍조 띤 허연 바다 위로 막 튀어오른다.

돌연 한 사장의 얼굴은 놀란 표정을 지으며 안경알 너머의 동공은 거꾸로 보는 망원경의 오목렌즈처럼 쭉 멀어진다. 뇌의 변두리로 밀려나 잊혀졌던 옛 사랑의 파편 기억들은 여기저기서 이음의 꼬리표를 달고 작고 예민해진 눈동자 속으로 신속히 몰려든다. 영사기의 빛 바랜 필름이 스르르 돌아간다.

둘은 같은 대학교 컴퓨터 시스템 공학과에서 함께 공부하는 1학년 학생이었다. 돌핀은 평범한 남자보단 조금이라도 개성 있는 남학생을 자신의 파트너로 늘 생각하고 있었다. 짝 달라붙는 머리에 딱 맞는 직사각형의 뿔테 안경을 착용한 한마루가 그런 면에서는 안성맞춤이라고 여겨졌다. 반면에 그는 단발머리를 하고 우유빛 피부를 가진 얼굴에 항상 웃음기 있는 그녀가 좋았다.

둘은 남들의 시선이 따갑게 질투할 정도로 늘 붙어 다녔다. 바람이 불면 바람 속을 함께 거닐었고 뜨거운 태양 아래선 서로에게 시원한 그늘이 되려 애썼다. 낙엽이 떨어지면 낙엽 속으로 숨었고 눈이 내리면 내리는 눈 속으로 둘은 사라져버렸다. 그런 사랑의 계절이 졸업 학기 때부터 소원해지기 시작했다.

눈치 빠른 과의 친구들 사이에선 이상한 얘기들이 소곤댔다. 그 중 철학적인 친구는 이렇게 읊어댔다. 저 두 사람이 정작 숨은 곳은 내리는 눈 속이 아니라 처음 만날 때부터 카운트다운이 시작된 사랑의 유효기간이었지. 그 정도면 꽤 오래간 거 아냐. 그러고 보면 사랑도 시행착오야. 돌핀답게 그녀는 그것을 부정하지 않았다. 그러나 이게 우리 관계의 끝은 아니라는 것쯤은 알았다.

학기말 시험과 바쁜 취업 준비는 남자에게 조금 더 멀어질 수 있는 명분 거리를 주었다. 사실 그는 자신의 마음이 도대체 왜 이러는지 헷갈려 했다.

졸업과 동시에 남자는 G기업의 전산실 신입사원으로 입사했다. 그곳은 응용 프로그램 개발부로 출근 시간은 있어도 퇴근 시간이 없는 세계였다. 그런데도 이상하게 그는 그것을 싫어하는 게 아니라 오히려 은근히 즐기고 있는 거였다. 프로젝트의 개발이란 일도 좋아했지만 사실 돌핀에게서 만나자는 전화가 오면 이것보다 좋은 핑곗거리가 없었다. 그는 의아해한다. 사랑이 변해도 이렇게까지 변할 수 있는 건가. 그러면서 스스로를 자문해본다. 그러다가 피씩 웃기까지 한다.

때때로 모니터 너머로 누군가의 시선을 느끼곤 해 한마루는 종종 그곳으로 눈길을 돌리곤 했다. 함께 입사한 여직원은 하얀 블라우스 차림에 어깨쯤에서 곱실거리는 머리채를 가졌다. 그녀는 프로그램을 짜다가 논리적인 에러가 발생하면 그와 함께 논의해 가며 해결하는 것에 무척 즐거움을 느꼈다. 어느 땐 컴파일러시 발생하는 문법 에러에도 싱글싱글 웃으며 자문을 구했다. 남자는 그 기회를 놓치지 않고 덥석 물었다. 게다가 들리는 소문에 의하면 여자는 어떤 재력가의 딸이란 소문이 돌기도 했다. 한마루는 자신이 그녀보단 그녀가 가지고 있는 돈의 힘에 의해 끌려가는 느낌이 들었다. 하지만 그는 애써 고개를 저으며 속으로 말했다. 또 다른 사랑이 온 것뿐이야.

돌핀과 한마루가 다시 우연히 마주친 곳은 극장 매표소였다. 홀로 영화를 보러 온 그녀는 표를 구매하기 위해 자동 발매기를 찾다가 너무나 익숙한 바투 머리를 발견하고 그 앞에 얼른 다가섰다. 그였다. 반가우면서도 가슴이 에이었다. 나오려는 눈물을 애써 억누르며 그녀가 먼저 말문을 열었다. 왜 날 피하는 거야. 우리 아직 끝난 거 아니잖아. 남자는 움찔하며 입술을 굳게 다물었다. 그러면서 손에 들고 있던 극장 관람권 두 장을 슬그머니 뒤로 빼는 것이었다. 그것이 그녀의 눈에 포착되었다. 순간 다리가 휘청거렸다. 하지만 여자는 약한 모습을 비치고 싶지 않았다. 빠르게 중심을 잡으며 허리를 곧추세웠다. 그때 새로운 애인이 다가와 한마루의 옆에 섰다. 표 뽑았어. 불안한 낌새를 느낀 연인은 남자에게 더 바싹 다가가 팔짱을 끼었다. 돌핀은 그런 그녀를 한참이나 주시했다. 그러다 문득 한 가지 슬픈 깨달음이 뇌리에 일었다. 눈앞에 있는 여인은 다른 이가 아니라 바로 자기 자신이라는 걸. 오래 전 온통 사랑에 빠졌던 자신을 본 것이었다. 그녀는 결국 슬픈 이의 등을 보이며 둘에게서 점점 멀어져 갔다.

"미안…해."

"급한 일이라, 이번 역에서 내려야 해."

다음에 하차할 역은 Ai역이란 안내 방송이 통로 출입문 벽면에 설치된 스피커에서 거듭 송출되고 있었다.

"아, 나도 이번 역이야."

가도의 가로수가에서 온 생을 보내고 있는 플라타너스 나무 아래로 들어선 둘은 잠시 머문다. 바람이 일 때마다 바람은 보이지 않은 자신의 형상을 보이려는 듯 신록이 달린 가지들을 무리지어 이리저리 흔들어댄다. 그 아래에선 옛 여인의 단발머리가 시원한 바람의 손길에 온전히 맡겨진다. 뭔가를 말하려 입술을 열려는데 한마루는 푸르스름한 망사 재킷 안주머니에서 형사에게서 건네 받은 명함을 즉시 꺼내서 본다. 그 모습이 그녀의 날리는 모발 사이로 들어온다. 명함지 내의 로고를 보고선 싱긋 웃는다.

남자는 i방향 쪽에 서서 가려는 곳을 찾기 위해 여념 없이 주변을 두리번거린다. 높이 솟은 직방체 건물들의 즐비함에 난감한 표정을 짓는다. 그런 그를 보며 그녀가 산뜻 말을 던진다.

"어, 이젠 내 이름도 잊어버렸네."

한마루는 어리둥절한 상태에서 그녀의 말을 농으로 듣고 적이 짜증스러워 한다.

"나, 빨리 가봐야 해."

그녀는 적잖게 눈치 없는 그를 나무라는 듯 바라본다.

"명편 안의 이름을 보라고."

그제야 한마루는 ATI(사)의 실무 대표인 이유가 옛 여인의 이름인 것을 알아차린다. 서서히 너스레 웃음을 짓는다.

"나를 방문한다는 건 결코 좋은 일이 아닐텐…데."

한마루는 말이 끝나기 무섭게 자신의 속사정을 작심한 듯 입 밖으로 내어낸다. 한참을 듣고 있던 그녀는 아내와 아이의 죽음에 이르는 부분에선 연민을 느끼며 안쓰러운 표정이 지어진다. 얘기는 안타까움과 아픔에 이따금씩 머뭇대다 다시 이어지기를 반복한다. 바람도 머츰하다 다시 불어대며 잎새를 흔들어댄다. 행인들은 진지함에 더해 심각해 보이기까지 한 둘을 힐끗 쳐다보며 가기 일쑤다. 콘크리트 바닥에선 그 동안 흘러내린 사연이 저장되듯 대화의 길이만큼 플라타너스의 나무 그림자가 내내 길어졌다.

따가운 햇살이 두 사람의 얼굴로 곧장 내리쬔다. 그녀는 인상을 찡그리며 나무의 그림자 쪽으로 자리를 옮긴다. 그도 흔쾌히 따라간다.

돌핀은 검지를 들어 ATI(사) 입구를 향하고 있는 푯말을 가리킨다. 한 사장은 흘러내린 안경을 바로잡으며 눈을 오므린다. 어귀에 세워진 이정표들이 들어온다. 조금 더 주위를 집중하자 갈색 바탕에 하얀 고딕체로 쓰여진 회사명이 잡힌다.

"보이지?"

고개를 돌려 그를 본다.

"그 길로 곧장 들어서면 회사 로고가 새겨진 비석이 바로 보일 거야."

한마루는 고개를 끄덕인다.

"증거를 확보해 이리 가져오면 돼. 내가 회사에 들어서면 이미 강 형사한테선 연락이 와 있을 거야. 우리 기업은 공공기관과 서로 상호보완 관계에 있거든. 더욱이 너에 대한 신원은 우리 쪽에서 이젠 확인이 됐으니까 얼른 사고 현장에 가보는 게 낫겠지."

이 말을 끝으로 돌핀은 옛 남자친구를 뒤로 한 채 회사를 향해 걸음을 옮긴다. 그런데 이상하게도 그에게서 멀어질 때마다 다리에 힘이 쭉쭉 빠지는 게다. 오래전 아픈 기억 때문일까. 아니야, 그럴 리가 없어. 이해할 수 없다는 듯 고개를 가로젓는다. 뒤에서 배웅하는 녀석에게 행여나 절룩거리는 모양새가 순간이라도 포착될까 봐 내심 불안해하며 한마디 어구를 속으로 내뱉는다. 이젠, 20년도 더 된 일이잖아.

POS

2

한 사장은 엘리베이터에서 내려 지하 주차장으로 곧장 들어선다. 이리저리 둘러보며 지하터널로 통하는 입구를 찾는다. 늘 다니는 길이 지만 마음이 급할 땐 엇비슷한 색깔과 공간 구조물이 방향 감각에 장애를 일으키기 일쑤였다. 오늘도 그런 느낌이 드는지 일단 자리에 선채 호흡을 길게 밖으로 내쉬며 차분함을 되찾으려는데, 느닷없이 터널 출구에서 차량 한 대가 쏜살같이 튀어나와 그가 서 있는 방향으로 돌진한다. 그는 숨가쁘게 옆으로 비켜선다. 멀어지는 난폭 운전자를 향해 한 바가지 욕지거리가 턱밑까지 차오른다. 그걸 애써 억누른다. 그런 후 어스름한 통로로 긴박한 발걸음을 재우친다.

또각또각 안으로 들어서자 내리막 커브길이 보인다. 조금 더 올라서자 어제 초저녁 교통사고가 일 뻔했던 현장이 한눈에 확 들어온다.

눈을 가늘게 뜨며 한쪽 손으론 안경테를 바로 세워 집중력을 높인다. 곡면 턱에 바퀴가 할퀴고 지나간 타이어색 자국이 생생히 남아있다. 더욱이 콘크리트 턱 면은 길쭉한 V자형으로 파손돼 있는 것이다.

고개를 숙여 더 가까이 접근한다. 그때 주황색 전조등이 굽은 상체를 환하게 밝히며 경적을 울린다. 깜작 놀란 그는 벽면으로 몸을 바싹 붙인다. 경차 운전자는 차창 문을 내리고 조심스레 그를 비켜가며 떨떠름한 표정을 짓는다. 한 사장은 괜찮다는 듯이 너스레 웃는다. 멀어지는 차량 뒤로 식식거리는 운전자의 말투가 배기가스와 함께 밀려온다.

"오늘은 미친놈들이 아예 길에 깔렸구먼."

직사각형의 안경은 터벅터벅 걸으며 생각 속으로 들어간다. 형사가 사고의 원인으로 제시했던 단서를 머릿속으로 만지작거린다. 여행 운전 중 왼쪽 타이어가 열 팽창을 이기지 못하고 터진 건 지하 터널 내 급정거시 V자형으로 깊이 파손된 곡면 턱에 타이어의 측면이 찰과상처럼 긁히며 홈이 파였기 때문이야. 따지고 보면 이곳에서 차량을 급히 세운건 내가 아니라 두건을 쓴 돌출변수였어. 안면이 깊이 들어간 후드를 뒤집어썼지만 뒷모습은 분명 강산혜였어. 녀석을 생각하면 아직도 잠을 설쳐. 한 사장은 고개를 절레절레 흔든다.

사장인 내게 앙심을 품고 얼마나 대들었던가. 사표를 제출했기에 그걸로 우리의 악감정은 영 끝인 줄 알았는데. 처음 입사했을 때에 첫인상이 너무 좋아서 간혹 둘만이 사무실 공간에 남았을 때는 해마다 가는 가족 여행까지 얘기가 나갔었지. 녀석이 빙글 웃으며 요번엔 언제 가냐고 묻길래 무심결에 5월 중순이라고 말했었지. 직사각형의 안경은 괴로이 눈살을 찌푸린다. 아랫것과는 언제나 거리를 뒀었어야 했는데. 그는 엘리베이터 출입문 앞에 서서 지상 화살표 버튼을 누른다. 이제 남은 건 CCTV로 녀석을 확인하기만 하면 돼.

한 사장은 노크도 없이 아파트 경비실로 다짜고짜 들어선다. 근무 중이던 경비원은 마뜩찮은 얼굴빛을 애써 감추며 챙이 긴 경비원 모자를 바로 쓰며 묻는다.

"무슨 일이죠."

그는 거두절미하고 바로 말한다.

"CCTV 좀 봅시다."

경비원은 난색을 표하며 주름 짙은 눈매로 낯선 방문자를 탐색한다.

"보아하니 점잖은 양반 같으신데, CCTV를 아무에게나 보여주는 건 아니죠."

한 사장은 경비원을 위에서부터 아래로 쭉 훑어본다. 왼쪽 흉부에 명찰이 보인다. 이름엔 관심이 없지만 잠시 시선을 고정한다. 그러자 그가 방어적으로 몸을 움츠린다. 가냘픈 웃음 기색을 보이며 옆 가슴으로 눈알을 돌린다. 안전 요원의 영문 이니셜인 SAT가 감색 유니폼 바탕에 하얀색 그래픽체로 수놓아져 있다. 조금 더 눈을 내리간다. 허리춤에서 검정색 구두를 신은 두 다리가 삐딱하게 선 채 그를 향하고 있다. 게다가 단속적으로 한쪽 다리를 떨어댄다. 직사각형의 안경은 자신이 좀 지나쳤다는 걸 느꼈는지 바로 분위기를 바꾼다.

"오늘 교통사고로, 처자식을 잃었어요."

죽음이란 슬픔 앞에 경비원은 모자의 챙 아래 가려진 굵고 경직된 눈가의 주름을 다소 누그러뜨린다.

"이 아파트에 거주하나요?"

한 사장은 재킷 안주머니에서 신분증을 꺼내 건넨다. 아파트 주민임을 확인한 안전요원은 CCTV용 화면이 있는 쪽으로 자릴 옮긴다. 큼직한 모니터 내에 격자 무늬의 화면들이 실시간으로 현장의 모습들을 일일이 비추고 있다.

"어딜 볼 거죠."

"지하 1층 주차장과 엘리베이터만 보면 될 것 같아요."

마우스를 움직여 5번 액자 화면을 선택하자 화상들이 사라지며 매뉴얼 이미지가 뜬다. 주름 짙은 눈매를 두리번거리며 시간 선택 막대를 클릭한다. 약 1년치의 시간대가 옆에서 지켜보던 그의 시야에 확 들어온다.

"언제죠?"

얼굴이 사르르 펴지며 기분 좋게 대답한다.

"어제 저녁 18:30~19:30분경인 것 같아요."

주름 많은 손놀림이 마우스의 화살표로 시간 조절 막대를 선택한 후 왼쪽 버튼을 누른 채 5월을 향해 끌듯이 나아간다. 1월, 2월, 3월, 4월을 속히 지나며 5월로 막 들어선다. 달을 클릭하자 '식' 하는 효과음을 내며 요일들로 세분화된다. 금요일로 마우스 화살표를 가져가자 시간은 이제 24시의 선택 모드로 바뀐다. 연속해 변하는 화면의 현란

한 빛이 두 사람의 동공을 부신다. 안전요원은 모자 챙 아래의 눈을 깜박거리며 그가 말한 시간 지점을 선택하자 메뉴 선택 화면이 사라지며 어제의 동영상이 바로 실시간처럼 움직인다.

"교통사고라고 했는데, 이 기록물과 무슨 상관이죠."

"사고가 아니라 사건입니다. 그리고 이 동영상 안에 의심이 가는 용의자가 있는 것 같아요."

그는 사건이란 말에 더 이상 캐묻지 않고 직접 원하는 이미지를 찾아보라며 기꺼이 자릴 내준다. 직사각형의 안경은 모니터 앞으로 바싹 다가가 지하 1층 주차장 내에서 후드를 쓴 이미지가 나타나기만을 기다린다. 한참을 보다가 화면이 너무 느린 게 답답했는지 플레이 버튼 가까이에 있는 3배속 기능을 힘주어 누른다. 왼쪽 눈가가 찡긋한다. 화면은 일시에 빨라진다. 동시에 그의 눈썰미는 긴장을 놓지 못한 채 주시한다. 근거리에 있던 안전요원이 이를 지켜보며 한마디 말을 놓는다.

"컴퓨터를 잘 다루시네요."

그의 상투적인 언사가 막 끝나기 무섭게 그가 외마디 소릴 낸다.

"여기- 네."

즉시 정지 버튼을 누른다. 잿빛의 후드를 뒤집어 쓴 채 청바지 차림에 하얀 운동화를 신고 터널 쪽으로 씩씩하게 향하는 한 남자의 모습이 정지 화면에 딱 붙들렸다. 하지만 얼굴 인식은 두건 때문인지 정확한 확인이 불가능했다. 한 사장은 실망감에 다시 3배속 플레이 버튼을 누르며 그의 안면이 식별될 지점이 나올 때까지 주의를 기울인다.

"해상도가 뛰어나 두건만 벗으면 얼굴을 알아보는 데엔 별 어려움이 없을 거에요."

하지만 마지막 프레임이 다가올 때까지 간간이 일시 정지된 화면 속의 인물은 두건을 한 번도 벗지 않았다. 직사각형의 안경은 답답해하며 한숨을 길게 내쉰다.

"하, 녀석이 확실한데."

가까이서 상황을 지켜보던 주름 깊은 눈은 챙을 만지작거리며 한마디 던진다.

"엘리베이터 안도 봐야지."

지하 1층 통로에만 골똘한 나머지 그만 엘리베이터의 내부를 깜박한 것에 거무스름한 얼굴빛이 붉어진다. "아, 오늘 왜 이러는 거야." 다시 호흡을 가다듬으며 좀 전에 경비원의 능숙한 손놀림을 기억해내어 바로 옆에 나란히 위치한 6번 화면을 선택해 신속히 엘리베이터의 내부 화상을 띄운다. 그리고 바로 3배속 플레이 버튼을 힘차게 클릭한다. "이젠 됐겠지." 모자 챙 아래의 주름진 얼굴이 기분 좋게 웃어준다.

초당 여러 장의 프레임이 눈 깜짝할 사이 지나간다. 그의 눈매는 결코 한 곳도 놓치지 않고 예의주시한다. 하지만 두건을 쓴 남자는 마지막까지 한 장면도 나타나지 않는다.

그가 느닷없이 벌떡 일어서며 의자를 박찬다. 경비원은 깜짝 놀라며 주름 깊은 눈으로 상대를 엄히 노려본다. 그는 짧은 호흡을 빈번히 내쉬며 침착하려 애쓴다. 지나는 아파트 거주민들은 무슨 일이 난 것은 아닌가 하며 경비실 내부를 들여다보며 가기 일쑤다.

"아무리 그래도 폭력적인 행동은 삼가해야 되는 거 아니에요."

"미안합니다. 오늘 너무나 안 좋은 일만 일어나서 그런 거 같아요. 이해해주세요."

그는 고개를 살짝 숙인다.

"후드 착용의 남자는 아무래도 비상문을 이용한 게 틀림없는 것 같아요."

"그곳을 봐야겠어요."

"그 문은 외부에선 열리지 않아요. 내부에서만 밀고 나갈 수 있게 설계되었어요. 화재 시 엘리베이터를 이용할 수 없는 이용자들을 위해 비상용으로 만들어놓은 거죠. 그리고 그곳엔 아쉽게도 아직 CCTV가 설치되어 있지 않아요. 당신에게 정확히 어떤 일이 있었는지는 모르지만, 내가 도울 수 있는 건 딱 여기까지인가 보네요."

경비원의 단호한 언급에 그는 난처한 기색을 짓는다.

경비실 밖으로 나온 그는 녀석이 나간 곳이라 여긴 1층 비상문 앞에 서서 손잡이를 잡고 재차 힘껏 당겨보지만 출입문은 열리기를 완강히 거부한다. 안에서 당기면 바로 열린다고 했지. 이곳 아파트에 살면서도 이런 기능의 문이 있었다는 걸 알지 못했다는 게 새삼 부끄러워지는 모양이다. 그가 고개를 떨군다. 사실 이곳을 지날 때면 매번 보던 철문이었는데.

길쭉한 통로를 사이에 두고 양쪽으로 상가가 진열되어 있다. 한가운데쯤 그가 방금 나온 경비실이 자리한다. 챙이 긴 안전모를 쓴 경비가 CCTV용 모니터 앞에 앉아 관리자로서 아파트 전체를 감시하고 있는 모습이 유리면을 통과하고 있다. 가끔씩 어이없이 허탈한 웃음을 짓는다. 아마도 그건 좀 전의 자신의 일 때문이라고 한 사장은 추측한다. 쏩쓸한 웃음을 지으며 속으로 한마디 내뱉는다. 날 재수없는 놈이라 실컷 욕하고 있겠지.

그는 조금 더 주의를 기울여 주변을 관찰한다. 지나는 이들 중에는 그런 그가 좀 묘하게 느껴지는지 힐끗 쳐다보며 간다. 개의치 않는다. 예전엔 별 관심도 없었던 CCTV용 감시의 눈이 하나 둘씩 시야에 들어온다. 그런데 모든 카메라가 녀석과는 거리가 멀게 느껴지는 위치에 설치되어 있는 걸 곧 알게 된다.

오른쪽 이맛살을 손가락으로 자꾸만 눌러댄다. 머리가 오른쪽으로 기운다. 그러나 문득 머릴 바로 세운다. 예전에 녀석과 나누었던 내화가 떠오른 것이다. 모니터 화면 속의 인사 기록부를 보던 사장이 빙그레 웃으며 말한다.

"어, 우리 동네와 그리 멀지 않은 곳에 사네."

신입직원은 그걸 이미 파악하고 있었던 것처럼 웃는다.

"그러게 말이에요."

"걸어가면 한 20~30분 정도 걸릴 걸요."

"어쨌거나 가까우니까 좋네."

처음엔 이런 사이였는데. 어쩌다 우린 이 지경까지 온 걸까. 그는 스스로를 자문해보지만 답이 딱 구해지지가 않는가 보다. 머릴 좌우로 자꾸만 흔든다. 지금 중요…한 건 이게 아니…야.

녀석은 이곳에서 집으로 곧장 간 게 분명해. 그리고 자신의 범행을 완전 은폐하기 위해선 절대로 두건을 벗지 않았을 거야. 혹여 지인이라도 만날 수 있는 거잖아.

CCTV가 있는 곳도 미리 파악해 두었다가 어디로 가면 감시 카메라에 잡히지 않는지도 훤히 꿰뚫고 있었을 거야. 그래야지 자신의 동선이 파악되는 걸 숨길 수 있다고 판단을 내린 거지. 아무리 안면을 가려도 집까지 자신의 이동 노선을 감추지 못한다면 두건은 아무 소용이 없는 거잖아. 그러고 보면 녀석은 내게 대들 때도 꽤 용의주도했었어. 아주 교활한 놈이었지. 그때를 생각하면 지금도 맘이 너무 아파. 가슴에 한쪽 손이 무의식적으로 다가가 앙가슴을 여러 번 문지른다. 그러면서 두 눈은 심히 일그러진다. 확실하게 자근자근 밟아주었어야 했어. 그러지 못한 게 마냥 애석할 뿐이야.

아! 이젠 어디로 가야 하지. 타임머신을 타고 과거로 가서 모든 걸 원래대로 되돌릴 수 있는 증거 확보는 물 건너 갔잖아. 그는 강 형사에게 전화를 해서 도움을 청하는 게 이로울 것이라 여기며 안주머니에서 그에게 건네 받은 명함을 꺼낸다. 하지만 그건 그의 것이 아니라는 걸 새삼 깨닫는다. 이런 바보 같으니. 이건 ATI(사)의 실무 대표 전화번호잖아.

"아, 아니지."

한 사장은 고개를 절레절레 흔들며 옛 연인인 이유가 한 말을 떠올린다. "우리 민간 기업인 ATI(사)는 공공기관과 상호 협력 관계에 있어." 이어서, 강 형사가 근무하는 곳은 어쩌면 동 건물이 아닐까 하고 안경알 안의 눈을 지그시 감다가 이내 눈을 뜨며 흔쾌히 웃는다. 내

느낌은 틀린 적이 거의 없었지.

그는 바지 주머니에서 곧바로 휴대전화를 꺼내 들어 옛 연인에게 전화를 건다. 신호음이 떨어지기 무섭게 딸깍 소리와 함께 ATI(사) 안내 센터란 낭랑한 여성의 음성이 들려온다. 기대했던 목소리가 아니라 다소 소침했지만 곧 재치 있는 음색으로 강 형사를 바꿔달라 말한다. 안내 여성은 밝게 웃으며 내선 번호로 연결해드릴 테니 잠시만 기다려 달라고 한다. 그는 이번에도 자신의 직감이 정확한 것에 흐뭇해 한다. 녀석의 증거 확보도 이렇게 깔끔히 풀렸어야 하는 건데. 못내 아쉬워하며 내선 통화가 연결되기만을 기다린다.

"강…형사입니다."

"한 사장입니다."

"……."

형사는 안에서 무슨 유쾌한 일이라도 있었는지 즐거운 웃음 소릴 애써 참으며 묻는다.

"가던 일…은 어…떻게 잘 처리…되었나요."

한 사장은 통로 바닥을 치며 지나가는 행인들의 바쁜 발자국 소리에 저 너머의 음성이 잘 들리지 않는지 수신 레벨을 높인다. 그러면서 답답한듯 큰 목소리로 뭐라 말했냐고 되묻는다. 형사는 저쪽에서 수신 상태가 떨어지는 게 자신의 가누기 힘든 웃음 때문이라 판단하며 주위에 있는 동료들을 강제 제압한 후 좀더 큰 소리로 또박또박 말한다.

"가던 일은 잘 해결되었나요?"

"후~ 이제 됐네."

한 사장은 물증을 확보하기 위해 그 동안 해온 일들을 애석해 하며 간결하게 전달한다. 하지만 듣고 있던 형사는 매몰차게 딱 잘라 말한다.

"당신의 노력은 인정은 되지만 증거는 될 수가 없습니다."

"그래서 전화를 한 건데, 다른 방도는 없나요."

형사는 잠시 뜸을 들인다. 한 사장은 휴대 전화를 귀에다 바싹 붙인다. 일상이 바쁜 통행인들의 구두 발자국 소리가 천장과 벽면에 부딪히며 그것이 또 이리저리 마구 튕겨나간다. 가끔은 무심결에 그를 비껴 치면서 가는 행인도 더러 있다. 인상이 찌푸려지지만 별 도리 없이 벽변 쪽으로 몸을 더 다가선다.

"자인을 받으면 되지요."

"뭐라고요."

"……"

"자백 말입니다."

한 사장은 자백이란 소리에 영화나 드라마에서 봤던 이미지가 떠오른다.

"체포를 해 이실직고를 강요하더라도 묵비권을 행사하면 아무 소용이 없잖아요."

"아~, 그게 아니라. 이곳 ATI(사)에서 운영하는 자백 프로그램이 있어요."

한 사장은 프로그램이란 말에 혹시 이 또한 시간여행과 관련이 있는 건 아닌가 하고 지레 짐작한다.

"타임머신을 이용하나요?"

형사는 잠시 뜸을 들이다 조심스레 말을 잇는다.

"역시, AIPET(사) 사장님이라 그런지 감이 빠르시군요. 저희가 운용하는 이 자백 프로젝트를 이용한 피해자들은 꽤 만족한 결과로 이어졌어요. 피의자가 실토할 확률도 통계상 거의 높은 수치인 90% 이상 나옵니다. 이 정도면 거짓말 탐지기는 이제 박물관에서나 모셔가야 하지 않나요? 더욱이 이번 사고는 용의자라는 자가 자신이 범한 사건이라고 시인만 하면 끝나는 거잖아요."

직사각형의 안경은 형사의 이야기를 들으며 내내 고개를 끄덕인다.

"위험하진 않나요. 혹시 여행 중 불의의 사고로 생사를 넘나들 수도 있잖아요."

"그렇게 따지면 이 세상에 안전한 게 어디 있나요? 하지만 어디 있더라. 아, 여기 있네. 여태 불의의 사고는 제로로 나오네요. 기록과 제 경험상의 기억 수치인 '0'과 같네요."

그래도 한 사장은 섣불리 형사의 안내대로 끌려가는 것보단 지금 있는 거짓말 탐지기가 더 용이하지 않을까 하고 판단을 내린다. 먼저 기기를 써보는 게 어떠냐는 그의 질문에 송신기 너머의 형사는 일단 긴 한숨부터 내쉰다. 그리고 다시 말을 잇는다.

"거짓말 탐지기는 이곳에선 더 이상 공식적으로 쓰지 않는 기기입니다. 피고인이 마음만 먹으면 언제든 자기 의지대로 조종할 수 있는 것인데, 자백에 무슨 소용이 있겠어요."

한 사장은 범죄자들이 거짓말 탐지기를 자신의 생각대로 좌지우지했던 기사들을 본 것을 상기한다. 그래서 신뢰가 가는 물건은 아니라고 아내와 아이 앞에서 목청을 높여가며 말했던 일이 어제 일처럼 떠오른다. 그래도 의구심이 완전히 사그라지지는 않는가보다.

"시간 여행 중인데 어떻게 고백을 받을 수 있나요?"

형사는 여행자가 가질 수 있는 합리적 의심이라 여기며 고개를 끄덕인다.

"답은 으레 간단합니다. 그건, 〈동고동락〉입니다. 이 고사성어는 회사를 직접 피부로 운영해 본 사장님이라면 더 이상 설명이 필요 없겠죠. 특히 용의선상에 있는 용의자가 알아선 절대 안 된다는 것쯤은…"

한 사장은 형사의 동고동락이란 설명에 더 이상 이의를 달지 않는다. 그것이 무엇을 의미하는지를 너무나 잘 알고 있기 때문이다. 위태로움이 따르는 건 어쩔 수 없잖아. 아내와 아들을 구하는 일인데. 그리고 이 정도는 모험이 아니던가. 그러고 보니 하나의 벤처 회사를 일으켜 세우는 데 얼마나 많은 지뢰밭이 도사리고 있었던가. 그러면서 그는 한때 자기의 오른팔이었던 J의 얼굴을 떠올린다. 항상 내 옆에 있었지. 이때 누군가가 그의 오른쪽 어깨를 밀치며 바삐 지나간다. 어느새 자신도 모르게 통로 한복판으로 나와 있는 길쭉한 그림자를 본다. 이어 짜증스런 눈빛으로 멀어져 가는 이의 뒷모습만 째려보다 이윽고 한마딜 내뱉는다.

"아, 자식 좀 피해가지."

"금방 뭐라 했지요."

"아, 아닙니다. 지금 이곳이 아파트 통로 한복판이라 그래요. 헌데, 시간여행 중엔 자백의 기록은 누가 하나요."

"……."

"그건, 휴대용 기기가 알아서 합니다."

"자동이군요."

"그렇지요."

"아…."

잠시 뜸을 들인 형사는 지금 얘기한 이 자백 타임 프로세스를 실행하기 위해선 먼저 용의자의 동의가 반드시 뒤따라야 한다고 덧붙인다. 한 사장은 난색한다. 녀석이 여기에 합의해 줄 리가 만무하다. 게다가 프로그램의 핵심은 동고동락이 아니던가.

"강제성은 없나요?"

"모든 피고인에겐 묵비권이 있잖아요."

"……."

잘 나가다 뜻하지 않게 막다른 골목에 부딪혀 난감해하는 그에게 형사는 넌지시 속삭인다.

"속이면 되잖아요."

조금 전까지만 해도 어둡던 직사각형 안경의 거무스름한 얼굴에 만연한 미소가 파문처럼 퍼진다. 어차피 녀석은 죄인이 아니던가.

한 사장은 용의자인 강산혜의 집 앞에 서서 잠시 하늘을 올려다본다. 푸르스름한 하늘 한가운데를 돛을 단 범선 구름 한 척이 하늘 바다 위를 유유히 떠간다. 선미 쪽에선 노을 빛이 검붉게 타고 있다. 돛단배를 앞으로 나아가게 하는 건 바람이 아니라 지금 지고 있는 저 붉은 태양이라는 듯이 말이다. 그 둘 사이로 까마귀 한 마리가 상승 기류에 몸을 비스듬히 맡긴 채 선회하며 오르고 있다. 녀석의 머리 결은 적갈색이다. 가끔씩 까-악 하고 울어대는 걸까. 배가 높은 파도를 만난 것처럼 출렁이다 이내 멎는다. 흔들리던 홍채 위로는 눈꺼풀이 내려앉는다.

하루가 어떻게 흘러갔는지 거무스름해져 가는 하늘을 보고서야 감이 오는 모양이다. 그의 얼굴이 노을 빛에도 지쳐 보인다.

사위론 어스름한 기색이 깔리기 시작하며 거리와 골목 등의 가로등 불빛은 하나 둘씩 켜지기 시작한다. 차량들은 일찍부터 전조등을 켜고 달려댄다. 그는 녀석이 거주하는 2층 건물에도 커튼 뒤로 형광등 불빛이 새어 나오는 걸 본다. 휴대전화를 든다.

베이지색처럼 보이는 커튼 장막으로 움직이는 실루엣이 다가선다. 상체가 숙여지며 휴대전화를 드는 모습이 한 사장의 눈에 선명히 잡힌다. 하지만 뭔가 망설이는 음영이다. 그는 즉시 그 이유를 깨닫는다. 바로 자기 때문이라는 걸. 가던 송신음이 뚝 끊어진다. 나쁜 새끼. 전화를 안 받아. 다시 신호음이 간다. 사장은 휴대전화를 귀에다 바짝 대고 받을 때까지 기다릴 태세다. 두 다리론 느긋하게 직각 삼각형까지 만들고선 빗변 쪽 다리를 연달아 떨어댄다. 어디 한번 누가 이기냐 해보자는 기세다. 팔짱을 낀 음영도 지지 않고 내려다보기만 한다. 간혹 어이가 없다는 듯 머릴 뒤로 젖힌다.

　스르르 창문이 열리며 베이지색 커튼을 한 겹 뒤로 젖히는 하얀 손이 보인다. 한 사장은 본능적으로 침을 꿀꺽 삼킨다. 주위를 둘러보다 강산혜는 전 회사 사장과 눈이 마주친다. 아주 몹쓸 것이라도 본 듯 얼굴빛은 불쾌한 표정으로 굳어버린다. 하지만 사장은 아주 오랜만에 보는 친구를 만난 것처럼 반갑게 손을 흔든다. 얼굴엔 환한 미소까지 짓는다.

　창문을 신경질적으로 확 닫아버린다. 문짝과 창틀이 일시에 부딪히며 이는 파열음 때문인지 그의 곁에 서있는 골목 가로등 불빛이 느닷없이 깜박거리려댄다. 직사각형의 안경은 눈을 째리며 가등을 올려다본다. 이젠 거리의 등까지 속을 썩이네. 이래서 좋은 동네에 살아야 한다니까. 다시 그는 느긋하게 휴대전화를 꺼내어 드는데, 2층 계단을 내려오는 발자국 소리를 감지하며 그곳으로 급히 시야를 돌린다. 녀석이었다.

　주황색 전조등 불빛이 두 사람을 환히 밝히더니 획하고 옆을 지나간다. 가로등은 스스로 정비를 했는지 간헐적으로 명멸한다. 이젠 남과 다름 없는 AIPEC(사) 사장 앞에 강산혜는 당당히 선다. 귀를 덮은 웨이브 형 머리에 오른쪽 가르마를 탔다. 한 달 새에 머릴 많이 길렀군. 회사에 있을 땐 항상 귀가 쫑긋 나왔었는데. 콧등 위론 감청색의 티탄 금속 안경테를 착용했다. 둥근 안경알 안쪽의 눈은 피곤한지 충혈돼 있다. 회사를 그만 뒀으니 배가 많이 고프겠지. 굶주린 허기를 채울라치면 뭐라도 열심히 해야지. 얼굴색도 많이 창백해졌군. 멍청한 놈, 그러길래 왜 내 말에 사사건건 시비를 건 거야. 단정한 옷깃에 소매는 길고 가슴엔 적갈색 얼룩 줄무늬가 있는 하얀색 티를 걸쳤다. 아래로는 청바지에 흰 농구화를 급하게 구겨 신었다. 아직은 젊어서 그런지 뭘 신고 입어도 옷맵시가 나는군. 하지만 너도 조만간 40대야.

"우린, 더 이상 만날 일 없는 거 아니에요."

가로등은 마치 음향 기기의 이퀄라이즈처럼 강산혜의 음절에 맞추어 등을 깜박이다 멎는다.

사장은 다소 어이없어하며 재차 가로등을 째려본다. 홈 그라운드가 따로 없군. ATI(사)로 당장 끌고 가 자백 프로그램을 실행하고 싶은 마음이 굴뚝같다. 하지만 서두르면 일을 그르칠 수 있다는 걸 사장은 너무나 잘 알기에 일단 긴 숨부터 내리 쉬며 마음을 다독인다. 그러면서 한편으론 곰곰이 생각한다. 뭐라 말하면 녀석이 자기 말을 낚싯밥처럼 덥석 물고서 몸부림칠까? 딱히 좋은 말수가 떠오르지 않는 모양이다. 손가락으로 이마만 만지작댄다. 이젠 간간이 머리까지 좌우로 흔들어댄다. 마주하고 있던 강산혜는 그 형상이 좀 우스운지 자신도 모르게 피씩 실소한다. 이와 동시에 묵직한 음성이 한 사장의 닫힌 입술을 빗장소리처럼 연다.

"아내가 죽었어."

그의 느닷없는 말에 강산혜는 뭘 잘못 들은 건 아닌가 하며 귀를 의심한다.

"뭐라고요."

"아내와 애가 죽었어. 그것도, 너… 때문에."

누군가의 가족 중 일부가 사망했는데 그 원인 제공자가 다른 이도 아닌 바로 마주하고 있는 자기라는 허황된 말에 강산혜는 황당해하며 말문이 탁 막힌다.

"다시 한… 번 말…해봐요. 지금 뭐…라 했지요."

당황한 어투가 막힌 굴뚝의 틈새 연기처럼 내뿜는다. 사장은 그 모습을 보며 속으로 쾌차를 연발한다. 여기에 쐐기를 박듯이 한마디 더 덧붙인다.

"강산혜, 네가 살해 용의 선상에 올랐어."

음해와 같은 언급에 화가 치밀어 오르다 일순간 하나의 형상이 뇌리를 스친다. 그건 회사를 그만 두기 전까지 그가 일상으로 듣던 사장의 어투였다. 이 인간이 또 시작인가? 아무튼 예전이나 지금이나 변한 게 없어. 노여움에 얼굴은 붉어졌지만 여전히 불신하며 노려보는 눈매 위로 가로등이 깜박거린다.

사장은 즉시 휴대전화를 꺼내 들어 어디론가 연락을 취한다. 잠시 후 전화기 너머의 음성과 몇 마디를 나눈 후 강산혜에게 곧바로 손을 뻗친다. 전화를 받아보라는 것이다. 이때 골목길에서 마주 오던 승용차 중 한 대가 먼저 갓길로 양보한다. 머츰하던 차량은 기다렸다는 듯 엑셀을 급하게 밝으며 그들을 아슬아슬하게 비켜간다. 이동전화를 주고 넘겨받던 장정 둘은 적이 놀라며 동시에 욕지거리를 해댄다. 비록 욕설이었지만 두 사람은 처음으로 뜻이 맞았던 것에 묘한 감마저 흐른다.

"여보세요."

"누구시죠."

강 반장은 상대가 알아들을 수 있도록 간결하게 자신을 소개한다. 강산혜는 고개를 끄덕이면서 넘어오는 베이스 톤의 사내가 교통사고 전담반 형사라는 걸 인지한다. 목에 힘이 들어간 채 으스대는 한 사장을 흘끗 본다. 히죽 웃기까지 한 모습에선 본의 아니게 심신이 위축됨을 느낀다. 그는 이 불쾌한 위압감을 뿌리치기 위해 어깨를 펴고 가슴을 세우는데, 전화기 저편에서 굵직하게 깔리는 형사의 음성이 엄히 넘어온다.

"강산혜 씨, AIPET(사) 사장의 얘기처럼 당신은 현재 교통사고 사건의 용의자로 지목된 게 사실입니다."

"지금… 뭐라 했어요."

"……."

"여긴 교통과 형사계고 방금 제가 당신에게 진술한 건 사건을 담당한 형사로서 전한 겁니다."

얼토당토 않는 수신내용에 어리둥절해진 강산혜는 그 자리에서 전화통화를 끊어버린다. 다시금 명멸하는 가로등 아래에서 사장은 살짝 주먹 쥔 한 손을 입가에다 갖다 대며 헛기침을 연이어 한다. 산혜는 도저히 납득이 가지 않는지 양미간이 굵게 일그러지며 사장을 뚫어져라 쳐다본다. 당장에라도 윽박지르며 주먹다짐을 할 태세다. 위기감을 느낀 직사각형의 안경은 이면도로로 진입하기 전 골목길 어귀에서 눈여겨 보았던 카페를 얼른 떠올린다.

"우리 여기서 이러지 말고 조용한 곳에 가서 대화를 더 해보는 게 어떻겠어. 안 그래, 강산혜 씨."

억울한 그는 그 말에 일단 수긍하며 구겨 신었던 운동화를 여러 번 허둥대고서야 바로 신는다. 짝 달라붙은 머리에 직사각형 안경은 길을 잡으며 힘있게 발을 내딛는다. 앞서 가는 모녀를 보니 아내와 자식의 얼굴이 떠오르는 모양이다. 그가 조용히 입술을 움직인다.

"조금만 기다려."

산마루 사이로 검객의 번쩍이는 칼날이 누런 달 한복판을 가로 지나갔다. 그 앞을 새떼들이 V자를 그리며 이 밤 어디론가 행하고 있다. 병풍처럼 둘러싼 산 아래론 거대한 빌딩 숲이 화려한 빛깔로 원시의 칠흑 같은 밤을 낮처럼 밝히고 있다. 건물 사이사이론 차량들이 주황색 전조등을 밝히며 각자의 목적지를 향한다. 길쭉이 늘어선 차량 행렬들은 시야가 다가갈수록 빠르게 움직인다. 운전석에 있는 어떤 이는 악다구니를 써가며 경적을 있는 힘껏 눌러댄다. 앞서던 이는 깜짝 놀라 당황하면서도 애써 마음을 다잡는다. 횡단보도를 건너던 이는 적색 등 앞에서도 신호를 무시하고 엔진 굉음 소리를 연발한 채 달려대는 택시와 뒤이어 오는 오토바이에 화들짝 놀라며 멈춰 선다.

상승 바람을 타고 서서히 하늘로 오르던 시야는 한 마리 검은 새처럼 산봉우리에 올라 앉아 방금 지나온 곳을 파노라마처럼 내려다본다. 콘크리트 바닥 위에서 급물살을 타던 전조등 차량들은 굽어보는 산 아래에선 긴 행렬의 빛 물결이 되어 높은 빌딩 사이사이로 느릿느릿 흘러가고 있다. 이에 빠질세라 지상열차도 빛의 행렬에 끼어들어 그 옆을 개울가의 물줄기처럼 굽어 흐른다. 오른쪽으로 눈을 돌리자 ATI(사) 입구와 건물이 들어온다.

빌딩 한가운데 층만 불이 훤히 켜진 게 투명 강화 유리면을 통해 보인다. 가끔씩 불어대는 강한 바람이 통째로 날아와 부딪힌다. 단발머리의 여인은 그것을 감지한 걸까? 하던 일을 잠시 멈추며 창 밖 쪽으로 무심히 시선을 돌린다. 함께 있던 훤칠한 이마를 가진 형사는 흘러내린 앞 머리카락을 옆으로 쓸어 올리며 그녀가 응시하는 곳을 함께 바라본다.

"이 밤에 새가 날아와 충돌하기라도 했나요?"

"……."

"한 사장한테는 연락이 왔어요?"

형사가 대답 대신 고개를 젓는 게 어스름한 유리면에 반사된다. 이에 그녀가 말을 잇는다.

"오늘은 힘든가 보죠."

"아마, 그러겠죠."

그녀는 하던 일을 마저 하기 위해 원목 색깔의 벽면 쪽으로 또박또박 걸어간다. 그 앞에 서서 도도록한 적색 단추를 가벼이 누르자 벽처럼 보이는 미닫이문이 스르르 열리며 유리로 된 3단 선반이 모습을 드러낸다. 가운데 선반에선 휴대기기 한 대가 충전 중임을 알리듯이 기계를 담고 있는 장비 하단 부위에선 적색 불이 명멸하고 있다. 그녀가 시선을 하단 선반으로 내리깔자 붉은색이던 빛이 딸각 소리와 함께 초록색으로 바뀐다. 눈을 치켜 뜨며 보면서 총신이 짤막한 들창코 모양의 리볼버 권총을 집어 든다.

힘을 빼면서 바깥 쪽으로 일거에 손목을 틀자 빈 탄창이 철커덕 돌출된다. 여기에 손바닥으로 원형의 탄창을 가볍게 힘주어 밀자 금속 마찰 소리와 함께 쉼 없이 회전하며 천장의 LED 불빛을 황금색으로 튕겨낸다. 다시 반대 쪽으로 손목을 급히 틀자 급속히 돌던 휠 탄창은 총 몸통 속으로 철컥 장착된다. 그 소리에 쾌감을 느끼는 것인지 입가에 미소가 사르르 번진다. 형사를 바라보며 살짝 한쪽 눈을 감기까지 한다. 훤칠한 이마가 환하게 웃는다.

"사격대회에 나가도 되겠어요."

"아, 총알이 빠졌네."

그녀는 6연발 탄창에 황색 탄환을 하나씩 끼어 넣는다.

"옛 남자친구를 이렇게 만날 줄이야 꿈에도 생각해본 적은 없지요?"

그녀는 대답 대신 6연발 탄환이 완전 장착된 탄창을 권총 몸통에 다시 철커덕 집어넣는다. 남자는 자신이 괜한 말을 꺼냈나 싶어 한다. 코가 짧은 리볼버 권총을 제자리에 올려놓은 후 창 밖 허공 위를 바라본다. 그때 잿빛 구름 한 조각이 가운데쯤에서 지그재그 갈라지기 시작하며 별 하나를 내놓는다. 그것이 그녀의 홍채 안에서 노랗게 반짝인다. 아름답다는 생각에 무의식적으로 별 이름을 묻자 남자는 마른기침 소릴 내다가 말을 잇는다.

"아마 목동자리의 알파별인 아르크투루스일 걸요."

그녀가 긴가민가한 표정을 짓는다. 그는 노란별 위쪽으로 호를 그리며 쭉 올라가면 북두칠성 자리의 국자 손잡이가 보인다고 일러준다. 알려준 대로 목동자리의 알파별에서 출발하여 활 모양을 그리며 두 눈동자가 하늘을 따라 오르다가 그만 길을 잃고 만다. 도시의 야경 빛 속으로 모든 별들이 사라졌기 때문이다. 빛이 빛 속으로 숨은 것이다. 그나마 손에 꼽을 만한 몇 개의 밝은 별들만이 이따금씩 자신의 광채를 뽐내며 우리가 여기 있다고 알려 주는 것처럼 반짝인다. 그녀가 들었던 머릴 서서히 내린다. 언제부터인가 별을 본다는 건 참 어려운 일이 됐어.

"요즘은 천문대에 가도 별 볼 일 없어요."

그녀는 자신의 속마음을 들키기라도 한 듯 형사를 보며 실소한다.

"그나저나 한 사장에겐 연락이 없네요. 타임머신 이용자에 대한 세부사항 규칙은 귀띔해주었나요."

강 형사는 대답 대신 훤칠한 이마를 보이며 고개를 끄덕인다.

"그럼 이제 탑승자를 기다릴 일만 남았군요."

카페 안이 쩌렁쩌렁 울리도록 한 사장은 강산혜에게 대놓고 직설한다.

"넌 내 처자식을 죽인 살해 용의자야."

"허, 별 미친 소릴 다 듣겠네."

살해 용의자란 말을 재차 들은 강산혜는 너무 어이가 없고 기가 막히는지 거친 언사로 대꾸하며 상대를 멸시하듯 쳐다본다. 이런 인간한텐 절대로 고분고분해선 안돼. 이것이 되레 약점이 되는 걸 수없이 봐

왔잖아. 카페 안에 있던 손님들과 커피를 내리고 있던 바리스타는 무슨 해괴한 일이 난 것처럼 둘을 응시한다. 하지만 그들은 주변의 따가운 시선에는 아랑곳하지 않고 서로의 상반된 입장만을 역설한다.

"어제 저녁 무렵이었잖아. 내가 사는 아파트단지 내에 나타난 건. 몰고 가던 자가용이 지하 1층 주차장 터널 입구로 진입해 코너 길을 돌아 출구 쪽으로 막 방향을 잡으려던 찰나 횡단보도의 돌출 오토바이처럼 나타나 차량으로 뛰어들었잖아. 기억 안나? 까마귀 고기만 구워 먹나."

듣고 있던 강산혜는 식식거리며 응수한다.

"뭘 잘못 보고 나라고 착각하고 있네. 난, 그곳에 가본 적도 없어. 당신이 말한 그날 그 시간엔 내 엄청 바빴지. 회사를 그만두고 새 직업에 적응하느라 눈코 틀새 없이 컴퓨터 앞에 앉아 게임 프로그램만 짜고 있었고만."

한 사장은 껄껄거리며 크게 웃는다. 카페 손님들은 그 웃음소리에 경멸의 눈길마저 보낸다.

"지금 알리바이를 대는 거야. 혼자 사는 너의 집 내부에 널 보고 있는 감시 카메라가 있는 것도 아니잖아. 있으면 있다고 해봐."

그는 두 눈을 부릅뜨고 대답한다.

"있어. 컴퓨터 저장장치엔 내가 짠 프로그램이 있고 거기엔 날짜와 시간이 기록이 돼 있지. 안 그래?"

사장은 즉각 허탈한 웃음 소릴 연거푸 낸다.

"얘가 누굴 바보로 아나. CPU 타이머는 얼마든지 수정할 수 있는 거 아냐."

허를 찔리기라도 한 듯 머츰하는 상대의 난색을 지켜보던 사장은 다시 말을 잇는다.

"선명하진 않지만, 우린 너의 모습과 흡사한 CCTV를 확보하고 있어. 게다가 이미 경찰 쪽에선 증거물로 수집까지 해 놓은 상태지."

점점 구석으로 내몰리며 위기감마저 느낀 강산혜는 억울함과 분노가 뒤섞인 눈빛을 하며 대체 이 교통사고에서 내가 뭘 어떻게 했길래 이러냐고 되레 따지며 되묻는다. 이에 사장은 한숨을 길게 내쉬더니 그날 있었던 일들을 정말 모르냐 하며 도리어 상대를 힐난한다. 그런 후 엄한 눈길로 그를 주시하며 사고의 경위를 차근차근 설명한다.

"지하 1층 주차장으로 통하는 곡면 터널에서 네가 급삭스럽게 뛰어나오는 바람에 급 브레이크를 밟으며 핸들을 터널 벽면 쪽으로 급히 틀었지. 그때 틀어진 차량의 타이어의 측면 아래쪽에서 극히 적은 일부가 찢겨지며 떨어져 나갔어. 그것은 마치 검붉은 딱지가 아물지 않은 상처에서 재수 없게 떨어진 거와 같았지. 그리고 그것 때문에 그 다음 날 가족과 함께 여행을 가던 중 사고가 난 거지. 넌 타이어가 부딪히며 할퀴고 지나간 벽면 쪽 턱에 길쭉한 V자형으로 움푹 파인 홈을 사전에 파악하고 있었던 거야. 그래서 의도적으로 핸들을 그쪽으로 틀게 날 유도한 것이지. 이래도 기억이 없다는 건가."

강산혜는 답답하고 억울한 심정에 심장이 꿍꿍 뛰는 걸 느낀다. 안색까지 붉어진다. 이에 마음을 다잡으려고 해도 제어가 전혀 먹혀들지 않는다. 이젠 손까지 부들부들 떤다. 입은 아예 굳어버렸다. 온몸이 경직되고 있는 것이다. 그는 이 상황에 응급조치를 취하지 않으면 안 된다는 걸 본능적으로 의식한다. 이럴 때 경험적으로 취득한 자신만의 처방전을 즉시 실행해 옮긴다.

숨을 여러 번 고르게 길게 내쉰다. 심장의 열기로 뜨거워진 이산화탄소가 밖으로 빠져나가며 동시에 신선한 공기가 기도를 타고 안으로 들어선다. 허파꽈리 앞에서 잠시 머뭇거리던 공기의 입자들은 속속 혈류 속으로 빠져든다. 그런 후 온몸으로 퍼져 나아간다. 서서히 안정을 되찾은 그의 눈동자가 맑아 보인다. 그래도 좀 전의 억울함이 완전히 가시진 않은 모양이다. 그의 반론이 길어질수록 언성은 비아냥 조다.

"그런 불상사가 당신에게 일어난 건 알겠는데, 그곳에 간 적도 없는 날 왜 그 사람이라고 착각하십니까? 어디 별나라라도 갔다 온 겁니까. AIPET(사) 사장님."

카페 손님 중 육중한 체구의 한 남성이 이 소음을 더 이상은 참지 못하겠다는 듯이 묵직한 음성으로 둘을 향해 꾸짖는다.

"거, 조용히 좀 합시다. 여기 전세 낸 것도 아닐 텐데. 사장님 뭐 합니까. 저런 사람들 단속 좀 해야 되는 것 아닌가요."

바리스타 겸 가게 주인은 인상을 쓰며 다가와 둘 사이로 큼직한 머릴 바싹 들이댄 다음 양쪽을 번갈아 보며 장사에 방해가 되니 좀 조용히 해달라고 일갈한다. 약효가 먹힌 것을 감지한 주인은 만약 또 다시 그러면 이 번엔 경찰을 부를 수밖에 없다고 으름장까지 놓는다. 이에 한 사장은 머리까지 숙여가며 죄송하다고 연거푸 사죄한다. 가게 주인은 됐다 싶어 주위를 한 번 둘러보며 거구의 남자와 눈을 마주친다. 이어 몸체를 돌려 즉각 카운터로 되돌아간다.

잠깐 동안 침묵 모드를 취하던 직사각형의 안경은 다시 강산혜에게 눈길을 돌린다. 좀 전과는 달리 어성을 누그러뜨린 채 용의선상에 오른 이유로 다시 공방을 이어간다.

"그날 그 시간에 내 차량으로 돌진한 넌, 잿빛의 후드를 뒤집어썼더구먼."

이에 그가 밝게 미소를 짓는다.

"그게 사실이면, 어두운 터널에선 두건을 쓴 이의 인상이 제대로 식별이 되지 않는 게 정상이 아닌가?"

사장이 마른기침을 연달아 해댄다.

"내 말을 끝까지 들어봐. 하여튼 넌 이래서 늘 문제야. 회사에 사표를 쓰고 그만 둘 정도면 왜 네가 이런 꼴을 당하는지는 생각해봐야 되는 거 아냐."

듣기에 기분은 썩 불쾌했지만 강산혜는 일단 왜 자신이 이번 사건의 용의선상에 올랐는지를 정확히 알아보는 게 급선무라고 판단을 내린다.

"계속해봐요."

"후드 차림의 남자는 운전석에 있는 날 날카롭게 쩨려본 후 검지를 들어 뭐라 말하다가 급히 몸을 돌려 터널을 빠져나가더군. 그런데 정차된 차 안에서 멀어져 가는 녀석의 뒷모습을 보면 볼수록 낯이 익었어. 그것…은 너의 뒷골이었어."

강산혜는 웃음이 터져 나오려는 것을 간신히 억누른다. 누군가의 뒷모습만을 보고서 그게 자신이라고 단정짓다니. 아무리 세상이 멍텅구리 같지만 이건 아니란 생각이 가슴 밑 바닥에서부터 끓어오른다. 하지만 그는 사장의 억측을 끝까지 들어보는 게 일의 순서라 여기며 차근차근 마음을 다독인다.

"직원들은 출근을 하면 제일 먼저 내게 눈도장부터 찍잖아. 그건 너도 잘 알잖아. 안 그래?"

그는 대답 대신 고개를 끄덕인다.

"그러면 난 인사를 하고 돌아서는 당신들의 뒷모습을 보잖아. 여기서 잘 생각해봐. 그게 하루 이틀이 아니라 아예 내 삶의 한 부분인 일상이잖아. 그러면 직원들의 뒤통수만 보아도 그가 누구인지 알 수 있는 것 아냐."

듣고 보니 사장의 논증에도 일리가 충분히 있다고 강산혜는 생각이 들었다. 하지만 표출되지 않은 수긍의 표시는 섬뜩한 상상이 되어 일순간 등 뒤로 엄습해왔다.

"처음부터 즉각 너의 이름이 떠오르지 않은 건 네가 회사를 그만둔 지가 약 한 달 정도가 지났기 때문일 거야. 왜냐하면 사무실에서 늘 마주치면 너의 형상이 뇌의 중심부에서 늘 활동을 하잖아. 하지만 시야에서 멀어지고 이젠 잊어야 될 사람이라고 여겨봐. 그러면 어떻게 되겠어. 뇌의 중심 영역에서 너의 성명 세 글자가 밀려나는 건 너무나도 당연한 게 아닌가. 안 그래. 그래서 이름이 즉시 떠오르지 못했던 거야."

너무나도 논리적인 사장의 언사에 그는 침묵하며 아무 대꾸도 하지 못한다. 하지만 이대로 놔두면 자신은 살해 용의자에서 벗어나지 못한다는 압박감이 그의 상반신을 계속 억누른다. 그가 조용히 입을 연다.

"그러면 경찰서에 가서 거짓말 탐지기라도 시험해봅시다."

순간 한 사장의 양 입꼬리가 귀에 걸리며 거무스름한 얼굴빛에는 만연한 미소가 번진다. 직사각형의 안경알에선 한풀 꺾인 강산혜의 모습이 투영되고 있다. 사장은 형사와 거짓말 탐지기에 대해 긍정적이기보다 부정적으로 대화했던 형상이 머릿속에서 슬라이드 필름처럼 찰칵찰칵 지나간다.

그는 뿔테 안경 너머로 상대의 얼굴을 넌지시 보며 그것보다 썩 괜찮은 게 있다며 조심스럽게 말문을 연다. 듣고 있던 강산혜는 좀 전 그의 미소에서 느낀 음흉스러움에 불안감을 느낀다. 하지만 이어 나온 타임머신이란 엉뚱한 발언에 절로 헛웃음이 터진다. 믿지 못할 것을 예상이라도 한 듯 사장은 형사와 통화했던 전화번호로 즉시 송신신호음을 날린다.

딸깍 소리와 함께 전화기 너머에서 목소리가 들려온다. 하지만 남성이 아닌 빛바랜 여인의 음성이었다. 그는 우물쭈물 몇 마디를 나눈 후 강 형사를 바꿔달라 청한다. 전화를 건네받은 강 반장은 이젠 다소 익숙해진 강산혜와 곧장 본론으로 들어간다.

SF 영화에서나 보았던 일들이 현실 세계에서도 가능하다는 걸 담당 형사에게 직접 설명을 듣고서도 잘 믿겨지지가 않은지 굳은 의구심은 누그러지지가 않는다.

"타임머신을 이용해 과거로 돌아가 자신의 알리바이를 입증할 수 있다는 게 정말로, 가능한가요?"

"들으신 대로 그렇습니다. 더 자세한 세부 사항은 옆에 있는 AI-PET(사) 사장님에게 대신 전해 들어도 전혀 무방합니다. 그럼 이만 전화를 끊겠습니다."

이면도로로 접어들어 곧장 혐의자의 집으로 다가가던 중 형사의 전화를 받고 시간여행에 대해 마저 전해 듣고 알게 된 세부 규칙에 관해 한 사장은 직접 설명을 시작한다. 얼룩 줄 무늬 가슴 티를 걸친 강산혜는 일단 귀를 열고 경청한다. 카운터에서 둘 사이를 시시각각 지켜보던 가게 주인은 이제 안심이 되었는지 더 이상 그쪽을 예의주시하지 않는다.

첫째, 시간여행을 하기 위해선 계약서에 꼭 날인을 해야 한다. 그렇지 않으면 불법 여행자로 간주되어 되레 쫓기는 신세가 되니 이 점을 각별히 유의하라고 당부한다. 더욱이 서명 없이 수집된 증거는 당연히 법적 효력이 없다는 것도 덧붙인다.

강산혜는 시간 여행자란 어귀를 되뇐다. 그 소릴 듣고 사장은 불법 여행자라고 재차 수정시킨다. 둥그스름한 안경알 안쪽의 눈이 치켜 떠진다.

둘째, 시공간이 과거인 사건 현장에 도착해 자신의 알리바이가 입증되면 그 즉시 모든 혐의는 사라진다. 두 번째 조항의 고지가 채 끝나기도 전에 혐의 상태에 있는 강산혜는 거짓말 탐지기보다 몇 배는 더 낫다고 재창을 해댄다. 이에 한 사장은 형사가 신신당부한 주의사항을 가만히 환기한다. "과거에서 수집한 증거물은 물증으로서 채택되지 못합니다. 왜냐하면 자칫하다간 미래가 뒤틀릴 수도 있기 때문이죠." 강산혜를 유심히 관찰한다.

얼룩 줄 무늬의 가슴은 티탄 금속 재질의 안경테를 만지작거리며 농구화를 신은 한쪽 다리를 연달아 떨어댄다. 태연자약한 겉모습과는 달리 속은 불안함을 감추려고 애쓰는 모양새가 족 떨림으로 나타난다고 사장은 추측한다.

셋째, 미래에서 온 자는 과거의 자신과 마주치면 우주 어디론가 사라질 수도 있으니, 근처에 다가가면 필히 몸을 은닉해 절대로 맞부딪히는 일이 없도록 한다.

"그러면 어떻게 내 알리바이를 입증할 수가 있지. 보지도 않고서 말이야."

도통 이해가 가지 않는다고 얼룩 줄 무늬 가슴은 이제 투덜거리기까지 한다. 고로 이 상황에선 미래에서 온 당사자가 어느 정도 거리를 유지한 채 숨어 봐야 한다고 거듭 강조하며 진정시킨다.

"숨어서 본다. 그거 꽤 묘한 방식이네. 행여 나 자신일지도 모를 나를, 보이지 않은 존재처럼 보이지 않은 곳에서 지켜본다."

그는 고것이 이상한지 호탕하게 웃어댄다. 너무 당당한 웃음에 다소 불안감을 느낀 사장은 좀 전 녀석이 불법 여행자가 아니라 시간 여행자라고 한 실어를 상기한다. 그러면서 이번엔 그가 기묘한 웃음을 짓는다.

어쩌면 저리도 당당하게 나오는 건 놈이 범인이 아니라는 게 아니라 어디론가 빠져나갈 구멍이 있다는 걸 알아낸 것이 아닐까. 그리고 그곳은 다름 아닌 시간 속이 아닐까. 과거의 자신과 미래에서 온 자기가 일부러 충돌을 하면 어찌 될까? 사장은 한 번 더 생각을 해본다.

강 형사는 미래에서 온 자가 우주 어디론가 사라진다고 했다. 하지만 거기엔 맹점이 있다는 걸 금세 간파한다. 소멸되는 건 과거가 아니라 미래라는 것이다. 1이 아닌 1/2이다. 그러면 가까운 내일은 내가 원하는 대로 완벽하게 바뀔 수 있는 걸까? 미래엔 놈이 없는데. 사장은 회의가 든다. 어쩌면 녀석은 이 막간 새에 이걸 노린 걸까. 이왕 이렇게 된 거 너 죽고 나 죽자는 건가. 아아, 그렇게는 안 되지.

사장은 냉소를 머금고 혐의자를 한동안 말없이 응시한다. 얼룩 줄무늬의 가슴은 양손바닥을 펼친 채 자신의 얼굴에 뭐 이상한 거라도 묻었냐고 하면서 이젠 심드렁한 표정까지 짓는다.

"얼른 가서 내가 범인이 아니라는 걸 입증합시다. 사장님."

직사각형의 안경은 흘러내린 안경테를 콧등 위로 바로잡으며 마지막 규정을 힘있게 쏜다.

넷째, 그럼 이제 출발.

강산혜는 눈을 뜨려고 여러 번 눈꺼풀을 위로 올린다. 그럴수록 눈 주위의 근육은 경직된다. 팽창과 수축의 연이은 반복에 온 얼굴은 일그러진다. 이마엔 구슬 땀이 여기저기 맺혀 있다.

베이지색 커튼을 1/3쯤 젖힌 창문으로 아침 햇살이 눈부시게 들어오고 있다. 그의 얼굴 위로 빛을 쏘아대고 있는 붉은 태양이 동산 위로 큼지막하게 떠오른다. 그 아래로는 다닥다닥 붙어 있는 단독 주택들이 아침을 분주히 맞고 있다.

어쩌다 동네 개 한 마리가 단속적으로 짖어댄다. 얼마를 짖어댔을까? 인접해 있던 견들이 그 소리에 하나 둘씩 캥캥 질러댐으로 답한다. 참다 못 한 누군가가 자다 말고 창문을 있는 힘껏 밀쳐 닫는다. "꽝"하는 소리에 개들은 누가 먼저라 할 것 없이 동시에 꼬리를 내리며 눈치를 본다. 어떤 녀석은 줄에 묶인 채 원을 그리며 돌기까지 한다. 요놈일까? 다시 정비를 가다듬고 소리 높여 짖어대라고 온 동네의 동지 견들에게 성토를 하고 있는 건. 하지만 강산혜의 귀에는 들리지 않는다.

무엇인지 도내체 감이 잡히지 않는다. 여기저기 마른 낙엽들은 부는 바람에 이리저리 뒹굴고 뒤에선 큼직한 발자국 소리가 점점 커진다. 흙이 부서져 내려 깎인 비탈 아래론 나무 뿌리의 일부가 짙은 황토색을 띠며 드러나 있다.

그는 쫓기듯 달리며 뒤돌아본다. 하지만 여전히 뒤따라오는 자의 형체는 보이지 않는다. 순간 돌부리에 앞 발치를 부딪친다. 전복되려는 찰나 간신히 몸에 균형을 잡아 겨우 선다. 거친 숨결이 입에서 연거푸 뿜어져 나온다. 입김과 얼굴에서 이는 열기는 주위의 차가운 공기에 금방 식어버린 후 수분이 되어 그의 안경알에 들러붙는다. 즉시 안경을 얼굴에서 빼 티셔츠의 하단 부분 천으로 바삐 물기를 닦아낸다. 그런 후 다시 착용한다. 하지만 호흡을 할 때마다 기도와 얼굴 땀샘으로 빠져나오는 몸의 열기는 그 즉시 액체 알갱이가 되어 다시 시야를 뿌옇게 가린다. 안경을 벗고 달리자니 눈앞이 흐리멍덩하다. 달리 방도가 떠오르지 않는다. 뒤에서 쫓는 발자국 소리가 점점 커지면서 어두운 숲은 더욱더 짙어져 간다. 거대한 검은 그림자 하나가 그가 서 있는 어두운 숲길에서 홀연히 일어서더니 큰 아가리를 벌려 그를 통째로 삼켜버린 후 길바닥으로 깔리듯이 사라지고 있다. 그는 안간힘을 쓰며 납작해지는 검은 그림자 막 안에서 탈출구를 찾기 위해 이리저리 몸부림친다. 그럴수록 그림자는 그의 육신을 그가 내고 있는 힘보다 조금 더 강한 힘으로 힘껏 억누른다. 숨이 막혀온다. 하지만 그를 도울 수 있는 존재가 주위엔 없다. 단지 새들과 벌레 그리고 그 길가의 수풀에 숨어서 지켜보는 동물들의 겁먹은 눈동자가 있을 뿐이다.

그가 소스라치며 두 눈을 뜬다. 익숙한 천장이 눈에 들어온다. 본능적으로 이마에 손을 올려 송골송골 맺힌 땀을 닦는다. 손바닥에서 축축함을 느낀다. 일어서 앉으며 주위를 둘러본다. 그제야 악몽이란 걸 인식한다.

1/3 가량 열린 창문 사이로 붉은 태양이 길쭉한 액자의 위 언저리 부분에 그려진 해처럼 걸려 있다. 찰나였다. 미세한 이동의 떨림이 느껴진다. 흉악한 꿈 때문에 오늘 있을 타임머신 탑승이 불길하게 느껴졌지만 눈에 포착된 뜨거운 붉은 구에 경이로움을 느끼며 솟아오르는 해처럼 몸을 거뜬히 일으킨다. 주방 쪽으로 걸음을 옮기며 그는 작은 소리로 되뇐다.

"누군가가 그랬어. 꿈은 그 옛날 우리 선조의 이야기일 뿐이라고."

POS

3

엘리베이터의 문이 스르르 열리고 세 명의 남자와 여자 한 명이 탑
승한다. 출입문이 닫히자 눈가에 화살 성좌를 가진 여인이 맨 아래층
을 의미하는 End 단추를 누른다. 잠겼던 브레이크가 일시에 덜커덕
풀리며 동시에 승강기는 내리닫기 시작한다.

감색 안경의 눈에 지하 표시와 함께 숫자가 빠르게 올라가는 게 보
인다. 그는 청바지 주머니에 손을 찔러 넣어 휴대용 기기를 매만진다.
이 스마트한 장비는 혹시 시간 여행 중 길을 잃었을 경우 ATI(사)의 위
치를 알려줌과 동시에 시간 여행자의 신원을 증명하는 기기라 일러준
여자의 뒷모습이 그의 앞에 우뚝 서있다. 그는 옆으로 눈을 돌려 재킷
의 안주머니 속의 연발 권총을 보며 싱긋 웃는 직사각형의 뿔테 안
경을 본다. 그가 손짓을 하며 승강기의 위치 현시기를 가리킨다. 어느

새 엘리베이터는 지하 30층을 훌쩍 내려왔다. 눈앞에 있던 단발머리 여자가 금속 표면에 비친 한 사장을 지켜보다 서서히 등을 돌린다. 그러면서 리볼버 권총은 행여 위험에 처했을 경우 서로를 지켜주기 위함이라고 했던 자신의 설명을 상기하라는 듯이 눈초리를 엄히 한다.

지하 표시가 40층을 넘어서자 엘리베이터는 브레이크를 밟으며 서서히 속도를 줄인다. 예리한 눈매가 머리 위에 현시된 층을 올려본다. 47, 48, 49를 지나자 여자가 좀 전에 눌렀던 End가 현시되며 승강기가 멈춰 선다. 출입문이 스르르 열리며 안에 있던 이들이 밖으로 나온다.

확 트인 넓은 공간이 시야를 가득 채운다. 연한 흙빛의 바닥 한가운데엔 타임머신으로 추정되는 하얀색의 장비가 우뚝 서 있다. 달걀을 세운 형상이다. 그 아래를 노란 초승달이 자기부상처럼 떠받치고 있다. 몸체 중간쯤에는 회사의 상호인 ATI가 빨간 글씨로 자그맣게 현시되어 있다. 형사가 그곳을 누르자 두 겹으로 된 탄소 나노(nano) 튜브 재질의 문이 양쪽으로 척척 접히며 열린다. 한 사장과 강산혜는 호기심에 이끌려 안쪽으로 머릴 들이민다.

먼저 2인용 좌석이 눈에 잡힌다. 머릴 화면 쪽으로 돌리자 큼직한 다이아몬드 안에 4개의 삼각형 기능 버튼이 있는 설정 화면이 누군가의 손길을 기다리고 있는 것처럼 대기 모드를 취하고 있다. 거기엔 SET, BEFORE, CANCEL, RETURN이란 기능 명칭들이 써 있다. ATI(사) 실무 대표는 두 사람의 이해를 돕기 위해 각각의 기능들에 대해 약간의 설명을 이어간다. 그들은 충분히 알 것 같다고 머릴 연거푸 끄덕인다. 이에 만족한 그녀는 즉시 탑승 명령을 내린다.

안으로 들어선 둘이 의자에 앉자 안전벨트 막대가 자동으로 가슴과 허리 아래의 골반 뼈에 부드럽게 와 장착된다. 동시에 천장 중심부에선 안전벨트 착용이 이상 없다는 안내 문구가 작은 구멍을 통해서 방송된다. 머릴 들어 여자의 안내 음성이 나오는 곳을 확인한다. 앉은 둘 사이엔 각자의 안면 쪽으로 이동시켜 볼 수 있는 화면 모드의 팔걸이 컴퓨터가 대기하고 있다. 강산혜는 그것을 앞쪽으로 끌어올리려다 그만둔다. 한 사장은 거기엔 별로 관심이 없는지 아니면 뭔가를 골똘히 생각하는지 바로 옆에 있는데도 눈길조차 두지 않는다. ATI(사) 실무 대표는 조금 전 자신이 기기에 대해 설명한 건 자동이 아닌 수동이란 말을 덧붙인 후 단발머릴 찰랑이며 형사와 함께 제어실로 발길을 옮긴다.

제어센터의 자동문이 그녀가 누르는 비밀번호와 손가락 지문을 인식한다. 잠시 후 미닫이 출입문이 두 사람 앞에서 옆으로 사르르 열린다. 즉시 각자가 맡고 있는 자리로 이동한다.

맨 왼쪽으론 그녀가 데스크 아래에 있는 의자를 뒤로 빼며 앉는다. 맨 오른쪽엔 형사가 자리한다. 둘 사이의 공간 앞쪽으론 바깥을 볼 수 있는 필름 코팅 유리면이 가시광선만을 통과시키고 있다. 두 사람을 태운 타임머신은 이제 원격 조정만을 기다리고 있다.

그녀가 부팅버튼을 누르고 얼마 있자 앞쪽의 유리면이 검은색 바탕의 모니터로 변하며 맨 위쪽에선 하얀색의 커서가 쉴새 없이 껌벅거린다. 이어서 레벨 2단계와 3단계의 부팅 준비 프로그램인 프로세스들이 눈 끔적거릴 사이에 실행되며 화면 위로 사라진다. 모든 준비가 끝나자 화상 정 가운데에는 로그 인(Log in:) 문구가 뜬다. 거침없이 비밀번호를 입력한다. 누를 때마다 키보드의 탁탁 소리가 기분 좋게 들리는지 그녀는 입가에 미소를 머금는다. 모든 부팅 과정이 끝나자 형사가 앉은 자리의 앞면 모니터엔 그래픽 그림이 펼쳐진다.

녹색으로 뒤덮인 산들이 모니터의 화면을 서서히 가득 채운다. 거기엔 허공으로 뻗기만 하는 침엽수도 보이고 사위로 자신의 영역을 넓혀가는 활엽수도 자리한다. 산과 산 사이론 계곡 길이 이어지고 이따금씩 골을 흐르는 물소리도 들린다. 산 주위론 둘레길처럼 개울이 산을 에둘러 나아가다 멀리 산맥이 끝나는 지점에선 산과 산 사이로 난 길을 소리 없이 흐르며 빠져나가고 있다. 형사는 그런 화면을 한 손에 턱을 괴고 지켜본다.

그녀의 하얗고 긴 손가락이 키보드 위를 이리저리 오고 가자 모니터 화면에 타임머신의 문을 닫는 명령인 Tclose가 깜박이는 커서와 함께 뜬다. 힘을 주어 Enter 키를 친다. 잠시 후 타임머신의 양쪽 문이 척척 닫히기 시작한다. 강산혜와 한 사장은 말 없이 이 상황을 지켜본다. 천장 스피커에선 문이 안전하게 장착됐다는 안내방송이 이어진다. Tdate 명령과 함께 시간 설정을 한다. 형사가 예리한 눈매를 치켜 뜨며 예의주시한다. 이어서 출발명령인 Tstart가 실행을 기다린다. 잠시 망설이는가 싶더니 그녀의 하얀 중지손가락이 서서히 Enter 키에 다가간다.

계란형 타임머신이 초승달 받침대 위에서 돌기 시작한다. 제어실의 화면에선 카운트다운이 10부터 출발한다. 9가 되자 타임머신의 회전

력엔 가속이 붙는다. 하지만 탑승자가 있는 안쪽은 약간의 흔들림을 제외하곤 부동한다. 카운트의 숫자가 8, 7, 6, 5를 지나자 타임머신의 맨 아래쪽과 초승달 형의 받침대에선 자기의 빛이 일어난다. 처음엔 붉은 계열의 색들이 불꽃을 일으키더니 이내 희고 푸르스름한 파장의 색깔들이 물결치는 채찍처럼 사위로 퍼져나간다. 3에서 2를 지나자 꼬리치며 뻗어나가던 채찍의 빛들이 회오리바람 치는 타임머신의 구심력에 붙잡히기 시작한다. 푸르스름한 빛들은 자신들이 튀어나왔던 자기 돌개바람에 이젠 감기어 돈다. 선글라스를 착용하고 지켜보던 단발머리의 여인과 강 형사는 초자연현상의 놀라움에 감탄을 금치 못한다. 언제 봐도 경이로워. 이심전심이었을까? 두 남여가 서로를 조용히 응시한다. 화면에 현시된 카운트 숫자는 2에서 1로 바뀌며 이젠 0을 향해 치닫기 시작한다. 자기 돌개바람에 감기어 돌던 빛들이 타임머신의 구심력 안쪽으로 빨려 들어가는가 싶더니 다시 나선형으로 요동치며 나오려고 애쓴다.

탑승자가 타고 있는 타임머신의 안쪽에선 돌연 둘 앞에 홀로그램과 같은 영상들이 나타난다. 10만 년 전의 호모사피엔스와 네안데르탈인이 수렵과 채집을 하는 모습이 순간 지나가더니 연약한 오스트랄로피테쿠스가 먹이를 찾아 먼 거리를 홀로 걸어간다. 나무 위에선 한 유인원이 고독에 잠겨 나무 아래를 골똘히 쳐다본다. 그러던 그가 서서히 머릴 들어 활엽수 사이로 펼쳐진 파란 하늘을 응시한다. 순간 잎새 사이로 지나는 찬바람이 나무를 집어삼킬 듯이 불면서 유인원의 홍채 속으로 거무스름한 구름들이 몰려들기 시작한다. 이어서 이리저리 눈발이 날린다. 어느 순간 떨어지는 눈송이는 함박눈이 되어 그칠 줄 모른다. 지구는 점점 하얀 구체가 되어간다. 그 옆으로 미확인 비행 물체 하나가 접근한 후 적도를 따라 서서히 비행한다. 우주선이 별처럼 반짝이다 이내 사라지자 하얗던 지구는 금빛의 사막 구체가 되어간다. 지구 온난화로 모래 위로는 헤아릴 수 없는 열기들이 아지랑이를 그리며 상승하기만 한다. 끝없이 오르던 열기둥은 느닷없이 비의 장막이 되어 마른 모래 밭 위로 떨어지며 파편처럼 이리저리 튀어오른다. 강산혜와 한 사장은 쉴새 없이 눈앞에 펼쳐진 세상에 어안이 벙벙해진다.

제어실의 모니터 화면에 현시된 카운트 숫자는 (---)0)에 조금 더 가까워진다. 예리한 눈매는 고개를 돌려 숫자를 예의주시한다. 지그재그 요동치던 빛줄기들은 타임머신의 구심력에 끝내 말려 들어간다. 바깥에선 자기의 회오리가 사위의 빛들을 끌어당기고 있다. 주변이 어스름한 색으로 변해가고 있다. 그녀는 경이로운 초자연적 힘에 여전히 매료되어 눈을 떼지 못한다. 이젠 자기 돌기마저 휘기 시작한다.

거대한 활화산은 타다만 검은 연기 기둥을 하늘 위로 길쭉이 내뿜고 있다. 내부의 온도는 약 700~900도이다. 이따금씩 검은 연기 기둥 주위론 시커먼 뭉게구름들이 부글부글 끓어오른다.

한쪽 날개만 약 2.5M인 거대한 익룡 한 마리가 활화산을 향해 날아간다. 상승기류에 노를 젓듯이 큼직한 날개를 위아래로 움직인다. 높은 산 위에서 부는 강한 바람에 검은 재의 굴뚝이 우에서 좌로 틀어진다. 익룡은 그런 바람에 기계적으로 몸을 맡긴다. 왼쪽 날개가 기울며 휘어진 연기 굴뚝 쪽으로 방향을 잡으며 다가간다. 돌연 아가리를 쩍 벌린 까만 악령 하나가 솟구치는 연기 기둥에서 튀어나오며 익룡을 집어 삼키려 한다. 큼직한 입에선 화산재와 뜨거운 열기가 뿜어져 나온다. 기겁한 녀석은 두 다리를 앞세워 상체를 뒤로 빼며 공기의 마찰로 있는 힘껏 브레이크를 건다. 하지만 시커먼 아가리 속의 열 에너지가 그런 몸부림을 꿀꺽 삼킨다. 검은 연기 사이로 빠져나오는 건 급속한 속도로 떨어지며 뜨거운 열과 마찰에 타 들어가는 익룡의 비명 소리뿐이다.

강산혜는 자신의 온몸을 억누르며 어스름한 땅바닥으로 사라져 버리려고 했던 꿈 속의 검은 아가리가 한순간 뇌리를 스친다. 이마에선 식은땀이 송골송골 맺힌다. 한 사장은 기세적으로 재킷의 안주머니 쪽으로 손을 밀어 넣는다. 그러면서 속으로 말한다. 이거 동고동락도 너무한 거 아냐.

---〉0에 거의 가까워지자 과거와 현재의 시공간이 두 개의 물방울처럼 와 닿는다. 이제 눈앞에 보이는 건 영상이 아니라 누런빛의 물살이다. 놀라움과 경이로움 속에서도 강산혜는 하나의 의문이 든다. 빛들의 밀도가 높으면 누런색을 띠는 건가. 가끔씩 투명 테이프를 만지작거리며 갖던 의문을 되새겨본다.

제어센터의 모니터 화면 한가운데에선 성공(Succeeded!)이란 문구가 현시된다. 예리한 눈매가 눈웃음을 짓는다. 하지만 그녀는 아직도 주위의 빛을 빨아들이며 힘차게 돌고 있는 타임머신에서 눈을 떼지 못한다.

가슴과 허리에 고정된 안전벨트가 자동으로 풀린다. 천장 스피커에서 두 개의 시공간이 유지되는 시간이 얼마 안 된다 하며 급히 빛의 물살 속으로 들어가라 안내한다. 먼저 강산혜가 다가간다. 긴 팔 티셔츠의 가슴 부분에 그려진 얼룩 줄무늬가 일렁인다. 불안한 마음에 손을 쭉 뻗친다. 손가락이 물 속처럼 쑥 들어간다. 좌우로 여러 번 움직여본다. 다시 쏙 꺼내어 눈앞에 들이대어 본다. 한 사장은 옆에서 지켜보며 침을 꿀꺽 삼킨다. 이상이 없다고 판단이 서자 강산혜는 웜홀 속으로 서서히 몸을 옮긴다. 그의 몸체가 반쯤을 지나서 누런빛의 물살 속으로 막 사라지는 걸 확인하고서야 직사각형의 뿔테 안경이 그 뒤를 따른다.

그녀의 하얗고 길쭉한 손가락이 다시 키보드 위를 스스럼 없이 오고 간다. 모니터 화면엔 그 즉시 Tstop 명령이 현시된다. 껌벅거리는 커서가 명령을 재촉한다. Enter 키를 힐끗 보더니 바로 누른다. 힘차게 돌던 타임머신은 서서히 브레이크를 걸며 속도를 줄여나간다. 안으로 말려 들어가 구심력에 붙잡혀 있는 빛 줄기들이 이제는 빠져나오려고 요동친다. 뒤틀리며 돌던 자기 회오리도 속도를 늦추어간다. 거무스름한 사위가 어스레해지더니 주변은 다시 원래의 색깔로 회복되어간다. 마치 산마루 아래로 곤두박질 치던 태양이 다시 치솟는 모습이 눈앞에서 일어나고 있는 것만 같다.

허공 한가운데에선 둥그런 모양의 소용돌이 굴절이 바깥 둘레의 사물들을 일그러뜨리며 빨아들이는 모습이다. 주위에 있는 생물들은 그것이 무엇인지 모른다. 다만 주변에 있는 나무와 풀들조차도 두려움에 몸을 움츠린다.

느닷없이 그 안에서 바깥으로 누런빛의 물결이 절벽을 만난 물처럼 아치를 그리며 낙하한다. 땅바닥에 닿자마자 밀도가 높은 황색의 빛살은 바닥에 여러 번 튕기다가 이윽고 푸르스름한 풀들 사이사이로 사라진다. 마치 그곳이 길인 것처럼 말이다.

황금빛의 빛 물살이 걷히자 강산혜와 한 사장이 몸을 일으켜 서는 모습이 하늘 위를 날고 있는 익룡의 눈에 잡힌다.

그녀는 정확한 확인을 위해 다시 키보드 위에 손을 얹어 놓는다. 그리고 Tdate 명령을 실행한다. 강 형사가 예리한 눈매를 모니터 화면에 고정시킨다. 잠시 후 서로 접한 과거의 시공간이 6천 500만 년 전이란 문장이 드르륵 소리를 내며 까만 화면에 써신다.

단발머리에 살짝 가려진 눈이 형사가 앉아 있는 곳으로 향한다. 그래픽 화면 맨상단엔 〈자백 프로그램 프로젝트〉의 약자인 〈CPP〉의 알파벳 문자가 초록빛을 발하고 있다. 강 형사는 그녀를 보며 머릴 좌우로 흔든다.

"자줏빛으로 바뀌려면 조금 더 기다려야겠어요. 아직 시그널이 이곳까진 도달하지 못한 것 같아요."

그의 말이 끝나기 무섭게 바로 CPP 문자가 자색으로 빛을 발한다. 형사는 고개를 오른쪽으로 살짝 틀며 상대를 본다. 그녀는 개의치 않고 키보드로 다음과 같은 명령을 신속히 친다. Tnetstatus-nop tcp. Enter 키를 누르자 과거와 현재의 시공간 통신 프로토콜 상태가 검은색 바탕에 하얀색 글씨로 드르륵 써진다. 현재 공간의 IP:MAC 주소와 과거 공간의 IP:MAC 주소가 서로 연결됐음을 알리는 단어 Established가 줄의 맨끝에서 주황색으로 표시된다.

그래픽 화면 맨 좌측에선 노란색 점 하나가 깜박이며 움직이는 게 형사의 눈에 잡힌다.

"둘이 무사히 도착했군요."

그제야 그녀가 숨을 길게 내쉬며 편안한 자세를 취한다.

"이젠 상황을 지켜보며 이따금씩 우리가 그들의 일에 끼어들 때를 알아야겠지요."

타임머신은 완전히 멈춰서 바닥에 설치되어 있는 초승달과 함께 자기부상 상태를 유지하고 있다.

"참, 초자연적 현상은 우리의 상상을 늘 무너뜨려요. 타임머신이 저렇게 눈앞에서 정지되어 있는데 앞으로 약 48시간 동안 두 개의 시공간이 통신 상태를 유지한다는 게 말이에요."

"두 개의 물방울을 상상해봐요. 표면장력으로 서로를 끌어당겼던 두 개의 수적이 외력에 의해 순간 힘을 잃고 다시 원래의 상태로 되돌아가는 그 찰나의 순간에도 전자들은 여전히 서로의 시공간을 오고가며 소통한다는 걸."

"그러게 말이에요."

"어쨌거나 둘은 고생 좀 하겠네요."

강산혜와 한 사장은 자신들 앞에 펼쳐진 세상에 당최 어찌할 바를 모르고 어리둥절해한다.

하늘엔 익룡이 날고 사위는 침엽수와 활엽수로 둘러쳐져 있고 그 안으론 넓은 들판이 펼쳐진다. 땅바닥은 양치식물들로 이리저리 점령 되어 가고 있다. 누런 흙도 여러 군데 드러나 있다.

흙먼지가 인다. 두 사람이 시선을 돌린다. 큼직한 대퇴부의 뒷다리 를 가진 공룡 한 마리가 뒷걸음질을 친다. 몸 길이가 대략 2.5m인 프 로토케라톱스였다. 녀석들은 무리를 지어 고사리 밭에서 한참 식사 중이다. 둥그스름하면서 입 주위로 갈수록 각이 지는 얼굴형에 니뼈 (nipper)와 같은 부리를 가졌다. 고사리 줄기가 뚝 끊어지더니 잎들과 함께 녀석들의 밥통 속으로 바로 직행을 한다. 후두 쪽으론 뒷머리와 짧은 목을 육식공룡의 기습으로부터 보호해주고 있는 프릴이 안전하 게 감싸고 있다.

"그러고 보면 사냥이 늘 성공하는 건 아냐." 한 사장이 의미심장하 게 말한다.

프로토케라톱스의 뒤쪽으로 시선을 돌리니 자연스레 먼산 바라기 가 된다. 멀리 보이는 고산 위로 화산재의 연기 기둥이 보이지 않자 둘 은 이구동성으로 활화산은 아니라며 몹시 기뻐한다. 아무래도 화산재 의 열 기둥 속에서 통 구이가 된 익룡이 떠올랐나 보다. 하지만 기쁨 도 잠시. 오른쪽으로 비스듬히 틀어진 쪽으로 큰 길이 하나 나 있다. 그곳으로부터 한 무리의 공룡이 그들 쪽으로 먹이를 찾아 이동하고 있다. 오리주둥이의 입을 가진 파라사우롤로푸스였다.

몸 길이는 대략 10m 정도이고 두상엔 콧등에서 시작해 머리 뒤쪽 으로 호를 그리며 길게는 1m 정도 뻗은 볏이 있다. 재질은 뼈이지만 어린 공룡의 것은 야들야들해 보인다. 그 어린 것이 비스듬히 누워 있는 통나무 위를 거뜬히 넘어가면서 딱정벌레의 머리 위를 간발의 차로 비껴간다. 옆에선 개미가 자신의 두 더듬이를 정갈하게 손질한다. 헌데 그들의 행렬이 일순간 멈춘다. 둘은 기이하게 여기며 볏 공룡들이 응시하는 곳으로 몸을 돌린다.

침엽수와 활엽수가 각각 출입문처럼 서 있는 곳으로부터 큼직한 발걸음의 진동이 느껴진다. 흙먼지가 일면서 가라앉기를 반복한다. 강산혜와 한 사장은 비틀거리는 몸을 바로잡으며 시선을 놓지 않는다. 공룡들은 납작한 뇌에서 부리 앞까지 길쭉이 뻗은 코를 쿵쿵거린다. 냄새는 분명 포식자의 분비물이었다. 불안과 공포가 공룡의 무리 속을 기습한다. 이 와중에도 아직 어린 볏 공룡은 호기심을 잃지 않는다. 곁에 있던 어미가 그런 새끼를 보호하려는 듯이 앞으로 나아간다.

이윽고 침엽수와 활엽수로 만들어진 문밖으로 티라노사우루스가 커다랗고 무시무시한 머리부터 들이대며 초식공룡 앞에 우뚝 선다. 강산혜와 한 사장은 말문이 막힌 채 서로의 얼굴을 보다가 티렉스 보기를 반복한다. 더욱이 직사각형의 안경에 짝 달라붙은 짧은 머리가 곤두섬을 느끼는지 그가 머릴 좌우로 흔들어댄다. 그것이 포식자의 심기를 건드렸을까? 느닷없이 티라노사우루스가 허공이 찢어지도록 포효를 해댄다. 이곳에서 저곳으로 하늘을 오고 가던 미크로랍토르 한 마리가 느닷없이 출렁이는 허공의 물결에 저도 모르게 파도처럼 올랐다가 내려앉는다. 녀석은 두려움에 치를 떨며 얼른 숲 속으로 꼬리를 보이며 몸을 냅다 뺀다.

티라노사우루스의 홍채 속에는 녹색의 들판이 들어오고 그 안에선 두려움에 떨고 있는 프로토케라톱스의 무리가 비친다. 티렉스는 군침을 흘리며 그리로 성큼성큼 걸음을 옮긴다. 강산혜와 한 사장은 자신들을 비켜가는 놈을 보며 가슴을 쓸어 내린다. 오리주둥이 공룡들은 오던 길로 다시 길을 잡는다.

프로토케라톱스의 무리는 누가 먼저라 할 것 없이 흙먼지를 일으키며 툭 터진 앞 길로 있는 힘을 다해 내달린다. 벌판은 지진의 전조 현상처럼 지그재그 흔들린다. 통나무 위에 있던 개미와 딱정벌레는 떨어지지 않기 위해 몸을 바짝 낮추고 가시 돋친 집게 발들로 나무의 홈을 온몸으로 꼭 붙잡는다. 강산혜와 한 사장은 몸의 중심을 잡으면서 숨긴 숨어야 하는데 어디로 피신해야 할지 즉각 판단이 서지 않는다. 프로토케라톱스의 무리가 시야에서 완전히 사라지자 육식공룡인 티렉스는 먹잇감을 놓친 것에 분을 못 이겨 다시 한 번 허공에 대고 포효를 해댄다.

이제 녀석의 시야엔 별로 먹을 것이 없어 보이는 이상야릇한 생물체에 눈독을 들인다. 꿩 대신 닭인가? 그가 코를 킁킁거리며 정보 분석에 들어간다. 하지만 뇌의 어디에도 지금 가시거리에 있는 식사 감에 대한 자료가 분석되지 않는다. 몸집에 비해 참으로 작은 양손을 턱 바로 아래에서 움직이며 처음 보는 것에 호기심마저 보인다. 둘은 어찌할 바를 모른다. 이때 문득 허공을 가로지르며 이 숲에서 저 숲으로 이동하는 미크로랍토의 그림자 하나가 둘 앞에서 실루엣이 되어 물결치며 날아간다. 순간 강산혜의 머리 속에서 하나의 생각이 스친다.

"뛰어."

"어디로."

"숲으로."

졸지에 피식자로 전락한 두 개체는 온 힘을 다해 숲 속으로 내달린다. 이에 티라노사우르스는 본능적으로 먹잇감을 뒤쫓는다. 몸길이는 대략 13m에 이르고 높이는 2~3m인 5, 6톤의 육식 공룡이 공격적으로 몸집을 옮길 때마다 지반이 요동치고 이에 둘은 잃었던 균형감각을 얼추 되찾으며 도망가기 일쑤다. 오던 길로 막 사라지고 있던 오리주둥이 공룡 한 마리가 안타까운 듯이 응시하며 이 장면을 놓치려 하지 않는다.

"녀석이 한 걸음씩 옮길 때마다 지축이 흔들리는 것 같아. 이러다가 영락없이 잡히는 거 아냐."

"100m 달리기를 생각해봐. 결코 우린 녀석의 식사감으로 전락할 수가 없어."

"녀석이 달리기라도 하면 단거리 달리기도 무용지물이 아냐."

강산혜는 게임 프로그램을 짜면서 간간히 공룡에 대해 공부했던 걸 떠올린다.

"티라노사우루스는 결코 뛸 수가 없어. 생각해봐. 녀석이 뛰다가 넘어지는 날엔 저 무게에 뼈가 멀쩡하겠어. 게다가 야생에서의 부상은 곧 죽음으로 이어지잖아."

잡힐 듯 말 듯 두 피식자는 냅다 달린다. 숨을 헐떡거리는 소리와 일시에 발하는 땀냄새가 티렉스의 본능을 격렬하게 자극한다. 먹이로선 보잘것없는 인간에게 그는 집착한다.

흔들리는 지축에 둘은 연이어 파도타기를 하고 통나무 맨 끝머리로 향하던 개미는 그만 덜거덕거림에 바닥으로 추락하고 만다. 배를 보이며 낙하한다. 그 위로 딱정벌레가 날갯짓하며 얄밉상스레 날아간다. 하지만 개미는 두 눈을 감고 능숙하게 온몸을 공기에 내맡긴다.

두 사람의 눈앞에 삼림의 입구인 관목이 보인다. 줄기 사이로 몸을 비틀며 잽싸게 빠져나간다. 약간의 찰과상이 겉옷에서 일어난다. 바싹 쫓고 있던 티렉스는 기계적으로 브레이크를 건다. 흙먼지가 일면서 속도가 현저히 줄어든다. 하지만 관목의 일부 가시들은 단단한 공룡의 껍데기에 부딪히며 힘없이 부러진다. 안으로 더 발을 들여놓고 싶어도 빽빽한 삼림이 마치 굳게 닫힌 성문처럼 그를 막아서고 있다.

땅바닥에 떨어진 개미는 몸을 바로 세우며 다시 길을 잡아본다. 녀석은 지그재그 나아가다 티라노사우루스의 노호소리가 들리는 곳으로 더듬이를 움직여 댄다. 그러다 다시 페로몬으로 포장된 도로를 찾아낸 후 바로 내달린다.

숨이 턱에 차도록 쉴새 없이 달려온 그들은 숲속으로 들어서고도 불안한 맘이 가시지 않아 한참을 달리고서야 멈춘다. 거친 호흡의 숨결과 땀내가 나뭇가지 사이사이로 스며든다. 그러다가 문득 일렁이는 바람에 가지들이 물결친다. 마치 누군가가 그 소리와 냄새를 감지하고서 그 자리를 막 떠난 자취처럼 말이다.

둘은 성기게 난 나무 사이에서 양손을 무릎에 대고 숙여지는 상체를 지탱하고 있다. 가끔씩 이는 바람에 이마의 열기와 땀이 식는 걸 느낀다. 헉헉거리는 숨기가 가라앉기 무섭게 강산혜는 한 사장에게로 돌진한다. 돌발성 공격에 피습격자는 어이없이 공격자를 끌어안고 뒤로 벌렁 넘어진다. 둘은 좌우로 굴러댄다. 고지점을 선점한 강산혜가 주먹을 불끈 움켜쥐고 상대의 면상에 일격을 가하려는 순간 직사각형의 안경은 두 팔을 X자로 만들어 얼굴을 가리면서 더듬더듬 말한다.

"여…긴 우리가 생…존 하기엔 가혹한 환경이야. 이곳에서 힘…을 다 소진한다면 너와…난 살…아서 돌아갈 수 없어."

"……"

한 사장을 죽도록 패주고 싶었지만 그의 일리 있는 상황 파악을 참아 뿌리치지 못한다.

"어쨌거나 너와 난 이젠 적이 아니라 서로 협력해야만 하는 아군이 됐어."

그는 이 말을 해놓고 묘한 표정을 짓는다. 강산혜는 알 수 없는 그의 얼굴 빛에 이상함을 느꼈지만 무심코 넘겨버린다. 어느 정도 거리를 둔 채 각자 침엽수의 몸통 줄기에 등을 기대고 앉는다.

날벌레의 무리들이 짝짓기를 성사시키기 위해 암컷 주위에 떼지어 몰려든다. 그들은 초당 수백 번에 달하는 날갯짓을 해대며 위아래로 어지러이 물결 친다.

암컷이 긴장감이 맴도는 나무 사이를 홀연히 가로지른다. 수컷들은 그녀에게 잘 보이려고 경쟁자들에게 뒤질세라 저마다의 비행 실력을 힘껏 뿜어내며 심히 물결친다. 그런 그들 위로 햇살은 부서진다. 한 사장은 자신에게 몰려올까 봐 귀찮아하듯이 팔을 내어 휘젓는다.

침엽수가 쓰러져 죽어가고 있는 자리엔 낙엽수가 그 틈을 비집고 어김없이 들어섰다. 가지 줄기는 볕을 향해 쭉쭉 뻗어 나아간다. 숲은 언제부터인지는 모르지만 나자 식물과 현화 식물들의 전쟁터였다. 조금 떨어진 곳에선 열대 식물인 목련의 꽃잎들이 여기저기 떨어져 산화된 지 오래이다. 흙 알갱이가 되어가고 있는 것이다. 그것이 강산혜의 마음을 심란하게 하는 모양이다. 그가 애써 고개를 돌린다.

"한 사장, 우리가 도착해야 할 곳은 이곳이 아니잖아. 왜 이리로 오게 된 것이지. 설명을 해봐."

"내가 그걸 어찌 알겠어."

강산혜는 둥그런 안경알 안쪽의 두 눈을 치켜 뜨며 엄히 노려본다. 한 사장은 위축감을 느끼며 고개를 떨군다.

"ATI(사) 실무 대표란 여자가 한 말을 떠올려봐. 뭐…라 했더라."

"행여 길을 잃을 수 있다고 했지. 그래도 이…건, 제기랄."

"그래, 지금 우리 처지가 딱 그런 상황 아냐. 게다가 너와 내게 준 장비를 생각해봐. 난, 리볼버 권총을 받았고 넌 위치 탐지기가 주어졌잖아. 그걸 지금 당장 꺼내 봐."

한 사장은 잿빛 재킷의 속주머니를 오른손으로 더듬거리며 만족스런 표정을 짓는다. 강산혜는 청바지 주머니 속으로 손을 깊이 찔러 넣어 신속히 기기를 꺼내 든다. 검은색의 모니터에 가슴 부위의 얼룩 줄무늬가 어둡게 비친다. 손을 더듬거리며 버튼을 찾는다. 모서리 주변엔 딱 잡히는 것이 없다. 어느새 가까이 다가온 한 사장은 하단을 눌러보라 권한다. 눈을 힐끗 치켜 뜨며 엄지 손가락은 버튼을 감지한다. 바로 딱하고 누르자 검은색의 화면이 사라지며 나침반의 그림이 현시된다. 손바닥 위에 올려놓자 붉은색의 N자가 돌면서 북쪽을 찾아낸다. 기기의 상단 부위엔 직각 삼각형의 안테나 막대 중 하나가 희미하게 빛을 잃어가고 있다.

제어센터에서 그래픽 화면으로 상황을 감시 중이던 강 형사는 껌벅거리는 노란색이 자꾸만 연해지는 걸 눈여겨본다. 그녀는 즉시 네트워크 상태를 검색해본다. 키보드로 Tnetstatus-past 6,500 명령을 입력하고 Enter 키를 탁 치자 모니터 화면에는 현재의 시공간 상태의 네트워크 망이 드르륵 현시되며 줄의 마지막 부위에선 〈Established〉라는 단어가 주황색으로 써진다. 죽지 않고 살아 있네. 아직은 괜찮다고 강 형사에게 엄지와 집게로 원을 만들어 사인을 보낸다.

"나침반과 몸이 따로 놀고 있잖아."

강산혜는 나침반의 N자가 가리키는 쪽으로 몸체를 돌려 적색의 자침 방위와 일치시킨다. 그러자 상단 부위의 안테나 막대가 하나에서 두 개로 즉시 바뀐다. 하지만 수신 신호 빛깔은 연해졌다 진해지기를 반복한다. 어쨌거나 막대기가 하나 더 는 건 사실이야. 그는 이 점을 놓치지 않고 계속 물고 늘어진다. 어쩌…면 이 안테나 표시는 우릴 다시 원래대로 되돌려 보낼 수 있는 타임머신이 위치하는 곳이 북위라는 것을 알리는 건지도 몰라. 생각이 여기에 미치자 얼굴엔 만연한 미소가 번진다.

"우리가 가야 할 곳은 이곳, 북쪽이야."

강 형사는 노란색 불빛이 다시 진하게 껌벅거림을 본다. 이제야 방향 감각을 잡았군. 그도 엄지와 집게로 원을 만들어 그녀에게 괜찮다는 사인을 보낸다. 단발머리의 여자가 이에 'OK' 하며 응수한다.

그제야 그들의 눈에 나무들 사이로 북쪽으로 향하고 있는 오솔길이 들어온다. 둘은 먼저라 할 것 없이 즉각 길을 잡는다.

완만한 내리막길에서 강산혜는 침엽수와 활엽수 사이로 펼쳐진 하늘을 올려다본다. 한떼의 양떼구름이 목동 같은 바람의 손길에 이끌려 어디론가 몰려가고 있다. 그러다가 돌연 누군가의 옆 모습을 닮은 낮달이 양 한 마리를 비집고 얼굴을 불쑥 내민다. 아무래도 후미에서 뒤처진 양들의 이탈을 막으려 함인가 보다. 그러면 저 달을 부른 건 다름 아닌 바람인가. 그는 이런저런 상상을 하며 내리막길을 서서히 내려간다. 그때마다 올려다보는 하늘은 점점 높아짐을 느낀다. 착시인가. 하늘이 높아질 리는 없잖아. 이 의문에 답이라도 하려는 걸까. 불현듯 한 줄기 강한 바람이 사위를 휘젓고 지나간다.

다시 바람이 멈추자 강산혜는 바람살이 아닌 어떤 발자국 소리가 일으키는 낙엽 밟는 소리를 미세하게 감지한다. 순간 티라노사우루스에게 혼쭐난 기억이 선연히 떠오른다. 아…니야. 티렉스가 숲속으로 들어올 수는 없…어. 그럼 뭐지? 눈에는 두려움이 가득 찬 채 소리가 이는 곳으로 애써 용기를 내어 시선을 돌린다. 하지만 음산함의 소리는 더 이상 나지 않고 어떤 움직임도 없는 것에 크게 안도한다.

그보다 앞서고 있는 한 사장은 이런 것에는 전혀 아랑곳하지 않고 바투 머리에 떡 벌어진 어깨를 돌출시키며 씩씩하게 북쪽 방향으로

82

나아가기만 한다. 그 뒷모습에 강산혜의 마음속에선 맵살스러움이 인다. 어쩌면 그건 두려움 때문일지도 모른다고 생각한다. 저리 당당한 건 분명 녀석에겐 권총이 있기 때문일 거야. 돌연 선택의 여지도 없이 자기에게 위치 탐지기를 건넨 여자의 얼굴도 밉살스레 떠오른다. 아아, 제기랄.

다시 평탄한 길이 구불구불 이어진다. 한참을 굽이굽이 가다 한 사장은 길가 옆 안쪽으로 시선을 돌리다 우연히 흙이 부서져 내린 작은 굴을 발견한다. 뭔가에 끌리듯이 몸이 따라간다. 그 뒤를 얼룩 줄무늬 가슴이 식식거리며 뒤따른다.

굴 앞에 이르자 먹다 버려진 다리 뼈 조각과 두개골이 흩뿌려져 있다. 위쪽에선 누군가가 금세 땅을 밟고 지나간 것처럼 황토색의 흙이 사체 쪽을 향해 모래알처럼 주르륵 흘러내린다. 한 사장은 정확히는 모르는 어떤 종의 처참한 주검을 물끄러미 바라보다 처자식의 참혹했던 상황이 떠올라 애써 눈을 돌린다. 강산혜는 그런 그를 보며 주위에 널려 있는 사해 덩이들을 더 면밀히 들여다본다.

포식 후 버려진 두개골로 보아 이건 공룡의 새끼가 아니라 소형 포유류라고 조심스레 판단을 내린다. 비록 송장이었지만 인류의 선조격을 눈앞에서 보고 있자니 묘한 기류가 온몸을 타고 흐른다. 그는 게임을 짜기 위해 조사했던 공룡들의 역사 속에서 호모 사피엔스의 선조였던 당시의 포유동물을 즉시 떠올린다.

쥐보단 두세 배 정도 더 큰 몸집에 길쭉한 주둥이를 가졌고 눈은 양안비복시(兩眼非複視)에 머리 위론 둥그스름한 작은 귀를 가졌다. 앞발과 뒷다린 좀 짧은 편에 속했고 꼬리는 뒤로 갈수록 허공을 향해 치켜세웠다. 그런 그들이 땅을 파고 굴을 만들어 낮에는 무시무시한 공룡을 피해 잠을 잤고 밤이 오면 밖으로 나와 중천에 뜬 달빛으로 시야를 확보했다. 게다가 후각 동물답게 길쭉한 주둥이 바로 위의 코와 양 옆으로 길게 자란 몇 가닥의 수염을 이용해 밤 벌레들을 사냥하며 가혹한 환경 속에서도 생존을 이어갔다.

토굴 입구엔 공룡의 갈고리 발톱이 긁고 지나간 자국이 굵직하게 산발해 있다. 이따금씩 흘러내리는 흙 알갱이들에 의해 당시의 참혹했던 상황이 알게 모르게 덮어지고 있다.

길쭉한 팔을 굴 안쪽으로 깊이 집어넣어 이리저리 움직이며 뭔가를 한껏 움켜쥐려 한다. 새끼와 어미는 깊은 잠을 자다가 전장에서 떨어지는 흙더미에 놀라 벌떡 눈을 뜬다. 흙 묻은 공룡의 갈고리 발톱이 눈앞까지 들이닥친 것이다. 어린 것들은 처음 보는 것임에도 기겁을 한다. 경험 많은 어미는 자식들과 함께 몸을 더 뒤로 뺀다. 그럴수록 녀석의 팔뚝은 더 악착같이 뻗친다. 혈거 속 사위의 흙벽은 엔진 룸의 피스톤처럼 움직여대는 갈고랑이에 남아나질 않는다. 암컷은 본능적으로 판단을 내린다. 다음을 기약하는 것이다. 새끼들이 녀석의 움켜쥔 손에 하나 둘씩 잡혀나간다. 벽이 무너지면서 넓어진 틈과 움켜쥔 쇠스랑 사이로 어미는 몸을 냅다 뺀다. 밖으로 나와 공룡의 힘이 뻗치지 못하는 곳까지 급히 와서야 뒤돌아본다. 어린 것들이 녀석의 톱니 같은 주둥이 속으로 하나 둘씩 들어가는 걸 목도한다. 앞다리를 벌려 공격적인 자세를 취한 후 송곳니를 드러내며 눈앞에 있는 공포의 적을 향해 힘껏 포효를 해댄다. 하지만 그녀가 할 수 있는 것은 여기까지란 걸 인식한다. 어느새 긴 꼬리를 보이며 양치식물들 사이로 사라진다. 강산혜는 지그재그 남겨진 발자취에 시선을 떼지 못한다.

왜 죽였어! 이 말이 목구멍 밖으로 튀어나오려는 걸 한 사장은 가까스로 억누른다. 거무스름한 양손은 주먹을 불끈 쥐고 몸은 똑바로 선 채 꿈쩍도 못한다. 그러면서도 위치 탐지기에는 항상 백 그라운드 모드로 녹음 프로세서가 작동하고 있다는 걸 잊지 않는다. 무릎과 상체를 구부리고 인류의 선조격인 소형 포유류가 남긴 발자국에 심취해 있는 강산혜의 청바지 주머니를 눈여겨본다. 기기가 불쑥 돌출해 있다. 난, 녀석에게 자백을 받아야 돼. 그래야만 아내와 자식을 구할 수 있어. 하지만 지금은 강요해봤자 결코 실토하지 않을 건 불을 보듯 뻔해. 그러니 조금 더 내게 유리한 상황이 오기를 기다려야 해. 주먹 쥔 양손이 그제야 제풀에 풀린다. 하지만 뭔가 자극을 줄 필요는 있어.

"회사를 그만두고 내가 참 밉지 않았어?"

강산혜는 뭔가를 잘못 들은 것은 아닌가 하며 일어서서 몸을 돌린다.

"난, 말이야. 네가 나에게 준 감정의 생채기들로 잠을 못 이룬 적이 한두 번이 아냐. 헌데 넌, 회사까지 그만뒀잖아. 내 감정이 이럴진대 넌 오죽하겠어."

강산혜가 사직서를 내기 전 약 1-2개월간 한 사장과 옥신각신했던 일들이 주마등같이 지나간다. 이젠 지난 일인데도 어제의 진흙탕 싸움처럼 불쾌함이 밀려오며 허연 얼굴은 금세 붉어진다. 꺼내고 싶지 않은 기억을 꺼내 본 것처럼 머릴 좌우로 여러 번 짧게 흔든다. 그 몸짓이 한 사장의 직사각형 안경에 반사된다. 얼굴엔 묘한 웃음이 번진다. 그런 그에게 달려들어 당장에라도 주먹을 날리고 싶지만 얼룩 줄무늬 가슴은 현재 자신이 처한 위치를 애써 망각하지 않는다. 녀석과 붙어봤자 힘만 빠져. 그때도 그랬잖아.

"우리 둘은 이제 협력자란 한 걸 잊으셨나."

"…아, 쏘리."

강산혜는 혼자만 들을 수 있는 소리로 되뇐다.

"싸가지 없는 새끼."

한 사상은 상산혜에게 이쯤에서 우리가 지금 제대로 가고 있는지를 확인해야 되는 거 아니냐고 엄히 지적한다. 위치 탐지기를 손바닥 위에 올려 놓고 나침반의 북쪽 침이 가리키는 쪽으로 몸을 맞춘다. 삼위일체가 되자 붉은 바늘 침이 몹시 떨어댄다. 자신의 몸도 덩달아 떨어대는 걸 미세하게 느낀다. 시선은 먼산바라기에 둔다. 나무 사이로 구불구불 이어진 길은 직선이 되면서 나침반의 북쪽 방위각과는 무시해도 될 정도의 북동쪽 편차를 보인다. 눈을 떼자 길은 어서 오라는 듯이 다시 굽이굽이 이어진다. 기기의 상단부쪽 수신 안테나 막대는 여전히 두 개를 표시하고 있다. 다행한 것은 직각 삼각형 막대의 검정색이 전보다 더 짙어졌다는 것이다. 그제야 그가 안도의 한숨을 길게 내쉰다.

"통신 상태가 좋아졌는데."

"우리가 가긴 제대로 가는 모양이군."

둘은 느닷없이 가던 걸음을 멈춘다. 눈앞에 깊고 넓게 파인 도랑이 위험하기 짝이 없게 막아서고 있다. 훌쩍 뛰어넘기에는 폭이 너무 넓어 보인다. 주변을 두리번거리자 오른쪽 가에 참 이상한 것이 보인다. 마치 어떤 이가 이곳을 지나가기 위해 세워 놓은 것처럼 굵직한 통나무 하나가 외나무다리가 되어 가로질러져 있다. 게다가 목재는 어떤 연장의 손길에 의해 다듬어진 것처럼 사람의 시선을 끌어당긴다.

"우리 말고 또 누가 있는 건가."

"……"

이심전심이 통한 것에 약간의 침묵이 흐른다. 그러다 둘은 서로의 얼굴을 보며 웃어댄다. 하지만 곧 냉정을 되찾는다. 마치 일순간 사라지려던 서로간의 적의를 애써 되돌리려는 것처럼 말이다.

"흐-흠."

"……"

먼저 한 사장이 외나무다리를 건넌다. 중간쯤 가자 아래에 큼직한 무언가가 있다. 그건 다름 아닌 공룡의 늑골 형상이었다. 골격만으론 죽어 있는 공룡의 종을 알 길이 없어 보인다. 다만 유추할 수 있는 건 아래의 땅바닥으로 떨어지고 난 뒤 올라오지 못하고 굶어 죽은 것임에 틀림없어 보인다. 녀석이 오르기 위해 필사적으로 몸부림쳤던 흔적들이 내린 비와 배수에 의해 완전히 지워진 것은 아니다. 게다가 추락하면서 부러진 허연 발목 뼈까지 눈에 선하게 잡힌다. 그는 그것에 왠지 모를 가슴이 에이어 온다. 고개를 돌려 강산혜를 뒤돌아본다. 좀 전에 웃던 모습과는 달리 눈 속에선 슬픔과 분노가 뒤엉켜져 있다. 강산혜는 그 눈길이 께름칙하기까지 한다.

"뭐해, 빨리 건너지 않고."

한 사장은 양쪽 팔을 벌려 균형을 잡으며 무사히 도랑을 건넌다. 안전 지대에 착지한 후 어서 오라고 급히 손짓까지 한다. 그러면서 무심하게 자신이 걸어온 뒤쪽의 숲길을 주의 깊게 들여다본다. 마치 무언가를 조사하고 있는 것처럼 말이다.

"뒤에 뭐 있어."

"무슨 발자국 소리 같은 게 들리지 않아."

강산혜는 고개를 갸우뚱하며 한 사장과 같은 곳을 응시한다. 내리막길에서 내가 느낀 걸 녀석도 느끼는 보양이야. 그저 바람이 일으키는 바람 발자국 소리인데.

"뭐해. 빨리 건너오지 않고."

"하여간, 급하긴."

누군가가 멀리서 본다면 그건 마치 가슴에 여러 개의 얼룩 줄무늬가 있는 한 마리 새가 날개를 최대한 벌린 채 두 발을 번갈아 들며 깊고 넓은 도랑 위에 걸친 통나무 다리를 조심스레 건너는 것과 다를 바가 없었다. 이는 바람에 긴 팔 소매가 깃털처럼 나부낀다. 한 사장은 한 발 두 발 경직스레 걷는 걸음걸이를 보며 절로 웃음이 터진다.

동족이라 여긴 것인가? 허공에선 미크로랍토르 구이 한 마리가 바람을 가르며 가슴 줄 무늬의 머리 바로 위로 다가든다. 시시각각 부는 열풍에 녀석의 몸체가 일순간 솟으며 까-악 짖어댄다. 이에 강산혜는 혼비백산하며 몸이 좌우로 기우뚱한다. 한쪽 발이 뜨며 바닥이 보이자 이번엔 아찔함이 밀려든다. 그래도 간신히 무게 중심을 잡아낸다.

직사각형의 뿔테 안경은 파도타기 전법으로 내리 하강하는 공격자를 정면으로 응시한다. 뒷발처럼 앞발도 펼쳐진 날개와 한몸이다. 길쭉한 주둥이론 짧은 송곳니를 힘껏 드러내며 돌진해 온다. 하지만 그는 두려워하지 않고 오히려 당당히 눈싸움을 한다. 거무스름한 얼굴에 허연 이를 위협적으로 드러내며 놈에게 응수까지 한다. 덮치려는 순간 한 사장은 옆으로 크게 비켜선다. 먹잇감을 허망하게 빗겨간 포식자는 이에 당황하지 않고 다시 상승기류에 몸을 맡기며 나무 위로 치솟는다. 가지 줄기에 이르자 큼직한 날개로 몸을 비스듬히 틀어 안착한다. 기지로 위험을 모면한 한 사장은 길게 호흡을 한다.

"후-."

"내가 뭐랬어. 빨리 건너 오라 하지 않았어. 하여간 말 안 듣는 건 여전해."

"하여간, 아랫사람 나무라는 건 여전하쇼."

가지 위에 앉아 피식자를 내려다보고 있던 미크로랍토르 구이는 사냥의 실패를 이해할 수 없다는 듯 고개를 좌우로 돌리다가 이내 다시 짖어댄다.

"까-악. 까-악."

어떤 무리의 발자국 소리가 수풀 속에서 조심스레 다가오다 경계하며 멈춘다. 위기를 모면한 두 사람은 얼른 자리를 뜬다.

침엽수와 낙엽수가 성기게 나 있는 곳에 들어서며 강산혜의 청각은 예민해진다. 한 사장의 옆구리를 툭툭 친다.

"왜 그래."

"무슨 소리 안 들려."

사위의 수풀이 지나가는 바람에 솔솔 흔들리며 서로의 잎을 비벼 댄다. 직사각형의 뿔테 안경은 이맛살을 짓는다. 상쾌한 바람은 그의 찡그린 이마로도 어김없이 다가와 부딪히며 양 옆으로 갈라진다. 구겨진 안색이 절로 펴진다. 이어 실바람이 멎는다.

"탁 탁 탁 탁."

그의 한쪽 귀가 이상한 소리가 들려오는 쪽으로 꿈틀거린다. 고개를 약간 숙이며 진지하게 분석을 한다. 좀 전 자신들이 무심결에 지나쳤던 너럭바위가 떠오른다. 누군가가 그 곳에나가 뭔가를 규칙적으로 부딪히며 내는 음향이라고 한 사장은 판단한다. 우리 말고 또 누가 있는 건가. 고개를 좌우로 흔든다. 그럴 리가 없어. 이곳은 저 녀석에게서 자백을 받아내기 위한 곳인데.

"우리 말고 또 누가 있는 것 같은데. 통나무 다리를 건널 때도 너와 난 느꼈잖아."

"그럴 리가 없어."

"그러면, 저건 뭐야? 바람이 내는 음파는 아닌 것 같은데."

바위와 부딪히며 발하는 일정한 패턴 음은 멎질 않는다. 게다가 그 음향에 맞추어 숲이 움직이는 형태를 띤다. 양쪽에서 반원을 그리며 움직이던 수풀은 이제 두 사람이 서 있는 곳으로 방향을 틀어 한 점을 향하고 있다. 반원이 뒤집어진 형태이다.

"탁 탁 탁 탁."

얼룩 줄무늬 가슴의 눈은 두려움에 떨며 숲 속을 응시한다. 가지들 사이로 움직이는 뭔가가 잡힌다. 성인 정도의 키에 호리호리한 몸매를 가진 게 다가오다 잔가지를 사이에 두고 서로의 눈이 마주친다. 미크로랍토르처럼 길쭉한 주둥이를 가졌고 눈은 양안비복시에 큰 단추처럼 동그랗다. 놈이 호기심을 가지며 고개를 좌우로 돌린다. 긴 입 뒤쪽에서 시작해 전신을 덮은 깃털은 붉은색을 띤다. 시야가 답답한지 앞발을 이용해 가지 사이의 틈을 더 넓힌다. 잔가지의 줄기를 잡은 세 발가락의 발톱은 세 갈래의 갈고리처럼 안쪽으로 휘었다. 먹잇감을 잡으면 절대로 놓지 못할 포식자의 무기였다. 만약에 실수로 피식자가 빠져나간다 해도 깊게 파인 상처 때문에 멀리 가지는 못할 게 분명했다. 그런 그가 길쭉한 주둥이를 서서히 벌린다. 아랫입술로 타액을 흘리며 톱니 같은 이를 선연히 드러낸다. 강산혜는 헛것을 본 것처럼 눈을 깜박이며 금방 자신이 내린 판단을 수정한다. 녀석의 진정한 무기는 발톱이 아니라 이였어. 한 사장을 툭툭 치며 강산혜는 벌벌 떨며 뒷걸음질을 친다. 난생 처음으로 오줌이 지려옴을 느낀다. 이건 정상이야. 이런 상황이면 누구든 어쩔 수 없는 거야. 그는 이 말을 되뇌며 마음을 다잡으려 애쓴다.

직사각형의 뿔테 안경도 놈과 눈이 정면으로 마주친다. 기계적으로 안주머니에 넣는 손이 떨림을 느낀다. 리볼버 권총이 묵직하게 손아귀에 잡히고서야 안도감이 선다. 하지만 그는 넣던 손을 도로 서서히 뺀다. 그러면서 한 회사의 사장답게 침착성을 잃지 않고 생각을 해본다.

저 놈 혼자만 있는 게 분명 아니겠지. 우선 몇 놈이나 있는지부터 알아야 돼. 그러러…면 일단 도망 가는 게 상책 아냐.

"뛰어!"

둘은 서로 약속이라도 한 듯이 꽁지를 보이며 쏜살같이 튄다. 목표물로 향하던 벨로키랍토르들은 다시 부챗살 대형으로 포위해 가며 뒤쫓기 시작한다.

너럭바위 위에선 우두머리 격인 노회한 수컷이 똑바로 선 채 길이가 약 10cm 이상이나 되는 낫 모양의 두 번째 발톱을 바위 표면에 리듬에 맞춰 더 빨리 쳐댄다. 탁-탁탁. 탁-탁탁. 탁-탁탁. 뒤쫓는 포식자들의 속보가 수풀 속에서 더 신속해진다.

"까-악. 까-악."

도망치는 그들 머리 바로 위로 날카롭게 허공이 찢어진다. 겁먹은 둘은 대번 미크로랍토르 구이라 인식한다. 공포와 함께 막다른 골목으로 내몰리는 처지이다. 강산혜는 돌연 여기서 생을 포기하고 싶은 생각까지 인다. 하지만 또 한편으론 그의 생존본능이 밑바닥에서부터 꿈틀거림을 감지한다.

한 사장은 힐끗 뒤돌아본다. 아직 적이 보이지 않음에 전 속력을 내며 내달린다. 냅다 빼는 두 사람의 뒷모습이 성긴 나무 사이로 시시각각 보였다 사라졌다 한다. 미크로랍토르 구이는 그런 것엔 아랑곳하지 않고 나무 사이를 곧장 가로질러 날아간다.

"안 되겠어. 여기서 찢어져야겠어."

"강산혜와 한 사장의 보폭이 엄청 빨라졌네. 여기서 개입하는 게 낫지 않겠어요."

단말머리의 여자는 팔짱을 낀 채 강 형사의 말을 듣기만 한다. 모니터 앞에서 상황을 지켜보던 예리한 눈매는 두 사람의 움직임이 급격히 빨라진 것에 예의주시한다. 게다가 그들이 가야 할 방위 각에서 한참 틀어짐을 걱정스러이 바라본다.

노회한 벨로키랍토르가 너럭바위 위에서 껑충 뛰어 내려온다. 붉은색에 허연 깃털이 듬성듬성 나 있다. 녀석이 머릴 좌우로 돌린다. 톱니가 선 길쭉한 주둥일 위아래로 벌린다. 뻘건 혀마저 길다. 이어서 갈고리 발톱이 있는 양쪽 앞발을 힘껏 펼친다. 그리고 허공에 대고 있는 힘껏 포효한다. 나무와 나무 사이로 공기가 지그재그 찢어지며 나아간다. 그 뒤로 놈이 달음박질을 치며 추격전에 합류한다.

둘은 적을 분산시키며 양쪽으로 갈라진다. 강산혜는 덤불 속으로 곧장 뛰어든다. 한 사장은 잠시 망설이더니 어수선한 수풀보단 몸통 큰 나무 쪽을 선택한다. 도망치며 힐끗 뒤돌아본다. 두 마리의 벨로키랍토르가 전력을 다해 자신을 뒤쫓는 걸 확인한다. 강산혜 쪽에도 두 놈인가보군. 선반 바위에 있는 녀석까지 합치면 저들의 머릿수가 총 다섯이 되겠군. 이 정도면 해볼 만하지 않겠어. 그는 리볼버 권총의 탄환이 총 6연발이란 걸 기억하며 힘차게 달린다.

뛰어들자 바로 언덕이 나타난다. 지체할 여지 없이 울퉁불퉁한 비탈길로 치닫는다. 중간쯤 오르자 숨이 턱 밑까지 차오르며 가슴은 터질 것만 같다. 길을 잘못 들었다는 후회감이 밀려온다. 하지만 돌이킬 수는 없는 노릇이었다. 뒤쫓아오는 녀석들의 발자국 소리는 점점 커지고

만 있다. 죽을 것만 같은 공포가 놈들보다 먼저 달려든다.

둥그스름한 돌덩이 하나가 내리막길 턱에 위태롭게 걸려 있는 게 점점 접근해 온다. 버겁게 뒤로 가서 그것을 발뒤꿈치로 있는 힘껏 민다. 놈들의 맹공을 최대한 지체시켜 보려 함이다. 구를수록 흙먼지를 일으키며 가속도가 붙는다. 녀석들은 느닷없이 굴러오는 바윗돌 같은 돌덩이를 피해 양쪽으로 몸을 급히 꺾다가 그만 발을 헛디디고 만다. 몸뚱이가 비탈 면에 미끄러져 부딪히며 내는 소리에 힐끗 뒤돌아본다. 두 체구가 몇 바퀴를 뒹굴며 흙먼지를 일으킨다. 그것을 보고 있자니 두 다리에 힘이 절로 난다.

언덕 끝자락에 이르러서야 그는 생사를 가르며 올라온 오르막길을 헐떡거리며 내려다본다. 돌덩이는 내리닫다가 덤불 속으로 사라졌다. 치어 눌리며 쓰러진 양치식물들이 그것을 여실히 말해주고 있다. 양쪽 아래로 굴러 쓰러진 녀석들은 다시 몸을 일으켜 세운다. 바로 서더니 묻은 흙먼지를 털듯이 좌우로 전신을 흔들어댄다. 이상이 없음을 판단하자마자 오르막의 지평에 서 있는 피식자를 향해 양쪽 팔을 있는 힘껏 벌려 노호한다. 이어 다시 비탈길을 치닫는다.

또다시 공포가 엄습해온다. 급히 몸을 돌려 달아나려다 강산혜는 멈칫거린다. 뚝 끊어진 절벽이 눈앞에서 그를 막아서고 있는 것이다. 낭떠러지의 언저리에선 간간이 이는 미풍에 어린 양치식물들이 무상하게 풀대와 잎을 이리저리 흔들어댄다. 막다른 벼랑에 들어선 그는 반쯤 틀었던 흉상을 돌격해오는 포식자들을 향해 황망히 되돌린다.

두 육식공룡은 비스듬한 대형을 유지한 채 먹잇감을 향해 경사 길을 뛰어오르고 있다. 뒤로는 누런 흙 알갱이들이 튀어오른다. 놈들의 입 밖으로 도출된 타액은 부딪히는 바람살에 뒤로 넘어가더니 붉은 깃털에 들러붙는다.

먹을거리가 지평에서 홀연히 사라지자 앞서던 벨롭키랍토르가 노호한다. 배스듬히 뒤처진 녀석도 으르렁댄다.

선두를 달리던 놈이 막바지 오르막을 박차고 먼저 평지로 올라선다. 힘이 부치는지 절로 멈춘다. 순간 두 시선이 어느 정도의 거리를 두고 정면으로 마주친다. 하지만 공룡은 양안입체시인 인간과 달리 양안비복시였다. 녀석이 길쭉한 고개를 좌우로 틀어댄다.

절벽 언저리에 위태롭게 서 있는 강산혜는 고개를 힐끗 돌려 아래를 내려다본다. 울퉁불퉁한 바위들이 온통 바닥에 깔려 있다. 놈의 기세에 밀려 뒤꿈치가 뒤로 밀린 것인가. 끝자락의 붉은 흙 한 덩이가 떨어져 낙하하며 암반 모서리와 충돌한다. 흙덩이는 산산이 부서지며 사위로 흩어진다. 그 뒤를 잔흙들이 비스듬히 깎인 벽을 타고 구른다. 절망감이 어두운 산 그림자처럼 덥석 덮쳐 온다. 더 이상 물러설 곳이 없어. 둘 중 하나는 저 아래로 떨어져야 해. 더욱이 먹이의 냄새를 맡기만 하면 그게 바윗돌이라도 씹어 삼킬 태세로 덤벼드는 게 파충류라는 걸 오늘 몸소 증명하는 꼴이라니.

강산혜는 긴박한 생사의 기로 앞에서 눈에 보이는 사물에 대해 디테일이 아닌 패턴으로 인식을 가동하고 있다. 즉 생각의 시간은 외부의 환경에 비해 빨리 흐르고 있다는 게다.

내리 구르던 흙알갱이들이 툭 튀어나온 돌에 부딪히는 순간 급격히 진로를 바꾸며 튕겨나가 떨어진다. 그때 강산혜는 녀석들이 몸체를 급하게 꺾다가 발을 헛디디며 쓰러졌던 일을 떠올렸다. 빠르게 달리다 바로 꺾는 건 우리 인간도 힘들어. 100m 달리기를 생각해봐. 온 힘을 다해 달리는데 순간 자세를 틀면 어떻해 되지. 그의 얼굴엔 회심의 미소가 번진다. 어느새 두 주먹은 불끈 쥐고 있는 자신을 발견한다. 힐끗 돌린 머릴 천천히 되돌리며 적을 응시한다.

그가 이 모든 걸 보고 사고하는 데 걸린 시간은 겨우 공룡의 고갯짓만큼이었다. 헌데 그는 정작 이것을 인식하지는 못한다.

고개를 좌우로 돌리던 포식자는 한치의 망설임도 없이 피식자에게 득달같이 달려든다. 먹이 앞에 나나르자 녀석은 땅을 힘껏 박차고 뛰어오른다. 허공에 뜬 놈의 몸통이 일순간 움츠러진다. 하지만 톱니의 이가 나 있는 길쭉한 주둥일 물어뜯으려는 기세로 벌린다. 갈고리의 발톱이 있는 앞발은 쭉 내민다. 두 발은 뒤로 힘차게 뻗는 꼬리의 반작용에 의해 앞발처럼 앞으로 치닫는다. 낫 모양의 두 번째 발톱을 치켜세우면서 말이다.

둘 사이에 씽 하고 바람이 스친다. 녀석이 솟구치면서 일으킨 먼지가 바람과 함께 휘날린다. 회심의 미소로 번졌던 얼굴은 다시 어두워졌다. 그래도 적의에 찬 두 눈은 놈의 길쭉한 얼굴을 끝까지 회피하지 않는다. 가슴속의 두려움은 뛰는 심장과 함께 떨어대는데 말이다. 그것을 지나는 바람이 얼룩 줄무늬 가슴에 물결을 일으키며 애써 감추어준다.

녀석의 세 갈래의 갈고리를 가진 앞발이 먼저 먹잇감의 목을 향해 다가든다. 살기에 찬 포식자의 안면을 똑바로 응시하며 그는 바람세의 방향으로 일순간 몸을 크게 튼다. 피식자가 옆으로 달아나려 하자 녀석도 본능적으로 허공에서 상체를 급히 꺾으려 한다. 하지만 너무나 힘차게 뛰어오른 힘 때문에 여의치가 않다. 풍세의 방향으로 몸통이 비틀하더니 얼룩 줄무늬 가슴의 어깨를 간발의 차로 비껴간다.

절벽 아래에선 사지의 뼈와 척추가 울퉁불퉁한 바위와 거세게 충돌하며 빠개진다. 이어 인대와 근육이 끊어질 때의 외마디 비명 소리가, 일어나는 바람과 함께 벼랑 위로 솟구친다.

"됐어."

뒤이어 오른 녀석은 허리를 굽혀 한 바퀴를 홱 돌더니 다시 공격적인 자세를 취한다. 회전할 때 일으킨 누런 흙먼지가 맞바람에 회오리친다. 노호하며 동료를 찾는다. 하지만 길쭉한 머릴 두리번거려도 보이지가 않는다. 보이는 건 절벽 끝자락에 선 얼룩 줄무늬 가슴뿐이다. 그것이 이상한지 녀석도 붉은 깃털에 동전처럼 동그란 눈을 한 머릴 좌우로 돌린다.

강산혜도 맞적수처럼 상체를 굽혀 공격적인 포즈를 취한다. 녀석들처럼 손가락을 갈고리처럼 구부리면서 말이다. 거기에다 허연 송곳니를 드러내 보이며 으르렁대기까지 한다. 쫓기던 피식자가 막다른 골목에서 최후의 반격에 몰입하자 놈이 움찔한다. 하지만 코를 킁킁거리더니 바로 돌진해 온다.

첫 번째 전략이 성공해서인지 침착하게 목표물이 허공의 덫으로 숫구쳐 오르길 기다린다. 낫 모양의 발톱을 가진 발굽이 누런 흙 바닥을 힘차게 치며 도약 지점에 가까워진다. 조금만 더. "됐어." 하는 순간 놈은 스프링처럼 튕겨 오르는 게 아니라 파도처럼 휘몰아쳐 오는 것이다.

얼룩 줄무늬 가슴은 허를 찔리며 당황한다. 톱니를 가진 길쭉한 주둥이와 갈고리의 앞발은 점점 가까워진다. 바람은 그런 붉은 깃털을 더듬으며 지나간다. 그 위로는 눈부신 햇살이 내리쏟아진다.

공황 상태에 빠진 강산혜는 발작하듯이 포효하며 적을 향해 있는 힘껏 내닫는다. 이건 내 원시성 속에 숨어 있던 생존 본능이야. 포악하게 달려나가는 얼굴빛에선 돌연 빛 하나가 번쩍이며 벨로키랍토르의 한쪽 눈에 화살처럼 날아가 명중한다. 안성에서 햇빛이 반사된 것이다. 포식자는 눈을 찡그리며 노호한다. 그래도 먹이를 놓치진 않는다.

두 몸뚱이가 맞부딪히려는 찰나 얼룩 줄무늬의 가슴은 왼쪽으로 체구를 의도적으로 틀어버린다. 막아서는 건 역방향으로 불어대는 돌개바람뿐이다. 공기의 저항에 속도는 느려지면서 갈고리의 발톱은 더 가까워진다. 길쭉한 주둥이 안의 타액이 풍세에 흘려 날리는 게 비껴가는 눈에 클로즈업 댄다. 그런데 급히 꺾은 왼쪽 발목이 비틀대며 몸의 중심을 잃고 사선 방향으로 픽 하고 엎어진다. 땅 위로 누런 흙먼지가 뭉게구름처럼 솟구친다. 포식자는 공중으로 일어나는 먼지만을 허망하게 붙잡으며 절벽 쪽으로 직행한다.

최대한 움츠리는 몸짓으로 브레이크를 단속적으로 걸어댄다. 깎아지른 벼랑 끝에 가서야 겨우 멈춘다. 발굽에 끌리며 밀린 흙들이 낭떠러지 아래로 폭포처럼 낙하한다. 끝자락에 선 포식자는 이리저리 사지를 움직이며 몸의 중심을 잡으려 애쓴다.

전복된 강산혜는 몸을 일으켜 세우며 서서히 고개를 돌린다. 곤두박질치며 내동댕이쳐지는 소리가 들리지 않았어. 둘 사이에서는 맞바람이 누렇게 회오리 치고 있다. 그것이 강산혜 쪽으로 오려다 벼랑 쪽으로 다시 방향을 튼다. 가슴을 쓸어내리며 그가 한마디한다.

"한 줄기 바람에 내 목숨이 달릴 줄이야."

깎아지른 절벽 아래 울퉁불퉁한 바위 위로 곤두박질쳐 있는 사체를 내려다본다. 두 공룡이 죽어 포개어져 있는 게 안경에 반사되고 있다. 이마를 지나며 땀을 식혀 주던 바람은 어느새 머리결을 파도처럼 타고 넘어간다. 죽어 포개어져 있는 깃털 사이로도 붉은 바람이 나부낀다.

한편 한 사장은 자신을 추격하는 포식자들의 속도를 늦추기 위해 굵직하고 통이 큰 나무 사이를 지그재그 달려나간다. 납작한 뇌가 장착된 육식성 공룡들은 사냥감에 시각과 후각이 이리저리 끌려 달리며 갈팡질팡한다. 직사각형의 뿔테 안경은 얼핏 뒤돌아본다. 거리가 벌어진 게 확연히 눈에 뜨인다. 쓰러져 죽어 바리케이드처럼 길을 가로막아선 나무들을 훌쩍 뛰어넘는다. 새의 과도기인 미크로랍토르는 양안비복시답게 반원권을 확보한 채 가지 위에 앉아 죽은 사체 고기를 기다리는 게 더 낫다고 판단을 내린다.

흐트러진 진열은 노회한 우두머리가 합세하며 다시 본연의 전술을 되찾는다. 바리케이드 통나무에 사뿐히 올라서더니 너럭바위에서 한 것처럼 공격 진을 지휘한다. 두 마리의 벨로키랍토르는 낫 모양의 발톱이 일정한 패턴에 맞춰 치는 음률에 귀 기울여 추격하기 시작한다. 그들의 무의식에 의식의 제어가 가동되고 있는 것이다. 하지만 암컷과 수컷의 두 공룡은 그것이 그저 사냥에 더 이롭기에 따르고 있는 것뿐이다.

다시 포식자와 피식자의 거리는 좁혀진다. 사태를 지켜보던 미크로랍토르는 휘어진 가지 위에서 펄쩍펄쩍 뛰어대며 간헐적으로 날카로운 소리를 질러댄다. 이에 답이라도 하듯이 노회한 우두머리는 갈고리 앞발을 활짝 펼친 채 있는 힘껏 아가리를 벌리며 포효한다. 근처를 날던 잠자리 떼는 이에 기겁하며 사위로 비산한다. 그것이 내달리는 한 사장의 시야에 들어온다. 날벌레까지 두려움에 떨고 있어. 무작정 도망치는 게 능사는 아닌 것 같아. 여기쯤에서 승부를 걸어야 되는 거 아냐. 이 와중에 불현듯 강산혜가 떠오른다. 녀석은 살아 있을까? 만약 죽었다면 모든 게 허사잖아. 그는 고개를 좌우로 세차게 흔든다. 분명 살아 있을 거야. 그래야 지금 우리가 온 곳인 이곳이 자백 프로그램 프로젝트라 할 수 있는 거 아냐. 그는 전신을 완전히 숨길 수 있는 둥치를 허겁지겁 물색한다.

강산혜는 의기양양해하며 속보한다. 그래픽 모니터의 노란 점이 오르락내리락 가파른 곡선을 그리며 이동하는 걸 걱정스레 지켜보던 형사가 침묵을 깬다.

"이쯤에서 우리가 관여해야 되는 거 아닌가요?"

심드렁한 표정을 짓던 ATI(사) 실무 대표는 형사 옆으로 다가와 그래픽 화면 하단에 이동경로의 상황을 알려주고 있는, 또 다른 직사각형의 작은 그래프 화면을 눈 여겨본다. 약 반 시간 정도의 이동 경로 속도가 짧은 간격에 고저의 파동 곡선을 그리고 있다. 이에 위기감을 느낀 그녀는 여전히 팔짱을 낀 체 태연자약해 하며 짧게 말한다.

"준비합시다."

한 사장은 힐끗 뒤를 보더니 얼른 통이 큰 나무 밑동에 몸을 은닉한다. 뒤돌아 앉은 채 재킷 안주머니에 있는 리볼버 권총을 꺼내 든다. 짧은 총신이 햇빛에 금빛을 튕겨낸다. 양손으로 총을 쥐고 몸통을 서서히 틀어 추격자들을 응시한다.

숲이 휘돌아지는 곳에서 녀석들이 튕겨나온다. 피식자가 눈에 띄지 않자 둘은 코를 킁킁거리며 붉은색의 길쭉한 머릴 좌우로 움직인다. 양안비복시의 눈이 전방 180도를 냄새와 함께 샅샅이 뒤진다. 공기와 함께 밀려오는 땀냄새의 파동을 앞선 수컷이 먼저 감지한다. 뒤이어 암컷은 길쭉한 주둥일 살짝 벌려 안쪽으로 휜 톱니 모양의 이를 드러내며 냄새의 근원지 쪽을 주시한다. 벌려진 아가리에선 침샘 분비선이 분출하는 타액이 흘러넘치고 있다. 그것을 단속적으로 꿀꺽 삼킨다.

두 마리의 벨로키랍토르가 서로 의논을 하듯이 머릴 주고 받으며 밑동이 큰 나무 쪽으로 서서히 다가온다. 그는 몸을 일으켜 선 후 두 손으로 총을 쥐고 둥치 옆으로 천천히 머릴 내밀다가 얼른 도로 감춘다. 그런 후 길게 호흡을 하며 침착성을 다잡는다. 녀석들이 아주 가까이 왔어. 이러다 아내와 자식을 구하기는커녕 죽을지도 모르겠어.

이 정도면 ATI(사)가 우릴 구해줘야 되는 거 아냐. 아무리 프로그램이 동고동락이지만 이 정도면 너무 하는 거 아냐. 그는 이 와중에 한 가닥 의구심이 든다. 혹시 내가 20여년 전 자기를 차버렸다고 앙갚음하는 건 아니겠지.

"설…마."

그는 허상을 쫓아내려고 머릴 짧게 좌우로 흔든다. 녀석들의 다가오는 발자국 소리는 점점 커진다. 그는 침착하게 군대에서 사격할 때 배웠던 걸 상기한다. 총신이 작으면 사정거리가 작다는 것을. 위험이 따르지만 놈들을 근거리까지 유인해야 돼. 그렇지 않으면 헛방으로 총알만 낭비하다 자신이 되레 죽을 수 있다는 걸 너무나 잘 알고 있기에 그는 속으로 카운트다운을 시작한다. 하나, 둘, 셋 수를 세면서 직의 발굽 소리에 귀 기울인다. 넷, 다섯, 여섯에서 두 포식자의 그림자가 자신의 몸뚱일 숨겨주고 있는 나무 쪽을 지나 길어진다. 그는 이 순간을 놓치지 않고 모습을 과감히 드러내며 나무 둥치와 나란히 선다. 두 손에 쥐고 있는 피스톨은 정확히 공룡을 겨누면서 말이다. 게다가 착시까지 일으킨다. 뒤로 길어진 한 사장과 나무의 그림자 때문인지 녀석들은 혼자가 아닌 둘로 혼동을 하며 양쪽으로 덤벼든다. 직사각형의 안경은 한치의 망설임도 없이 자기에게 내닫는 포식자를 향해 방아쇠를 힘껏 당긴다. 근데 총이 쏴지지가 않는다. 당최 이해가 되지 않는다. 총을 받을 때 분명 6연발 리볼버 권총임을 직접 확인하지 않았던가. 검지 손가락만 허망이 왔다 갔다 한다. 수컷의 갈고리 앞발은 상대의 실수를 결코 용납하지 않는다. 세 갈래의 갈고리 발톱이 총신과 가까워질 때 그가 두려움에 눈과 머릴 옴쭉 내리다가 안전장치가 잠겨 있는 걸 발견한다. 그는 즉시 떨리는 왼손으로 잠김을 열림으로 황황히 풀면서 검지를 있는 힘껏 당긴다. 순간 한 방의 총소리가 숲 전체로 울려 퍼진다.

가지 위에 앉아 상황을 관망하던 미크로랍토르는 겁먹은 채 펄쩍 뛰며 어디론가로 활공하여 사라진다. 황겁히 날개를 펼칠 때 떨어진 비대칭의 깃털 하나가 공기의 손놀림에 천천히 회전하며 바닥을 향한다.

다시 합류하기 위해 길을 찾던 강산혜는 총소리가 난 쪽으로 상체를 급히 돌린다. 반가움 반 근심 반의 기색을 한 채 말이다.

총을 쏜 자의 의지와는 상관 없이 들창코 모양의 총신은 위로 솟구쳤다. 이에 한 사장은 뒤로 자빠질 듯 뒷걸음질을 치다 돌부리에 그만 뒤꿈치가 치이고 만다. 둥치를 피식자로 오인하고 뛰어오르던 암컷은 먹이에 끌려 다가갈수록 후각의 정보가 없음에 당황한다. 황금색의 탄환은 과녁의 가슴 부위에서 머리 쪽으로 치솟은 총신의 안을 초당 약 900m의 속도로 회전하며 나아가다 수컷의 아가리 속으로 그냥 돌진한다. 화약 냄새를 내뿜는 푸르스름한 연기 자락이 솟구쳐 달려드는 암컷과 둥치 사이를 유유히 지나간다. 별안간 수놈의 뒷골에서 퍽 소리와 함께 붉은 선혈이 분사된다. 포식자는 외마디 비명도 없이 벌렁 나자빠진다. 암놈은 느낀다. 몸을 뒤로 빼기엔 너무 늦었다는 걸. 낭패도 이런 낭패가 없는 것이다. 연약한 먹이가 아닌 통 큰 나무가 턱 하니 버티고 서있으니 말이다. 하지만 암컷은 영리했다. 상체를 뒤로 움찔하는가 싶더니 어느새 아치를 그리며 낙하한다. 그러더니 밑 동에 딱하고 달라붙는 것이다.

웅크린 자세로 나가떨어져 있는 한 사장을 주시하다가 이내 아가리를 벌려 노호한다. 직사각형의 안경은 사지를 이용해 허둥지둥 몸을 뒤로 뺀다. 오른손엔 리볼버 권총을 꼭 쥔 채 말이다. 겁먹은 표정을 지어선 안돼. 게다가 뒤로 빼는 양상은 더욱이 안 되잖아. 그걸 알면서도 자꾸만 뒤로 퇴각하는 자신을 본다. 이건 녀석들이 제일 좋아하는 먹잇감의 행태이잖아. 몇 걸음 정도의 거릴 물러가서야 그는 한 가지 의문을 인식한다. 왜 저 암컷은 사냥감을 눈앞에서 보고만 있는 것이지. 아까의 대담한 공격과는 너무나 비교가 된다. 오른손을 힐끗 본다. 발사 후 남겨진 화약 냄새가 미세하게 느껴진다. 포식자는 난속적으로 코를 킁킁거리며 양안비복시의 눈을 껌벅거린다. 그건 나둥그러져도 결코 손에서 떨어뜨리지 않은 리볼버 권총을 두려워한다는 것일 게야. 바로 옆에 동료의 사체가 넉장거리를 한 채 뻗어 있잖아. 안 그래. 한 사장은 퍼뜩 일어서며 흐트러진 옷차림을 갈무리하며 똑바로 선다.

암컷은 송장이 돼 있는 수컷에 훌쩍 뛰어 다가간다. 뒷골에서 분출된 검붉은 피가 누런 흙 바닥을 흥건히 적시며 양치식물의 뿌리를 찾아 스멀스멀 스며든다. 녀석이 비린내 나는 피 냄새에 으르렁거리며 고개를 휙 돌린다. 그 뒤론 어느새 노회한 우두머리가 와 합세한다. 한 사장은 한쪽 눈을 지그시 감으며 리볼버의 가늠자로 공격적인 암놈의 가슴을 겨누며 방아쇠를 힘껏 당긴다. 순간 그는 아차 한다. 한 손은 총을 든 손목을 잡고서 총구는 머리 위 허공에서 아래를 향하며 과녁을 쏴야 한다고 배운 게 떠올랐기 때문이다. 또다시 권총의 짧은 총신은 하늘 높이 솟구친다. 총소리는 온 숲으로 울려 퍼진다.

강산혜는 총성이 크게 이는 쪽으로 고개를 휙 돌린다. 멀찌감치서 한 사장과 벨로키랍토르의 형체가 성긴 나무 사이로 보인다. 그는 상황을 예의주시하며 긴장의 끈을 놓지 못한다. 마른침을 꿀꺽 삼킨다. 먼 발치에 있는 시계와 그 사이엔 침묵이 흐른다. 하지만 이 고요함은 근처의 양치류들이 휘적거리는 소리에 깨지고 만다.

고개를 돌려 뒤를 보다 그는 기겁을 한다. 죽은 줄만 알았던 육식공룡 중 한 마리가 입에 거품을 문 채 고사리 나무 가지들을 휘저으며 자기에게로 급습해오는 게 아닌가. 강산혜는 놀라 달아나면서 포개어져 죽어 있던 형상을 떠올린다. 아무래도 위에 있던 놈이 기사회생한 것 같다.

들창코 총신이 너무 솟구친 바람에 황금색의 탄환은 암컷의 머리 바로 위를 바싹 스치며 양 둥치 사이로 성기게 들어가 있는 나무를 맞춘다. 마른 땅처럼 갈라져 다닥다닥 붙어 있던 적갈색의 나무 껍질은 아스팔트 바닥 위로 세차게 떨어진 빗방울처럼 산산이 부서지며 사위로 튕겨나간다. 육식공룡인 포식자들은 피식자 앞에서 또 한 번 기겁을 한다. 암컷의 머리 위에선 붉은 선혈이 붉은 깃털을 더욱 붉게 하며 긴 콧등과 동그란 눈 주위를 타고 흐른다.

한 사장은 안도의 숨을 짧게 쉰다. 총알은 빗나갔지만 녀석들에게 두려움을 준 건 확실해. 함부로 내게 덤벼들진 못할 거야. 그러면서 그는 급히 뛰는 발걸음 소리가 이는 쪽으로 시선을 힐끗 돌린다. 강산혜가 쫓기며 자기에게로 달려오는 모습이 시야에 들어오는 게 아닌가. 그런데 그 모습이 웃지 않을 수가 없을 지경이다. 얼룩 줄무늬 가슴이 밑동 앞에서 갑자기 방향을 급속히 틀면 추격자는 그대로 나무 둥치와 맞부딪히니 말이다.

동료의 추격전을 본 암컷은 본능적으로 한 사장을 향해 으르렁댄다. 겁을 먹은 상태지만 발치 아랜 여태껏 동고동락한 수컷이 죽어 나자빠져 있지 않은가. 이에 한 사장은 왼쪽 검지를 들어 짧게 흔든다.

"오, 아니지."

노회한 우두머리는 이 상황을 말없이 지켜볼 뿐이다. 그러던 그가 짧고 굵게 단발적으로 짖는다. 이어서 암컷이 흥분을 가라앉힌다.

"대장이면 저 정돈 돼야지. 녀석이 맘에 드는군."

두 공룡에게 총을 겨누며 오른쪽으로 서서히 시선을 돌린다. 이번에도 추격자가 도망자의 전략에 걸려들었다. 하지만 한 사장은 의문이 든다. 세 번째도 과연 강산혜의 계략이 먹혀 들까? 그는 고개를 저으며 회의한다. 사실 그는 그것을 너무나도 잘 알고 있었다. 사장인 자신이 직급이 낮은 그들에게 고통을 주었을 때, 그는 그들의 반응을 수없이 보아오지 않았던가. 말을 안 들어. 답은 하나지. 그들에게 고통을 주면 끝이야.

적을 유도하며 쫓기던 얼룩 줄무늬 가슴은 점점 한 사장이 있는 쪽으로 가까워지고 있다. 허겁지겁 달리던 그가 그를 보며 의기양양하게 손가락으로 V자를 그리며 승리의 미소까지 지어본다.

"하여튼 쟤는, 저래서 안 돼."

한 걸음이면 닿을 수 있는 거리에 먹잇감이 있어서인지 벨로키랍토르는 온갖 타박상에도 불구하고 뒤쫓는 걸 결코 포기하지 않는다. 어쩌면 온몸의 혈관을 타고 아드레날린이 흐르고 있는 것인지도 모른다. 녀석이 다시 펄쩍 뛰기까지 한다.

강산혜는 속으로 생각한다. 세 번째에는 쓰러지겠지. 놈이 무슨 무쇳덩어리도 아니잖아. 그러면서 그는 마지막 책략이라 여기며 인접한 낙엽수를 향해 힘껏 내달린다. 쫓는 포식자도 이게 끝이라는 듯 전속력을 내어 추격한다. 끌어안아도 양손이 닿을 수 없는 둥치엔 성장이 멈춘 줄기가 짧고 뾰족하게 돌출되어 있다. 강산혜는 쾌재를 부르며 그리로 향한다. 뛰는 발걸음은 경쾌해진다. 뒤쫓는 발걸음은 빨라진다. 전환점에 발치가 들어서자 몸체를 사선으로 틀며 힘차게 빠진다. 추격자는 도망자의 뒤태가 급히 꺾이는 순간 나무 둥치와 충돌했던 기억이 상기된다. 상통에 공룡은 무의식적으로 피식자의 뒤를 따라 틀면서 허공으로 치솟는다.

이상한데. 맞부딪히며 나가떨어지는 괴성이 들리지가 않잖아.

그의 등 뒤로 급속히 떠오른 물체 하나가 일순간 햇빛을 가린다. 길쭉한 그림자가 옆으로 드리워지며 음습함이 밀려온다. 가까이에선 한 사장이 그를 향해 총구를 겨누고 있다. 그는 주춤거린다. 뭐가 잘못된 거지. 게다가 손짓은 연달아 땅바닥을 가리키며 엎드리라고 목청을 높인다. 무슨 의미인지 알 수 없음에 답답해하던 순간 그는 자신의 그림자 위로 포식자의 음영이 점점 커지는 걸 본다. 순간 패닉 상태에 빠지며 사지가 굳는다.

치켜세워진 낫 모양의 발톱이 어느새 피식자의 숙인 목덜미에 근접한다. 먹잇감이 눈앞에 다가오자 녀석은 타액이 날리는 톱니를 드러내며 포효한다. 허공에 장막을 치고 있던 공기 장 하나가 날카롭게 찢어진다.

순간 그는 모든 걸 체념한 듯 말한다. "여기까지인가." 그러자 급습해 오는 죽음 앞에 여태껏 꼭 붙들고 있던 생의 손이 맥없이 풀리며 털썩 무릎을 꿇는다. 안경 너머로 보이는 땅 위에선 벨로키랍토르의 붉은 깃털의 실루엣이 바람에 나부끼며 자신의 그림자 위를 타고 있다. 고갤 떨구며 두 눈을 감는다. 죽음이 단칼에 끝나기만을 바라면서 말이다.

그런데 이상하게도 시간이 길어지고 있다. 옆으로 뭔가가 툭 나가떨어짐과 동시에 총성은 사위로 울려퍼진다. 얼굴의 측면 부위엔 붉은 선혈이 튀어 묻어 있다. 하지만 그는 그것을 인식하지 못한다. 한순간의 침묵이 지나는 바람과 함께 사라지자 그가 감았던 눈을 서서히 뜬다. 자신이 살아 있다는 게 도저히 믿겨지지가 않으면서 말이다.

"내가 정말 살아있는 것인가."

한 사장은 세 번째에 정확히 사격에 성공한 것에 흐뭇해한다. 직사각형의 뿔테 안경 아래론 한쪽 입 꼬리가 슬쩍 올라간다. 강산혜는 하동지동 다가온다. 여전히 우두머리와 암컷 공룡은 피식자가 겨누고 있는 리볼버 앞에서 옴쭉달싹하지 못한다.

"얼굴에 피가 묻었어."

강산혜는 감색 안경을 벗어 얼굴을 들여다본다. 한쪽 손을 들어 굳어가는 선혈을 닦아낸다.

"영어의 Try가 왜 try인 줄 알아?"

"……"

"잘 생각해봐. Try가 Tri~ 아냐?"

"눈앞에 있는 저 녀석들도 시행착오를 겪으며 우리가 알 수 없는 뭔가를 분명 배울 거야. 헌데 넌, 그걸 망각했어. 그래서 네가 위험에 처했던 거야."

측면에 묻은 피를 닦아내던 그가 눈을 치켜뜨며 식식거린다.

"그래. 당신 말이 100% 맞아. 그런데 ATI(사)는 왜 우릴 이 지경으로 만들어 놓고 아무 조치도 하지 않은 것이지. 이런 실수를 저지르지 않았으면 내가 너에게 이런 훈계 따위도 들을 필요가 없잖아."

한 사장은 한순간 꿀 먹은 벙어리가 된다.

"아…마, 그들도 우리 위치를 찾느라 여간 애쓰고 있지 않을까. 차선책으로 너와 내게 준 권총과 위치 탐지기를 생각해봐. 결코 우릴 방관하고 있는 건 아닐 거야."

총신이 겨눠진 상태에서 우두머리와 암컷은 상황을 예의주시하며 둘의 대화를 지켜본다. 이따금씩 암컷이 맞갖지 아니한 듯 짧게 단발적으로 으르렁댄다. 그러면 노회한 우두머리가 갈고리 앞발 하나를 뻗어 암컷의 등 위에 올려 놓는다. 순종하듯 이내 조용해진다.

"녀석들을 봐. 저들에게도 질서와 위계가 있어. 난 우두머리가 아주 맘에 들어."

시큰둥하게 듣고 있던 강산혜가 어이 없어하며 콧방귀를 뀐다.

"난 저 둘이 아주 불쾌해. 당장 죽여야 되는 거 아냐."

암컷이 강산혜를 응시하며 또다시 으르렁댄다.

"저것 봐. 언제든지 너와 날 죽일 수 있는 놈들이야. 당장 없애버려야 돼."

한 사장은 자신의 시야에 발이 묶여 있는 육식 공룡들을 주시하며 조용히 말한다.

"6연발이야. 그리고 이제 세 발이 남았어."

"그래도 한 발이 남잖아."

한 사장이 답답한 표정을 짓는다. 예나 지금이나 저 성질머리 하곤.

"여기가 끝이 아니잖아."

"……."

"여기가 끝이 아니다."

말이 자꾸만 강산혜의 이 입 속에서 맴돈다.

바람이 일 때마다 침엽수들이 이리저리 흔들리며 발산시키는 꽃가루가 나무들 사이로 누런 안개 자락처럼 유유히 지나간다. 조금 이탈되어 있는 곳에선 두 개의 조그마한 꽃잎이 다르르 회전하며 서로를 쫓고 쫓는다. 추격하며 지그재그 날던 두 잎은 날벌레처럼 금세 가지들 사이로 모습을 감추어버린다.

붉은 머리의 공룡은 피가 응고되어 출혈이 멈추었다. 그 위 방향으로 하얀 꽃잎 하나가 공기를 말아가며 데구루루 굴러간다. 그러다가 동그란 눈 바로 앞으로 홀연히 나선다. 그것이 나비인 줄 알고 앞발을 속히 뻗어 잡으려 한다. 이에 화편은 갈고리의 발보다 앞선 풍세에 떠밀려 저만치 달아난다. 그것이 맞갖잖음에 암컷은 으르렁댄다. 화편은 조금 더 가서야 스르르 낙화한다.

노회한 우두머리는 이 모든 상황을 약간의 거리를 두고 지켜본다. 그는 여전히 침묵한다.

강산혜는 바닥을 본다. 거기엔 말라 비틀어져 알게 모르게 토양이 되어가고 있는 꽃잎 위로 꽃자루들이 떨어져 산발해 있다. 자신이 신고 있는 농구화 옆으로도 허연 잎 하나가 삐죽 나와 있다.

한 사장은 의문이 생긴다. 기겁할 정도로 겁을 먹었으면 제 아무리 육식공룡이라 해도 꽁지를 보이며 몸을 냅다 빼야 하는 것인데 그렇지가 않으니 말이다. 계속 이러고 놈들을 겨냥한 상태로 있을 순 없는 노릇이 아닌가?

"왜 녀석들은 도망가지 않고 저러고만 있지. 이제 갈 때도 되지 않았나."

강산혜가 고개를 서서히 들며 말한다.

"녀석들은 숲속의 제왕이야. 저 들판에 티라노사우루스가 있듯이 여기엔 이들이 있어."

"놈들도 티렉스처럼 먹이 앞에선 절대로 포기하지 않는다는 말이네."

"게다가 저들을 지금 조종하고 있는 건 굶주림 아니겠어. 어쨌거나 먹어야지 살잖아."

한 사장은 이맛살을 찌푸리며 한마딜 내뱉는다.

"어쨌거나, 한 발이 남겠군."

암컷의 육식공룡은 고개를 좌우로 움직이며 생전 처음 맞닥뜨린 총기에 두려움과 동시에 호기심을 갖는다. 그런 그를 향해 총구를 겨눈 방아쇠를 당기려고 검지에 힘이 들어가는 순간 느닷없이 땅이 흔들리는 것처럼 주변의 사물들이 마구 떨어댄다. 이에 공룡도 놀라고 사람도 놀란다. 어리둥절해하는 그들 사이로 올 때 보았던 시공간의 문이 노란빛을 발하며 맞바람의 회오리처럼 열리고 있는 것이다. 주변을 유유히 흐르던 누런 꽃가루들이 노란 원 주위로 모여들면서 맴돌기 시작한다. 그 중에는 허연 꽃잎들도 섞여 있다.

강산혜는 이 와중에 청바지 주머니 속에서 기기가 강하게 진동하며 울리는 것을 인식한다. 의문과 함께 급히 손을 찔러 넣어 위치 탐지기를 꺼내어 든다. 까만 액정 화면에 베이지색의 메시지창이 현시된다. 내용을 단번에 읽는다. 급히 한 사장을 향해 말한다.

"30초가 지나면 문이 닫힌대."

"올 때도 그랬잖아."

암컷의 벨로키랍토르는 급작스런 환경의 변화에 놀라서인지 침착성을 잃고 날뛰기 시작한다. 노회한 우두머리도 당황스러운지 그런 행동거지를 자신의 제어권 하에 두지 못한다.

강산혜는 시공간이 열리고 있는 노란 문으로 조심스럽게 한 발 두 발 다가간다. 가까이에선 언제 자신에게 달려들지 모를 육식공룡 한 마리가 점점 포악해지고 있다. 두려움에 한 사장을 힐끗 본다. 그가 한 말이 떠오른다. Try가 tri~라고 했던가. 녀석들은 분명 리볼버 권총에 대한 두려움을 절대로 잊지 못하겠지. 벌써 세 발이나 뜨거운 맛을 봤잖아.

한 사장은 천방지축 움직이는 암컷을 향한 겨냥을 놓치지 않는다. 강산혜는 서서히 시공간의 문 가까이로 걸음을 옮긴다. 그 형상이 총신의 시야에 타깃과 함께 들어온다. 녀석이 되돌아가면 안 되는 거잖아. 여기가 자백 프로젝트 프로그램의 끝은 분명 아닐진대.

강 형사는 메시지를 보낸 후 여전히 태연자약한 모습의 ATI(사) 실무 대표를 응시한다.

"이쯤에서 시공간의 문을 닫아야 할 텐데. 이유나 변명이야 얼마든지 댈 수 있잖아요."

단발머리의 여자는 모니터 앞에서 Tclose 명령어를 즉각 입력하려다 머뭇거린다. 20여 년 전 자신을 버리고 자기의 이익만을 좇아 다른 여자를 선택한 한 사장의 행실머리가 돌연 떠올랐기 때문이다. 아니 그를 만난 날부터 그것이 그녀의 마음에 문득문득 상기되고 있었다. 그녀가 자꾸만 입술을 깨문다.

강 형사는 타임머신의 제한시간을 가리키는 타이머를 눈여겨본다. 30초의 카운트다운이 막 반을 향해서 내리닫는다.

"시간이 없어요. 정확하게 15초 남았어요."

여자는 잠깐 망설이는가 싶더니 다음과 같이 언명한다.

"한 사장을 한번 믿어봅시다."

"가면은, 안 되잖아."

강산혜는 이동하면서 무의식적으로 음성이 들린 방향으로 고개를 돌린다. 총구와 육식공룡 한가운데 자신이 있음을 인식한다. 천방지축 날뛰던 포식자는 한순간 적의 무기가 시야에서 사라지자 바로 먹이를 향해 돌진하며 솟구친다. 뒤로 힘차게 뻗는 꼬리의 반동으로 전신은 피식자를 향해 힘차게 상승한다. 거기에 갈고리의 앞발과 낫 모양의 뒤 발톱을 치켜세우면서 말이다. 강산혜는 본능적으로 몸을 웅크린다. 총신의 가늠자 위로 벨로키랍토르의 용솟음이 잡힌다. 하지만 한 사장은 침착성을 잃지 않고 때를 기다린다. 녀석이 목표물을 향해 포물선을 그리며 하강할 때 비로소 검지에 힘을 준다.

총알은 날아가 정확히 포식자의 오른쪽 가슴에 가 맞는다. 초당 약 900m의 탄환의 회전력에 의해 포식자의 몸통이 틀어지며 시공간 속으로 밀쳐진다. 맞바람처럼 소용돌이 치던 누런 꽃가루와 허연 꽃잎이 이에 말려 들어간다. 노란빛의 시공간 속으로 물체들이 들어서자마자 빠른 속도로 공간에서 공간을 순간 이동한다. 이에 반작용의 역풍이 일며 강산혜는 옆으로 나둥그러진다. 사태를 침묵으로 일관하며 지켜보던 노회한 벨로키랍토르는 자신의 한계를 인식한다.

틀어지며 허리가 1/3쯤 굽혀진 벨로키랍토르는 사지를 역방향으로 쭉 뻗은 채 뒤를 보며 공간을 이동한다. 그 뒤를 누런 꽃가루와 허연 꽃잎들이 물결치며 바싹 따른다. 놈은 자연스레 자신의 흉부를 응시한다. 황금색의 탄환이 서서히 회전하며 가슴의 안쪽으로 파고 들어가는 게 보인다. 붉은 핏방울들은 비산한다. 이 모든 게 느리게만 보이면서 자신이 아직 살아있다는 것이 의아한지 녀석이 눈을 깜박깜박한다. 두 개의 공간을 잇는 파이프와 같은 〈웜홀〉은 공룡의 눈에서 획획 멀어진다. 그때마다 멀찌감치 선 청색의 터널 관이 붉은색의 계열로 바뀐다.

탄환은 오른쪽 가슴의 등짝에 가까워지며 당장에라도 뚫고 나갈 기세이다. 하지만 여전히 붉은 선혈과 함께 천천히 돈다. 벨로키랍토르의 육신이 노란 종착 문을 서서히 빠져나간다. 누런 꽃가루와 허연 꽃잎도 여전히 물결치며 뒤따른다. 물체들이 완전히 문 밖으로 이탈을 하자 피 묻은 황금색의 탄환은 기다렸다는 듯이 가슴을 뚫고 나간다. 타임머신의 수동식 조종판을 비껴 맞힌다. 그것이 연속적으로 내부의 기기들에 핑핑 튕겨나가며 여기저기 불꽃을 일으킨다. 천장의 스피커를 부수고서야 멈춘다.

벨로키랍토르는 심장이 멎은 채 타임머신의 바닥으로 나가떨어졌다. 그 위로 누런 꽃가루와 허연 꽃잎이 서서히 낙화한다. 산산이 부서진 스피커의 파편 조각들은 바닥을 타닥타닥 치며 흩어진다.

타임머신은 즉시 자동 재생 프로세스에 의해 비상사태로 돌입하며 응급처치에 들어간다. 제일 먼저 시공간의 문을 폐쇄해버린다. 단발머리의 여자는 이 상황을 아무 일 없던 것처럼 무심히 바라본다. 강 형사는 그런 ATI(사) 실무 대표를 물끄러미 쳐다본다.

"어쨌거나 일이 원하는 대로 되었네요."

그녀는 즉시 강산혜가 휴대하고 있는 기기에 준비된 메시지를 전송키 위해 눈앞에 있는 키보드를 친다. 검정색의 모니터 화면에 하얀색으로 Tmsg 명령어가 드르륵 쓰여진다. 하얗고 긴 중지로 바로 Enter 키를 누른다.

노회한 우두머리가 꽁지를 보이며 오던 길로 냅다 빼는 모습이 한 사장의 홍채에서 점점 작아진다. 강산혜는 몸을 급히 일으켜 세우며 진동으로 급하게 울려대는 기기를 꺼내 들어 메시지를 읽는다. 거기엔 다음과 같이 쓰여 있다.

〈한 사장이 쏜 탄환에 타임머신의 일부 장비가 손상되었음. 복구시간은 대략 24시간 이상 걸릴 것으로 예상됨. 위치 탐지기를 이용해 북쪽으로 이동하기 바람. 그곳에 도착하면 되돌아올 수 있는 타임머신이 기다리고 있음. 송신자: ATI(사) 실무대표 이유.〉

강산혜는 보고 있던 메시지 내용을 한 사장에게 알려준다.

"우리를 데려갈 수 있었던 타임머신이 조금 전 발사한 총알에 손상을 입어 수리 중이래."

우듬지에서 사태를 지켜보던 미크로랍토르 구이가 연방 짖어댄다. 이어서 나무들 사이로 상승기류를 타며 휙 날아오더니 한쪽 날개를 틀어 사체가 된 벨로키랍토르 쪽으로 유유히 선회한다. 거무스름한 피부에 직사각형의 안경은 부리를 벌려 복부를 물어 뜯어 내장을 꺼내어 먹는 과도기의 새를 지켜보며 자신도 모르게 회심의 미소를 짓는다. 함께 주시하던 강산혜는 갈 길이 급한지 등을 돌리며 돌아선다.

"시간이 없어. 빨리 가자고."

POS

4

　어디선가 낙엽 밟는 소리가 버스럭버스럭 들려온다. 둘은 버스럭거림이 이는 곳으로 자연스레 시선을 돌린다. 근거리처럼 느껴진다. 한 사장은 통나무 다리를 건널 때처럼 자신과 같은 부류의 종이 지켜봄을 느낀다. 생각이 한 발 더 나아가니 그들이 돌도끼를 들고 불현듯 튀어나올 것만 같다. 찬기가 없는데도 그가 몸을 움츠린다.

　제어센터에선 단발머리의 여자가 머릴 살래살래 흔들며 키보드로 다음과 같은 명령을 친다. Listen to me의 약어인 〈Tlsntm -333〉 명령어가 검정색 바탕의 모니터 화면에 하얀색 글씨체로 드르륵 쓰여진다. Enter 키를 누른 후 333번 TCP 포트로 〈백 도어〉 프로그램이 접속되기를 기다린다. 화면에는 대기 중이란 〈Wait for…〉 문구가 길게 이어지는 점과 함께 현시된다.

강산혜는 시각보다 청각에 의존하며 귀 기울인다. 청음이 멀어지거나 가까워지지 않는 것으로 봐 걸음걸이가 내는 게 아닌 건 분명했다. 뭔가가 한 곳에서 일정한 간격을 두고 반복적으로 움직이는 행위라고 판단이 선다. 이에 그는 주의하며 조금씩 다가간다. 뒤를 따르는 한 사장이 투덜댄다.

"겨우 사지에서 벗어났는데 또 사지로 들어가는 건 아냐."

강산혜는 고개를 돌려 입술에 검지를 갖다 대며 한 사장을 주의시킨다.

"알았어. 알았다고."

둘은 두려움과 호기심을 안고 서서히 다가간다. 발소리마저 낮춘다. 성긴 나무 사이로 커다란 잿빛의 물체가 한 곳에 선 채 앞발을 이용해 바닥을 왔다갔다하며 뭔가를 핥는 것이 포착된다. 다가갈수록 의구심의 생명체가 점점 커지며 윤곽을 드러낸다. 강산혜는 안도의 숨을 내쉬며 조용히 입술을 움직인다.

"앞발을 이용해 낙엽을 그러모으는 것으로 봐 육식 공룡은 아닌 것 같아."

잿빛의 공룡은 약 2m 정도의 앞발에 70cm나 되는 꼬챙이의 발톱이 세 개나 달려 있었다. 강산혜는 자신도 모르게 테리지노사우루스를 갈퀴 공룡이라 칭한다. 녀석은 그것을 가지고 주변에 있는 낙엽과 고목을 긁어 모으고 있는 중이었다. 어느새 놈이 한 일이 성과를 내고 있다. 모인 낙엽이 동산의 언덕처럼 수북이 쌓였다. 한 사장이 그걸 보고 한마디 던진다.

"내가 알기론 공룡 시대는 급격한 지구온난화로 알고 있는데, 안 그래."

강산혜는 게임 프로그램을 짜기 위해 공부했던 자연사가 여기에서 도움이 될 줄은 미처 몰랐던 것에 쾌히 기뻐하며 이에 답한다.

"백악기 후기에 들어서면 지구온난화가 회복되면서 지구는 아열대 환경으로 바뀌지. 그러면서 우리의 행성은 계절을 갖게 돼. 저기 녀석이 지금 식사하는 곳을 봐. 고목과 낙엽이 섞여 있잖아."

한 사장은 강산혜의 설명에 일리가 있다며 고개를 끄덕인다.

"그래서 속씨식물과 겉씨식물이 공존하는 거구만."

"사실은 공존이 아니라 자신의 영역을 조금이라도 더 넓히기 위해 틈만 나면 그 틈새를 비집고 들어가기 위한 전쟁 중이지."

테리지노사우루스가 양 앞발을 몸의 중심으로 서서히 몰고 가자 낙엽들이 꼬챙이 갈퀴로 걸려들며 쌓인다. 몸집에 비해 작고 길쭉한 얼굴에 긴 목이 아래로 쑥 향한다. 숙여진 머리와 목줄기의 뒷덜미엔 잔가지 형태와 같은 갈기들이 돋아나 있다. 부리를 벌려 낙엽들을 속히 먹어 치운다.

한 사장은 자신이 여태 알고 있던 거대 공룡에 비해 장신이 약 10m 정도인 것에 의구심이 든다.

"브라키오사우루스에 비하면 녀석들의 체구가 반쯤은 줄어든 것 같은데. 이상하지 않아. 강씨?"

느닷없는 강씨란 호칭에 강산혜는 조용히 웃으며 대꾸한다.

"생각해봐. 몸의 중량이 줄어들었다는 건 내장의 크기도 그 만큼

작아졌다는 거 아닌가?"

"그러니까. 내 말이 그 말이잖아."

"하, 하, 하. 지금 눈앞에서 녀석이 먹고 있는 게 침엽수는 아닌 것 같은데."

"……."

한 사장은 즉각 또 다른 의문을 제기해 상황을 단번에 자기에게 유리한 쪽으로 반전시킨다.

"저 정도의 몸 길이면 티라노사우루스도 숲속을 활보할 수 있어야 되는 거 아냐?"

강산혜는 예리한 질문에 순간 허를 찔린 것처럼 묵묵부답한다. 멍한 표정까지 짓사 한 사장은 연방 웃어낸다. 그 소리가 얼마나 큰지 식사 중이던 테리지노사우루스가 둘을 엄히 쳐다본다.

"모르는구나. 흐, 흐, 흐."

강산혜는 이맛살을 찌푸리며 골똘히 생각하다가 돌연 입을 크게 벌려 연거푸 웃어댄다. 이에 테리지노사우루스가 신경질적으로 양 꼬챙이 갈퀴로 낙엽들을 마구 쓸어모은다. 고개를 들자 마저 삼키지 못한 잎들이 부리의 입 아래로 우수수 떨어진다. 둘은 그 모습에 경계심을 갖고 웃음을 뚝 그친다. 순간 공룡과 두 호모 사피엔스 사이로 일순간의 정적이 흐른다. 초식공룡은 두 인간이 서로를 웃음가마리 하는 지껄임이 뚝 그치자 다시 차분하게 식사를 이어간다.

자신들의 언행이 가까이에 있는 초식공룡의 심기를 심히 자극한다는 걸 인지한 강산혜는 다시 조용히 말을 이어간다.

"잘 생각해 봐. 티라노사우루스는 육식공룡이잖아. 만약 지금 우리 앞에서 한참 식사 중인 초식공룡을 잡아먹기 위해선 포식자도 엄청난 에너지를 써야 해. 당연히 피식자도 살기 위해선 온 힘을 다해 저항을 하겠지. 이곳에 이르기 전 우리가 그랬잖아."

심기가 가라앉은 테리지노사우르스는 식사를 하다 말고 부드럽게 파동 치는 공기의 물결에 자기의 얘기인 양 귀 기울인다. 더 잘 들으려고 하는 것일까? 이따금씩 그가 소리가 들려오는 쪽으로 긴 목을 쭉 뻗는다. 한 사장도 더 이상의 자극을 줘선 안 된다고 판단을 내리며 강산혜의 설명에 경청한다.

"녀석들이 생사를 가르기엔 이 격투장이 너무 비좁다는 생각이 안 들어? 만약에 싸우다 행여 주위의 나무 뿌리나 큼직한 돌에 걸려 넘어져 부상을 입는다면 어떻게 되겠어."

"그야…"

"야생의 세계에선 곧 죽음으로 이어지지. 그러니까 티라노사우루스에겐 이 숲보단 차라리 뻥 뚫린 저 들판이 낫지 않겠어? 먹잇감이 숲 속에만 있는 건 더욱이 아니잖아."

한 사장은 강산혜의 유창한 설명에 꿀 먹은 벙어리인 냥 내내 듣고만 있다가 죽음이란 말에 불현듯 처자식이 떠오른다. 그의 안면이 서서히 어두워지며 일그러진다. 그것을 보며 강산혜는 속으로 말한다. 내가 뭘 잘못했나.

지금 중요한 건 이게 아니야! 녀석에게서 자백을 받아내야 해. 그래서 지금 이 죽을 고생을 하는 거잖아. 게다가 ATI(사)에서 남몰래 설치한 백도어가 내장되어 있는 위치 탐지기에서는 지금 우리의 대화를 엿들으며 녹음 중일 게 분명해. 그러니까, 내게 중요한 건 공룡이 아니라 다시 살려야만 하는 가족이야. 그가 검게 일그러진 얼굴을 서서히 펴며 말한다.

"회사를 그만두고서 내가 참 미웠지? 안 그래 강씨?"

강산혜는 한 사장의 느닷없는 말투에 당시의 아픔이 아려오는지 얼굴색이 그늘져진다.

저것 봐. 녀석의 안색이 불안해지고 있어. 하지만 여기선 분명 실토하지 않겠지. 어디쯤이면 가능할까? 일단 더 나아가면서 상황을 지켜보는 게 나을 것 같은데.

"갈 길이 멀어. 빨리 가자고 한씨."

"그래, 그게 낫겠군. 강씨."

여태껏 둘의 대화를 감청하고 있던 단발머리의 여자는 Tpclose 명령을 치며 단번에 통신 프로토콜을 끊어버린다. 스피커에서 흘러나오던 강산혜와 한 사장의 목소리도 동시에 뚝 끊어진다.

"용의자에게서 자백을 받는 게 쉬운 일은 아니지."

그녀가 좀 지루한 표정을 짓는다. 경험 많은 강 형사는 예리한 눈매를 가린 머리카락을 가르마 타듯이 뒤로 넘긴다.

"조금 더 기다려 봅시다. 우리가 이런 일 하는 것도 한두 번도 아닌데."

"강 형사님 조금 쉬었다 하지요."

"그래요."

강산혜는 먼저 나아가며 활엽수 위로 펼쳐진 하늘을 올려다본다. 이따금씩 구름 몇 점들이 돛단배처럼 파란 물결 위를 유유히 떠간다. 파란 바다가 머리 위에 두둥실 떠 있어. 허연 구름이 바람에 밀릴 때 그의 뇌리 속에선 파란 물결이 좌우로 갈라진다. 얼굴에서는 미소가 파문처럼 번지며 그 파동의 중심에선 파란 배 하나가 떠오른다.

그는 오래전 보았던 다큐멘터리의 한 장면을 떠올린다. 그것은 대기가 불그스름한 그림이었다. 이산화탄소의 증가로 하늘색은 파랑을 잃고 붉음으로 바뀐 것이었다. 파란 배가 허공으로 길을 잡고 떠오르자 들었던 고개를 서서히 내리며 숨을 허파꽈리까지 깊게 들이마신다.

"음, 산소야."

뒤이어 오던 한 사장은 그런 그를 보며 속으로 한마디한다. 죽을 고비를 몇 번 넘기더니 얘가 이상해진 거 아냐.

"거, 이쯤에서 위치 탐지기 좀 봐야 되는 거 아냐?"

강산혜는 한 사장의 지적에 속히 청바지의 주머니 속에서 기기를 꺼내어 든다. 손바닥 위에 올려놓자 나침반이 나타나며 붉은 바늘 침이 북쪽을 가리키며 떨어댄다. 그곳을 향해 먼산바라기를 하니 자신들이 지금 가고 있는 길이 들어온다.

화면 좌측의 위쪽에선 직각삼각형의 안테나 막대가 3개에 가까워지려고 애쓴다. 함께 지켜보던 한 사장은 안도의 숨을 내쉬며 밝은 표정을 짓다가 깜짝 놀란다. 기기의 바탕화면 위로 검은 물체가 떨어진 것이다. 그는 그것을 엄지와 집게 손가락으로 간신히 집어 직사각형의 안경 가까이에 가져간다. 한순간이 지나자 그가 얼굴에 만연의 미소를 머금고 나무 위를 올려다본다.

"뭐가 있어?"

"우린 지금 뽕나무 아래에 있는 거야."

한 사장은 미세한 포도송이 같은 오디를 입에 넣고 씹어댄다. 오돌토돌한 혀의 미뢰에서 느낀 단맛이 삽시간에 온몸으로 흡수되며 에너지를 만들어댄다. 미각에 취하며 힘이 남을 느낀다. 팔을 뻗어 머리 위에 널려 있는 열매를 마구 따먹는다. 강산혜는 맛있게 먹는 모습을 보며 침을 꿀꺽 삼킨다. 동시에 뱃속에서는 꼬르륵 소리가 연발한다. 직사각형의 안경은 고개를 돌려 그런 그를 재미있게 바라보며 웃어댄다. 그의 입술엔 어느새 검붉은 액체가 여기저기 묻어 있다. 혀를 내밀어 그걸 핥아 먹기까지 한다.

"뭐해? 배고프지 않아? 하여간 생각만 많아가지고."

강산혜는 한 사장의 말이 끝나기 무섭게 주위의 열매를 따 먹어 치운다. 멀리서 둘을 보면 마치 뭔가를 게걸스럽게 먹는 어떤 종의 형상이었다.

얼마 안 가서 이번엔 성체의 전 단계인 용각류 무리를 발견한다. 서너 마리들이 주위의 고사리 나무와 관목들의 잎을 길쭉한 주둥이에 빗살처럼 난 이로 뚝 끊어 삼킨다. 초식공룡의 안전성을 확신한 이들은 이젠 대놓고 밀접하게 다가가기까지 한다. 한 사장이 단언한다.

"저들에겐 공격성만 보이지 않으면 돼."

이에 강산혜가 맞장구친다.

"자연사 다큐멘터리를 보면 코뿔소의 등에 타고 공생하는 새들도 있잖아."

"흐, 흐, 흐."

둘은 큰 소리로 함께 웃어댄다. 그러다가 심기 상한 테리지노사우루스의 용안이 떠올랐는지 약속이라도 한 듯 서로를 보며 낄낄거린다. 잠시 후 강산혜가 먼저 자신의 검지를 입술에 갖다 댄다.

정수리가 툭 튀어나온, 쥐라기 시대의 대표격인 브라키오사우루스에 비하면 몸길이는 약 반도 채 못 되는 크기이다. 게다가 아직 성체가 되지 못한 체구에 어려 보이는 생김새이다. 주위의 고사리 나무와 관목들의 잔가지 잎을 연신 먹어댄다. 더욱이 특이한 건 타원형의 인산칼슘의 재질들이 등짝에 밀접한 간격을 유지하며 돋아나 있다. 지름은 약 25cm 정도이고 위로 솟을수록 돌기 뼈들은 양 비탈진다. 떨어져서 관찰하면 마치 등 위에 길쭉한 타원형의 깔개를 얹혀 놓은 형상이다.

한 사장은 그것에 호기심을 가지고 한동안 응시한다. 내면에서는 질의들이 일어난다. 고개를 돌려 옆을 본다. 강산혜의 측면 상이 보인다. 어떤 의문점을 이젠 공룡 전문가가 다 된 그에게 대뜸 물어보려다 주춤한다. 묻기보단 거기에 대한 나름의 가설을 세워보는 쪽으로 생각이 기우는지 강산혜에게 돌렸던 고개를 접으며 골똘히 상념에 잠긴다.

굵고 긴 목과 꼬리의 힘찬 반동력은 분명 포식자를 넘어뜨릴 수 있는 방어용 무기라 여겨진다. 쭉 뻗은 꼬리에 긴 목줄기를 좌우로 움직이며 빗살처럼 난 이로 근처의 잔가지 줄기들을 끊는 소리가 연신 들려온다. 그걸 보면서 육식공룡이 용각류의 상체와 하체 부위를 공격 포인터로 삼기엔 상당한 위험이 따를 거란 결론이 선다.

그는 몸 한가운데를 주시한다. 몸통은 자기 의지대로 움직일 수 있는 곳은 분명 아닐 것이다. 그때 뭔가가 그의 머릿속에서 번뜩인다. 떠오를 듯 말 듯 함에 한 손가락을 측두엽에 갖다 대 문지르며 고것을 의식의 언어로 끄집어내려고 애를 쓴다. 그는 눈을 찡그렸다. 쉽지만은 않다는 것을 인식한 그는 느긋하게 팔짱을 끼고 포식자의 입장에 서 본다.

느닷없는 그의 묘한 행위에 강산혜는 흥미를 갖고 지켜본다.

육식 공룡들이 위험성을 현저히 줄이며 초식 공룡인 용각류를 습격하기에 좋은 곳은 바로 등인데. 그것도 목줄기의 끝자락과 꼬리의 시작점에 인접한 살점이 분명한데. 헌데 저놈들은 유별나게도 등짝에도 갑옷을 걸쳤잖아. 만약 티라노사우루스가 포효하며 기계적으로 등을 향해 무자비하게 공격한다면 인산칼슘인 뼈끼리 부딪히는 건 불을 보듯 뻔하잖아. 그러…면, 돌연 그의 머릿속에선 10cm 이상의 송곳니들과 돌기뼈들이 비껴 충돌하며 불꽃을 일으킨다. 한 사장은 두 눈을 끔벅이며 흔쾌히 질문을 던진다.

"저 놈들의 이름이 뭐지?"

"살타사우루스. 녀석들은 비록 크기는 작지만 등에 걸친 갑옷 때문에 생존율은 다른 용각류에 비해 훨씬 높았을 거야."

"헌데 왜 용각류가 들이 아닌 삼림에 있는 거지?"

"잘 생각해 봐."

"……."

"우리가 왜 숲속으로 도망을 쳐왔지?"

"수풀 속이 꼭 안전한 건 아니잖아."

"흐,흐,흐. 물론 그렇지. 하지만 갓 알을 깨고 나온 수백 마리의 살타사우루스 새끼들이 허허벌판에 완전히 노출되었다고 상상해봐."

한 사장은 거기까진 생각하지 못한 것에 일말의 자존심이 구겨졌는지 시선을 딴 곳으로 돌리며 검지로 귓문을 연달아 막아댄다. 강산혜의 이어지는 설명이 윙윙거림에 차단된다.

"회사 일을 그렇게 했어 봐. 나한테 사랑만 받았지."

강산혜는 한 사장의 느닷없는 말투에 신경질적으로 쳐다본다.

"아, 말이 그렇다는 거지 뭐. 기분이 나빴으면 쏘리."

그들은 가끔씩 발견되는 뽕나무의 열매에 허기진 배를 채우며 북쪽을 향해 계속 나아간다. 위치 탐지기의 안테나 막대는 여전히 3개가 되려고 애쓰는 모양새다. 아마도 이 숲을 벗어나야만 된다는 걸 암시하듯 말이다.

제어센터에선 이 둘의 대화 내용을 스피커의 음성으로 엿듣고 있다. 모니터의 화면 중앙에선 녹음 저장 상태를 나타내는 문구인 〈Record On〉이 적색 글씨로 쓰여져 있다.

앞서가는 얼룩 줄무늬의 눈에 나뭇가지들 사이로 걸려진 파란 하늘빛이 다가든다. 직감적으로 삼림이 끝나감을 느낀다. 한 사장과 함께 오솔길의 끝자락으로 얼씬 다가선다. 퍼뜩 멈춘 발치 아래로 붉은 흙 알갱이들이 비탈을 따라 주르르 굴러간다. 양 옆으로 나란히 서 있는 저목 중 하나는 밑동 아래로 자신의 근을 열린 내장처럼 얼기설기 드러냈다. 둘은 양 둥치 사이에 서서 살랑거리는 낙엽수들과 함께 터진 시계를 내다본다. 하늘 아래로 파노라마의 장관이 펼쳐진다.

양 옆으로 낮고 완만한 경사의 양대 산맥이 쭉쭉 뻗어나간다. 그 아래로는 넓은 평원의 분지를 형성하면서 말이다. 강산혜는 문득 자신이 한반도의 남쪽 지역인 경상분지에 와 있는 건 아닌가 하는 착각이 들 정도이다. 한때 고대사에 관심을 갖고 신라 지역의 유적지를 답사할 때마다 조금 높은 곳에 올라 발치 아래를 내려다보면 느닷없이 시원스런 평야가 펼쳐지기 일쑤였다. 혹시 지금 내가 서 있는 이곳이 고대인들의 발자취를 좇던 경상도의 땅은 아니었을까? 생각이 여기에 미치자 묘한 흥분의 물결이 앙가슴을 타며 여울목처럼 지나간다.

비전문가인 한 사장이 보기에도 오늘날엔 호모 사피엔스가 농사를 짓기에 비옥한 농경지이지만 그 옛날엔 공룡이 살기에 적합한 생활 터전이란 걸 대번에 알아볼 수 있는 지세이다. 산맥은 멀리 뻗어나갈수록 왼쪽에 있는 것이 오른쪽의 앞길을 막아서며 휘어져 돌아나간다. 그 산줄기 사이 아래로 분지 한가운데를 굽이쳐 구불구불 흐르던 강 줄기가 꽁지를 보이며 이내 빠지는 형세이다. 연일 내리쏟는 빗물은 낮고 완만한 양 산세의 비탈을 내리달려 분지의 각 실개천에 이를 것이고, 거기서 다시 개울을 따라 강으로 모여들어 꼬리를 향해 힘찬 물살 소리를 일으키며 달려나가는 것이 직사각형의 안경과 얼룩 줄무늬의 가슴의 눈에 생생히 그려지고 있다.

"공룡들 세상이 따로 없군."

"공룡으로 사는 것도 그리 나쁜 것 같지는 않은데, 안 그래, 강씨?"

강산혜는 한 사장의 주둥이를 흘깃 보려다 끔쩍 놀란다. 숲속에서 생사를 가르며 들었던 미크로랍토르 구이의 짖는 소리가 또다시 고막을 두드려댔기 때문이다. 본능적으로 상체가 움츠러들며 날카로운 소리가 이는 쪽으로 고개는 서서히 움직인다. 겁 먹은 두 눈동자는 간간이 떨어댄다. 반면에 거무스름한 얼굴의 직사각형의 안경은 안전거리가 확보된 위치에서 비행하는 한떼의 미크로랍토르를 인지한 것처럼 먼산바라기를 하며 태연자약한다.

강산혜의 앞머리가 안경 앞에서 이리저리 나부낀다. 한 사장의 바투 머리는 곤두서며 잿빛의 재킷은 당장에라도 날아갈 듯이 날개가 돋친다. 분지 아래에서 인 열풍은 계속 상공을 향해 치솟는다. 미크로랍토르 구이의 무리들은 상승기류에 온전히 몸을 맡기어 양대 산맥 아래의 삼림 지역 위를 넘나들며 가끔씩 서슬 푸르게 성대를 떨어댄다.

왼쪽 산줄기 아래로는 트리형과 우산형의 침엽수들과 소철들이 어우러져 수풀을 이루었고, 마주보는 오른쪽으로는 활엽수들이 숲을 형성하고 있는 형세이다.

낙엽수의 잔가지에 매달린 잎 주위에선 저마다 5월의 허연 꽃들을 피어낸다. 그것이 원거리 질수록 산세는 신록과 함께 누런빛으로 물들여지며 단속적으로 불어대는 바람에 흐느적거린다.

굽이쳐 흐르는 강 주위로는 고사리 풀과 고사리 나무들이 관목과 함께 지천으로 널려 있다. 강산혜와 한 사장은 또 한 번 놀란다. 어김없이 강 한복판에는 누군가가 만들어놓은 것과 같은 통나무 다리가 비스듬히 가로질러 놓여져 있기 때문이다.

"아무래도 누군가가 있는 것 같아."

"우릴 저곳으로 유도하는 것 같지 않아?"

통나무 다릴 경계로 해서 시계는 다시 두 영역으로 분할된다. 외나무다릴 건너기 전 공간으로 두 사람은 포커스를 맞춘다. 그러자 관목들이 바람이 아닌 어떤 생물체에 의해 움직이는 것이 관찰된다. 초식공룡 한 마리가 수풀 속에서 네 다리의 무릎을 구부린 채 납작 엎드려 먹이를 구하고 있다. 그 앞으로 강줄기의 물살과 함께 조금 더 나아가니 티렉스에게 쫓기며 숲속으로 막 피신하기 전 보았던 파라사우롤로푸스(볏 공룡)늘이 강과 침엽수 사이에서 무리를 짓고 있다.

한 사장은 맞은편을 보라고 강산혜의 옆구리를 재차 찔러댄다. 시선은 물줄기 위를 지그재그 가로지르며 건너는 허연 물체를 좇는다. 초점을 맞추기 위해 눈살을 좁힌다. 나비인가. 고것이 세차게 흐르는 강 물살을 위태롭게 넘어서자 여태 보지 못했던 희귀한 공룡 무리들이 늘어서 있다. 허연 비행체는 그들 사이로 이리저리 몸을 비집고 들어서며 이내 시야 속에서 사라지는가 싶더니 어느새 녀석들 중 한 마리의 머리 위로 날아가 안착한다. 마치 그것이 둥그스름한 꽃인냥 말이다.

강산혜는 멀리서도 이런 광경이 포착된다는 게 처음엔 믿기지 않았지만 고대인들이 만든 산성에 서서 발치 아래를 내려다본 일을 떠올리니 충분히 고개가 끄덕여졌다. 산성에서 산 아래를 내려다보면 매의 눈을 갖게 되지. 그의 혼잣말에 답이라도 해주려는 걸까. 상공을 비행하는 미크로랍토르의 무리 중 한 녀석이 또다시 짖어댄다.

허연 물체가 착륙했다가 금새 이륙한 곳은 파충류의 뇌 영역 중 중뇌에 해당하는 부분이었다. 특이하게도 그 부분이 다른 공룡들에 비해 돌출되어 있다. 한 사장은 그것을 기이하게 여기는 모양이다.

"원래 공룡들의 뇌는 평평하고 납작하지 않던가? 거, 특이하네."

"아무래도 중뇌가 발달한 것 같아."

"거긴 시야를 담당하는 중심축이잖아. 안 그래?"

"그렇지. 어쩌면 녀석들은 색깔을 구별할 수 있는 능력을 갖춘 공룡들인지도 모르겠어."

"놈들이 침엽수 쪽보다 낙엽수 쪽에 있는 것도 그 때문인가?"

"그…야 모르지."

이 말이 끝나기 무섭게 화살처럼 쏘아대는 빛 화살이 동시에 두 사람의 동공을 눈부시게 한다. 눈을 찡그리며 왼손바닥으로 빛을 막아선다. 그때 두 사람의 눈에 잡히는 것이 있었다. 산 중턱에 돔 모양의 구조물이 남서쪽 산맥의 마루를 향해 내달리는 해의 빛을 반사하고 있는 것이다.

"수풀에 가려진 게 결국 빛으로 노출되네."

강산혜는 급히 뒤로 물러서서 위치 탐지기를 꺼내어 든다. 손바닥 위에 평평하게 올려놓자 붉은 나침반의 바늘이 정확하게 돔을 향하고 있다. 더욱이 안테나의 수신 막대는 이제 네 개에서 마지막 막대를 향해 자꾸만 확장하려 애쓴다. 강산혜의 얼굴에 화색이 만연해진다. 이와는 달리 한 사장은 무겁고 어두운 표정을 표출하며 고개를 가로젖는다.

"미처 보지 못한 게 있어."

강산혜는 당최 무슨 말인지 모르겠다며 이맛살을 짓는다.

"가서, 중뇌 공룡 무리의 위쪽을 살펴 봐. 뭐가 보이는지."

이에 강산혜는 후다닥 달려가 산비탈 위에 선다. 왼손바닥으론 앞머리에 차양을 치며 강줄기의 중간지대를 눈여겨본다. 그의 가슴이 두려움에 또 한 번 덜커덩거린다. 한 놈도 아닌 티라노사우루스의 일행이 초식공룡의 주변에서 어슬렁거림이 포착됐기 때문이다. 눈매를 좁혀 초점을 맞춘다. 아무래도 일가족인 것처럼 보여진다. 거기에 강종강종 뛰는 새끼까지도 있다. 그는 그 어리면서 무서운 것들이 가는 곳으로 시선을 경중경중 따라가다 조금 더 위쪽 지역으로 자연스레 시계가 옮겨진다.

트리케라톱스의 무리들이 머릴 낮게 드리우며 바닥에 깔린 식물의 잎들을 연신 뜯어 먹고 있는 것이 관찰된다. 개중에는 무리의 안전을 위해 틈틈이 망을 보는 놈도 목격된다. 그가 자기들 쪽으로 접근하는 새끼 티라노사우루스의 형제들을 묘한 경계의 눈빛으로 주시한다.

"어, 일을 어쩐담."

곁으로 다가온 한 사장은 팔짱을 끼며 느긋해한다.

"어떡하긴 뭘 어떡해. 차분히 계획을 짜봐야지."

해는 남서쪽의 산마루 위를 향해 호를 그리며 낙하하려 한다. 강렬하면서도 눈부셨던 햇살이 어느새 연노란 빛의 물감처럼 목전의 광경들을 부드럽게 채색하고 있다. 강산혜의 시선은 무의식적으로 누런 물결의 강물을 흘러간다.

"오늘 안에 저곳으로 갈 수 있을까?"

눈 아래에 굽이쳐 흐르는 강줄기를 사이에 두고 양 숲을 넘나들던 미크로랍토르 구이의 떼들은 허옇고 길쭉한 부리로 부딪쳐 오는 햇살을 연노랗게 부수며 원래의 있던 곳으로 돌아가기 위해 제각각 선회하며 활공을 해댄다. 무리들이 양 삼림으로 뿔뿔이 흩어짐을 한 사장과 강산혜는 내려다본다. 놈들 중 몇은 여전히 숲 위를 날며 안착할 곳을 찾는다.

"일단 우리도 좀 쉬면서 생각을 해봐야겠지."

강산혜도 지금 당장 뾰족한 수가 달리 없다는 걸 자각하고 한 사장의 말에 수긍하며 근처에 있는 평바위에 가 앉는다. 숨을 길게 들이마시며 호흡을 가다듬는다. 그의 등 뒤로 서 있는 나무는 돌출된 바위와 지면에 자신의 긴 그림자를 계단처럼 드리운다.

해는 점점 기울어지면서 체감 온도는 점점 서늘해진다. 그 기온 차에 강산혜는 공룡은 항온동물이 아니라 변온동물이란 걸 문득 자각한다. 머릴 들어 하늘을 올려다본다. 낮달이 떴나 하고 혹시나 보려는 것이다. 허연 구름 한 점 없는 하늘일 뿐이다.

"만약에 밤에 달이 뜨면 우린 저 돔에 오늘밤 도착할 수가 있어."

"까마귀 고길 먹었나. 아까 티라노사우루스가 있는 걸 못 본건 아니지. 그것도 일가족이야."

강산혜는 답답한 심정이 굽이쳐 올라오는 걸 억지로 누르며 말한다.

"공룡은 우리와 달리 변온동물이야. 밤이 오면 녀석들은 현저히 떨어지는 기온과 체온에 몸을 움직이지 못할 거야. 안 그래, 한씨?"

직사각형의 안경은 다큐멘터리의 한 장면을 퍼뜩 생각해낸다. 정글 속의 이른 아침에 챙이 있는 모자를 쓴 한 남자가 악어에게 다가가 꼬챙이로 몸통 여러 군데를 찔러댄다. 하지만 험악한 악어의 길쭉한 주둥이는 눈을 감은 채 꽉 다물어져 있다.

"달이 떠도 보름달 정도는 돼야지. 그렇지 못하면 수풀 속에 은닉되어 있는 늪지대를 미처 발견하지 못하고 발을 헛디딜 수도 있어. 안 그래, 강씨?"

그래픽 모니터의 화면 속에는 두 사람의 현 위치가 소형의 노란 원점으로 짙고 밝게 현시되어 있다. 가끔씩 통신 상태가 안 좋을 땐 스피커에서 흘러나오는 음성과 함께 찌그러지는 주파수처럼 〈지지직〉 껌벅거린다. 하지만 도청과 위치 추적에는 전혀 문제가 되지 않는다. 왜냐하면 손상된 주파수가 상황에 맞게 실시간으로 복구화되며 자동 저장되기 때문이다.

"두 사람의 얘기를 듣고 있자니 배우는 것도 있네요. 안 그래요?"

단말머리의 여자는 팔짱을 낀 채 피식 웃는다.

"이력을 봐서 알겠지만, 두 사람 다 자기 분야에선 쟁쟁한 인물들이잖아요."

"헌데, 어쩌다 한 사람은 살인 용의자로 몰리고 또 한 사람은 처자식을 잃은 상태까지 왔을까요? 세상 참 알다가도 모를 일이에요. 처음엔 저 둘도 사이가 무척 좋았다는데."

그녀는 20대 시절 한마루에게 사랑에 빠졌던 시절을 떠올린다. 그것은 자신의 의지대론 결코 헤어나올 수 없는 소용돌이 같은 것이었다. 하지만 동시에 격렬한 황홀함이기도 했다. 남 몰래 딴 여자를 만나고 있는데도 그것이 결코 밉지가 않고 오히려 자기에게 돌아오면 다행이라 여기기까지 했었다. 이별하고 꽤 많은 시간이 흘렀는데도 문득 그가 떠오르면 머리가 아닌 가슴이 뜨거웠다. 그럴 때면 바람 속에 홀로 서서 한참을 거닐어야만 그 열기가 식어졌다. 그때 발걸음은 어느새 먼 길을 돌아 저도 모르게 그와 함께 걸었던 길을 걷고 있는 것이 아니던가. 시인은 아니었지만 순간 하나의 시구가 머리를 스치며 지나갔다. 〈바람은 어디서 와서 어디로 가는지는 모르지만, 내 가슴의 바람은 어디서 와서 어디로 가는지는 알지〉. 그때를 생각하면 지금도 마음이 혼란스러운지 그녀가 단발머릴 짧게 여러 번 흔든다.

"누군가를 사랑하면 가슴이 아픈데 누군가를 미워하면 이상하게도 머리가 아프죠."

강 형사는 집에 있는 아내의 얼굴이 떠올랐는지 ATI(사) 실무 대표의 말에 자기도 모르게 고개를 끄덕인다.

"그러고 보면 누군가를 미워하며 사는 것보단 사랑하며 사는 게 맞는 것 같기도 해요. 열 받고 식식대는 머리보단 가슴이 아픈 게 낫죠."

단발머리의 여자는 잠시 침묵하더니 이내 입술을 비장하게 움직이며 지금껏 고뇌해 왔던 철학적인 상념들을 일거에 토해낸다.

"머리가 아프다는 건, 분명 그렇게 하지 말라는 내 안의 시그널인데, 왜 우린 거기에 귀 기울이지 못하고 그토록 사사건건 거스르기만 하는 거지."

"……."

강 형사는 화제가 갑자기 진지함에 빠져들려는 걸 느꼈는지 말머릴 얼른 딴 방향으로 애써 돌린다.

"그…나저…나 오늘밤 저들은 목적지까지 안전하게 도착할 수 있을까요."

그녀는 자신이 너무 진솔해져 균형감각이 깜박 한쪽으로 치우쳐졌던 걸 자각하며 답한다.

"음, 그거야 가봐야지 알…겠죠. 하지만 저들보다 앞서간 이들은 모두 여기서 묵고 간 걸 모르고 물은 건 아닐 텐데."

강 형사는 그녀의 대꾸에 웃는 얼굴로 답한다. ATI㈜ 실부대표도 싱긋 웃는다.

"손톱 달이 떠오르고 있어! 오늘밤 안으로 돔에 도착하긴 아예 글렀어. 잠시 후면 칠흑 같은 어둠이 내려앉을 거야."

스피커에서는 한 사장의 말투가 이 순간을 기다리기라도 한 것처럼 긴박하게 출력된다.

"우리가 듣고 싶은 말을 바로 해버리네요."

"내가 언급한 것 같은데, 한 사장 한번 믿어보자고."

그녀는 강 형사의 예리한 눈매를 나무라는 듯 물끄러미 바라본다.

"기억이 안 나나 봐."

"하, 하, 하, 그랬죠. 이거, 이쪽 분야의 일을 해도 전혀 손색이 없겠는데요."

"일단 이곳에서 하룻밤을 묵어야 되는 건 분명하니까 머무를 준비부터 하자고." 한 사장은 서두르며 낙담해 있는 강산혜를 재촉한다.

잠시 침묵이 이어지더니 이내 수긍하는 목소리가 들려온다.

"알았어."

"거 인생 다 산 사람처럼 왜 그래. 오늘만 날이 아니잖아. 기운 내라고."

"알았다니까."

사위는 칠흑같이 어둡다. 빛이라곤 두 사람 앞에 놓인 모닥불이 전부이다. 마른 잔가지들은 작고 둥그스름하게 산처럼 쌓여 있다. 그것들이 단속적으로 탁탁 소리를 내며 타 들어간다. 불똥은 여기저기서 튀면서 모닥불의 더미는 알게 모르게 내려앉는다. 주황색의 불꽃 위로는 완전히 연소되지 못한 연기들이 잿빛을 띠며 상승하는 것이 비쳐진다. 불꽃들은 불춤을 추면서 그 뒤를 따른다.

강산혜는 눈앞에서 사라지는 것들에 대해 묘한 의문을 품고 천천히 하늘을 올려다본다. 열린 활엽수의 공간 사이로 북두칠성이 자신의 푸르스름한 별들을 반짝이고 있는 게 들어온다. 별을 보니 기분이 좋아지는 모양이다. 얼굴에 미소가 만연해진다.

그는 국자 모양의 손잡이에 해당하는 별 아래로 방향을 잡고 내려가다가 밝고 큰 노란별 하나가 곁에 있는 벗들과 함께 가지들 사이로 난 길을 지나 자신의 홍채 속으로 막 들어서는 것을 발견하며 눈을 끔벅인다. 실바람이 불자 별들이 지나는 어귀들이 잎새에 닫혔다 열렸다 한다. 기분이 재차 좋아진 그는 별을 보던 눈을 스르르 내리며 숨을 깊이 들이마신다. 주변에 머물러 있는 공기와 타다만 연기가 그의 기도 속으로 흡입되며 후각을 자극한다.

"아, 이 불 냄새."

한 사장은 그의 행동을 아까부터 이상해하면서 흥미를 느낀다.

"유년 시절을 시골에서 보냈나 봐. 도시에선 불장난을 하면 바로 신고가 들어가지."

강산혜는 한 사장의 신고란 말에 잠시 잊고 있던 현실이 눈앞에 퍼뜩 펼쳐진다.

"그나저나 내일 저 돔에 올라갈 계획은 생각해봤어?"

"글…쎄." 어물거리게 언사한 후 싱겁게 한 번 웃는다.

"지금 한가하게나 농시거리할 때가 아닌 것 같은데."

직사각형의 안경은 그의 다그침에 몰려 골몰한 표정을 짓는다. 모닥불의 불꽃이 안경 알에서 지그시 타고 있는 게 강산혜의 시선에 잡힌다. 불똥은 탁탁 소리를 내며 렌즈 밖으로 연달아 튄다.

"뭐…라 했더라. 공룡은 항온동물이 아니라 변온동물이라고 했던가. 그러면 내일 새벽 일찍이 기상해 돔을 향해 출발하면 되는 거 아냐." 한 사장은 자신이 내놓은, 간결하고 명쾌한 비책에 허연 이를 드러내며 만족해한다.

"별것 아니네."

얼룩 줄무늬 가슴은 일거에 해결책을 도출해낸 한 사장의 예리함에 반가우면서도 허를 찔린 것처럼 움찔한다. 이 정도 사서 고생하는데, 그 정도의 방책은 저절로 나오지 않은 게 외려 이상한 게지. 그는 딴청 고개를 들어 짙은 감청색으로 더 깊이 물든 하늘을 본다.

활엽수 사이로 열린 공간이 우물의 언저리처럼 둥그스름하다. 그 안에 비스듬히 자리했던 북두칠성이 어느새 서서히 하강을 한다. 그는 그 모습을 보며 상상해 본다. 먼산바라기를 하면 분명 산 아래로 신선한 물을 담기 위해 내려가는 국자 모양일 거야. 이어서 자신의 관찰에 조용히 소견을 단다.

"하늘도 가끔은 약수 물이 필요한 것이겠지."

"뭐…라고?"

"아, 아니야. 어, 저기 봐." 강산혜는 허둥지둥 대답하다 하늘을 가로지르며 지나가는 허연 빛 하나를 발견한다.

신선이 활공하듯이 강림하는 북두칠성 바로 위로 유성 하나가 횡하니 지나간다. 그들이 자리하고 있는 곳으로 내리닫던 바람은 짝 달라붙은 바투 머리의 한복판을 가르며 강산혜의 귀밑머리 쪽으로 속히 이동한다.

유성이 사라지는 건 지나가는 바람 같았다. 아이가 아빠에게 느닷없이 말을 건넨다.

"아빠, 유성이 너무 빨리 사라져요. 저 수많은 별들처럼 붙잡아둘 수는 없어요."

곁에 있던 아내가 아이의 흥미진진한 눈을 지켜보면서 만족해한다.

"천문대장님한테 물어봐야 될 것 같은데."

아이는 짐짓 실망스런 표정을 지으며 아빠를 올려다본다.

"아빠가 해결해 주면 안 되요?"

"……."

"네가 못하는 것이 있는 것처럼 이 아빠도 해줄 수 없는 게 있을 수도 있단다. 게다가 천문대장도 너의 요구를 아마 들어주지는 못할 거야." 답변이 끝남과 동시에 연달아 마른기침을 해댄다.

"연기를 마셨나 봐."

강산혜는 수그러들어 가는 불 위로 마른 가지 몇 개를 더 올려놓으며 조심스레 묻는다. 물음에 답이라도 하려는 것인가? 연기에 사레들린 기침을 해대며 숙였던 고개를 서서히 든다. 그 앞에선 탁탁 소리를 내며 땔거리들이 불의 한가운데서 하얗고 노랗게 타 들어간다. 불의 기운은 주위로 뻗칠수록 주색이 되어 춤을 춘다. 한 사장은 상체를 곧추세우며 강산혜의 얼굴을 아무 말 없이 한순간 또렷이 본다. 짝 달라붙은 바투 머리에 거무스름하게 일그러진 그의 얼굴이 붉은 불춤에 희번덕거린다.

"회사를 그만두고 나서 날 생각하면 무척 괴로웠겠지."

아직 딱지가 저절로 떨어지지 않은 상흔을 그것도 가해자가 톡 건드니 그날의 기억들이 동시다발로 일어나며 따끔거린다. 얼굴을 마주 보고 있자니 회사 내에서 사장으로서 행한 몸짓과 언어들이 그의 얼굴처럼 일그러진다. 기억을 떨쳐내려 딴 곳으로 시선을 애써 돌린다. 하지만 그때의 일들이 재생 버튼을 연달아 눌러대는 것처럼 재연되기만 한다.

"때론 죽이고 싶었어!"

이 말을 내뱉고서 한편으론 속이 후련했지만 또 한편으론 해서는 안 될 금언을 한 것처럼 후회가 급습해온다.

한 사장은 강산혜가 짤막하게 내뱉은 언사에서 가슴 밑바닥의 응어리를 들었다고 판단을 내린다. 별안간 이 세상에서 가장 혐오스런 인면수심 앞에 서 있는 것처럼 노려본다. 시시각각 검붉게 비쳐진 얼굴이 더욱더 일그러진다.

"그래서 날 죽이려다 내 가족을 선택한 거야. 이 악…마 같은 새…끼!" 그가 흥분을 가라앉히려고 여러 번 호흡을 가다듬는다. 그러면서 주먹을 불끈 쥔 채 간헐적으로 자신의 가슴을 때려댄다.

"어, 이 일을 어쩐담."

강산혜는 뭔가 일이 된통 꼬여감을 본능적으로 느낀다. 하지만 원상태로 되돌리기에는 서로의 감정이 악한으로만 치닫고 있기에 그것이 불가하다고 판단한다. 이럴 땐 경험적으로 정공법이 최고라 여긴다.

"그래. 난 널 죽이고 싶었어. 그것도 무척이나."

"이대로만 가면 오늘밤 안에 용의자가 자백을 할 것 같은데요."

단발머리의 여자는 아무런 대꾸 없이 신중히 경청하며 길쭉하고 하얀 손가락으로 스피커의 볼륨을 조금 더 높이다 움찔한다. 불 더미가 바닥 주변으로 재를 밀치면서 덜커덕 주저앉는 소리까지 잡힌 것을 꼭 청각이 아닌 촉각으로 느끼는 것만 같았기 때문이다. 강 형사의 예리한 눈매가 고걸 놓치지 않는다.

"추워요."

"……."

"머지않아 우린 서로에 대해 모르는 게 없을 것 같아. 그러다 우리 둘도 저 두 사람 꼴이 되는 건 아니겠지."

"글…쎄요. 그래도 머리가 아픈 것보단 가슴이 아픈 게 더 낫다는 걸 우린 알잖아요." 이렇게 대꾸해놓고 예리한 눈매로 히죽 웃는다.

단발머리의 여자가 눈가의 웃음으로 맞장구 치자 별자리의 화살 점이 강 형사를 향해 핑핑 쏟아진다.

"그러게 말이에요. 저 둘도 몸이 몸소 말하는 걸 귀 기울여 들었다면 결코 저기까진 가지 않았을 텐데."

"그래서 난 너의 주변을 어슬렁거렸지."

바닥에 깔린 허연 재가루가 느닷없이 주저앉은 불 더미의 충돌과 뜨거운 열기에 의해 뭉게구름처럼 솟아오른다.

한 사장은 얼떨결에 자백을 듣게 된 것에 속으로 쾌재를 연빌한다. 이제 모든 게 슬슬 풀리는구면. 불끈 쥔 주먹이 스르르 풀리며 안경알 안쪽의 눈은 희번덕댄다. 몇 개의 잔가지를 집어들고 꺼져가는 모닥불 쪽으로 눈을 내리깔자 솟던 재의 구름이 가라앉으며 주위로 한 층 더 퍼져나가는 게 기분 좋게 다가온다.

"그래서 어떻게 했지?"

강산혜는 잠시 뜸을 들이는가 싶더니 가슴 밑바닥에 거무스름한 먼지가 되어 켜켜이 쌓여 있던 감정의 분진들을 비로 이리저리 쓸어내듯 마구 토해낸다.

"한 사장! 생각해 봐. 내가 뭘 그리 잘못했길래 회사까지 그만둬야 했지? 생각할수록 이해가 가지 않았어. 난 노동자로서 단지 인간답게 살기 위한 최소한의 저항을 한 것뿐이었는데, 이것으로 말미암아 사직서를 쓰게 됐지. 그래서 그런지 어스름한 공간 안에서 시간이 갈수록 당신에 대한 분개만 솟구쳤고, 그것이 더 이상 참을 수 없는 지경에까지 이르자 여태껏 내 안에서 단 한 번도 떠올린 적이 없었던 용어가 불쑥 튀어나왔지. 그건, 널 살해하라는 명령이었어. 내 이런 상태를 도저히 믿을 수가 없으면서도 난 변장을 한 채 항상 너의 일상을 맴돌았지."

그는 잠시 한숨을 길게 쉰 후 마주보고 있는 한 사장을 불쾌하게 응시한다.

"위장은 당신이 날 봐도 결코 시각적으론 알아볼 수 없는 형상이었지. 비록 짧지만 그래도 우리가 함께한 시간이 있었기에 시각 이외의 다른 감각으론 분명 알 수도 있었을 거라 판단했지. 하지만 당신은 그런 면에선 영 꽝이더구먼."

한 사장은 해죽 웃는다. 제어센터에선 숨을 죽이며 청각을 둘의 대화에만 온전히 고정시킨다.

"언제나 적당한 거리를 유지한 채 사람들 속에서, 때론 시선들이 무심결에 지나치기 일쑤인 건물 출입구 안쪽에 서서 가로질러가는 널 수없이 보곤 했었지. 넌 가끔씩 이상히 여기며 고개를 돌리더군. 하지만 어두운 밤 그림자 속에 숨어 있는 날 미처 발견하진 못하더구먼. 그때마다 단숨에 널 급습하여 생을 끊고 싶은 충동이 요동쳤지. 게다가 오른손에 비수까지 불끈 쥐고서 말이야."

당시의 순간을 떠올리는 게 괴로웠는지 고개를 들어 하늘을 올려다본다. 실낱 같은 초승달이 우물의 언저리 같은 활엽수의 공간 위 오른쪽으로 서서히 들어오고 있다. 그 아래로는 손톱 달에 걸린 것처럼 비스듬히 별 하나가 모래알처럼 반짝인다. 어쩌면 그것은 봄철의 별자리 중 하나인 처녀자리의 스피카가 아닐까 하는 생각이 문득 바람처럼 스친다. 올렸던 고개를 다시 서서히 내린다.

"그런데, 순간 돌진하여 어둠 속에서 섬광처럼 널 급습하려고 하면 이상하게도 그렇게 하지 못하게 하는 뭔가가 자꾸만 내 안에서 마찰을 일으켜대는 거야. 그것은 마치 자가용이 코너 길을 돌 때 차도 밖으로 벗어나지 않도록 조심스레 브레이크를 밟는 것 같기도 했어."

듣고만 있던 직사각형의 안경은 조금 흘러내린 안경테를 위로 올려 고정시킨다.

"그래서 내가 아니라 내 가족으로 타깃을 바꾼 건가." 이렇게 말해 놓고 굵은 잔가지 몇 개를 집어들어 꺼져가는 불 더미에 신경질적으로 던진다. 순식간에 주황색의 불똥들이 사위로 튀어오른다.

"끝까지 들어 봐. 한 사장, 당신은 항상 이게 문제야."

직사각형의 안경은 코웃음을 친다.

"그래 어디 끝까지 들어 보자고."

얼룩 줄무늬 가슴은 몇 번의 헛기침을 하며 다시 이야기를 이어 간다.

"집까지 걸어오면서 난 수없이 생각했어. 왜 내 안에서 널 살해하지 못하게 하는 또 다른 나가 있는지를. 하지만 그것이 뭔지는 영 알 수가 없었어. 다만 그것이 아직은 쌀쌀한 봄바람 속을 계속 걷게 했지. 집까지 다 와서도 난 주위를 에둘러 걸었어. 그러던 중 하나의 생각이 문득 바람을 가르며 내게로 오는 거야. 그건 이제, 뭘 하고 살아야지. 그러면서 늘 하던 습관처럼 하늘을 천천히 올려다봤지. 몇 개 안 되는 도시의 별들이 봄철의 대삼각형을 그리며 푸르스름하게 깜박거리고 있었지. 그때 꼭 빛이 내게 말을 거는 것 같았어. 이 회사에 오기 전 넌 뭘 잘했지 하면서 말이야."

한 사장은 그의 이력서에서 자신의 회사에 입사하기 전 했던 일을 유심히 본 것을 떠올린다.

"게임 프로그래머였다며." 이 말을 해놓고선 직감적으로 녀석이 파 놓은 함정에 빠진 것처럼 화들짝 놀란다. 역시 교묘한 놈이야. 분명 저 런 머리로 나에서 내 가족으로 표적을 바꿨을 거야.

"그래, 난 게임 프로그램에 상당한 소질이 있었어. 단 그것이 즉각 돈이 되지 않았기에 달마다 월급이 탁탁 나오는 당신 회사에 지원하 게 된 것이지."

한 사장은 저런 교활한 놈을 미처 알아보지 못하고 고용해서 자신 의 돈으로 월급까지 줬다는 게 몹시 분통할 따름인지 앙가슴이 좁혀 져 온다.

가슴 한가운데를 한 손으로 자꾸만 문질러대는 한 사장을 이상히 여기면서 강산혜는 말을 이어간다.

"어디가 아…픈가봐. 아무튼 난 선택의 여지가 없었어. 일단 가지고 있는 컴퓨터에 유닉스(Unix) 운영체제를 깔고 게임 서버를 구축했어. 도메인명은 MONO의 약자인 M을 따서 m_game.co.kr로 정했지. 이 름에서 대강 알아채듯이 난 1인용 게임을 짜기 시작했어. 완성이 되면 보름 간의 데모버전으로 서버에 올려 놓았지. 고객이 마음에 들면 15일 후엔 1달러에 구입을 하는 조건으로 말이야. 그렇게 시간이 되는 대로 몇 개의 게임을 연달아 짜서 서버에 등록함과 동시에 틈이 나는 대로 게이머의 구매 의사를 확인하기 위해 e-mail 계정을 수시로 열어봤지. 결과는 큰 돈은 아니었지만 적게나마 소득이 생기면서 덩달아 만족감도 갖게 되더라고."

그는 여기서 잠시 뜸을 들이며 한 사장을 주시하다 이내 얘기를 이어한다.

"근데 더 이상한 건, 이렇게 뭔가 긍정적인 일에 시간을 쏟다 보니까 당신에 대한 분노가 많이 수그러들어 있는 내가 보이더라고. 참, 사람 마음이 알다가도 모르겠더라고. 어제까지만 해도 죽이겠다고 달려들려 했었는데 말이야."

계속 경청만 하고 있던 한 사장은 속으로 혼잣말을 한다. 이거, 녀석이 짜놓은 함정에 더 깊이 빠져드는 느낌인데.

강산혜는 다시 한 번 고개를 정면으로 들어 직사각형의 안경을 뚫어져라 쳐다본다.

"한 사장, 당신은 그런 경험이 없어."

주황색 불빛에 검붉게 비친 얼굴은 타다만 연기가 자기 쪽으로만 오는지 눈을 찡그리며 헛기침을 연달아 해댄다. 강산혜는 그걸 보며 해죽이 웃는다.

"그건 말이야. 너 같은 약자들이나 하는 맹꽁이 같은 소리야." 연기가 매운지 손을 이리저리 저으며 연신 콜록댄다.

"힘이 있는 사람들은 절대로 회사를 중도에 그만두는 일은 없어. 생각해봐. 내 앞에 있는 네가 강자라면 굳이 내 앞에서 사직서를 쓰고 쓸쓸히 무대 밖으로 퇴장할 일은 없잖아. 안 그래?"

"그건 그러네." 강산혜는 웃던 얼굴에 거무스름한 구름이 끼려는 것처럼 시무룩해짐을 느낀다.

"네가 간과한 게 바로 그거야. 게다가 약자들은 자신이 파워가 없음을 잘 알기에 아주 교묘한 쪽으로 머릴 굴리지. 넌, 분명 날 해하려다 역부족을 느끼고 내 아내와 자식 쪽으로 자연스레 방향을 튼 것뿐이야."

자신을 자꾸만 살해 용의자로 몰아가는 한 사장의 얘기를 듣고 있으면 이상하게도 범죄의 장면이 불현듯 상기되며 이미지들이 끊겼다 이어졌다 하기를 반복한다. 왜 내 기억 속에 내가 인식하지 못하는 범행의 장면들이 저장되어 있는 거지. 여기에 교묘함이란 음색에 강산혜는 한 사장을 흘겨보며 몹시 식식거린다.

"난, 지금껏 살아오면서 누군가에게 한두 번 실수는 했을지는 몰라도 의도적으로 어느 누구를 교활하며 살아온 적은 없다고 확신해."

"그건 네가 약자이니까 하는 핑계일 뿐이라니까." 여기서 직사각형의 안경은 잠시 뜸을 들이다 이내 쐐기를 박듯이 언사한다.

"안 그래 강교활." 이 정도면 녀석의 단단한 범죄 은닉의 의지도 실수를 하면서 깨지겠지. 검붉은 직사각형의 안경알 뒤쪽으로 그의 눈매가 묘하게 웃음 친다.

불에 비친 강산혜의 안면이 까만 어둠과 함께 심히 일그러진다. 당장에라도 달려들어서 휘어 갈기고 싶은 충동이 맥박을 쳐댄다. 손에 흉기라도 들었으면 아마도 눈앞을 빤히 마주하고 있는 상판대기에 정면으로 던졌을지도 몰랐을 것이라고 상상을 하자 순간 두려움의 공포가 거무스름한 연기처럼 일어나며 그의 온몸을 감싼다. 저항이라도 하려는 듯 그가 몸서리 친다.

"이러면 안…돼."

"그건 약자나 해대는 소음 공해라니까."

그는 고개를 가로저으며 한 사장의 음색을 차단하려고 애쓴다. 자꾸만 그의 주장을 듣고 있으면 정말 내가 그랬을까 하는 생각마저 들 정도야. 그러면서 그는 감성이 맞을 때보다 틀린 적이 더 많았던 시행착오를 힘겹게 떠올린다. 이성과 감성은 시간이 지나봐야 맞는지 틀리는지를 판가름하기가 일쑤였어. 여기서 강산혜는 한 걸음 더 나아간다.

고속도로를 달리던 자신의 차량이 옆 차량과 가까워질 때 충돌하지도 않았는데도 불현듯이 차량 사고의 고통이 밀려왔던 걸 상기한다. 지금 난 아직 일어나지도 않은 살인 사건을 가지고 상상의 고통으로 시뮬레이션을 하고 있는 것인지도 몰라. 한 사장의 언행을 귀담아 들으면 내 뇌 속에서 모의 실험의 수치만 높아지는 것 같아. 그래서 내가 한 범행이 결코 아닌데도 꼭 내가 한 범죄처럼 느껴지는 건지도 몰라. 생각이 여기에 이르자 돌연 강산혜는 칠흑 같은 어둠의 장막이 파동 칠 정도로 껄껄 웃어댄다.

"그러고 보니 난 약자가 아니라 강자였었네. 누군가에게 반드시 해

148

를 가하려다가 그걸 끝내 뿌리치고 말았으니 말이야."

직사각형의 안경은 느닷없는 강산혜의 역습에 어이없어 하며 하늘만 쳐다본다. 그러면서 혼잣말을 사라지는 유성처럼 되뇐다.

"역시 교활한 놈이야."

"어쨌거나 별은 참 밝네."

하늘의 우물은 이런 그에게 생기라도 불어넣어 주려는 듯이 별을 담아 넘실넘실 반짝이고 있다.

한편 고목의 우듬지에선 떠오르는 붉은 태양의 에너지를 제일 먼저 맞기를 기다리며 숙면을 취하고 있던 미크로랍토르 구이 한 마리가 껄껄 파동치는 웃음소리에 발을 움찔하다 그만 균형을 잃고 바닥으로 곤두박질 치고 있다. 그것은 마치 몸 안에 내장된 충전지가 바닥을 보이며 각 기능들의 역할이 비상상황에 곧바로 활성화되지 못한 기계 새와 같은 것이었다.

날갯죽지와 몸뚱이가 쭉쭉 뻗은 가지 줄기에 갈지자로 연달아 충돌하며 낙하한다. 위기를 느낀 양안비복시의 눈이 번뜩 떴지만 달리 방도가 없는지 이내 감아버린다.

쿵 소리와 동시에 주위에서는 작고 거무스름한 생명체들이 즉시 몰려든다. 포유류처럼 보이는 이들은 날카로운 송곳니를 드러내어 곧바로 새의 과도기인 공룡의 복부를 물어뜯어 살점과 내장을 먹어 치운다. 개중에는 낮 동안에 육식공룡에게 두 마리의 새끼를 잃은 어미도 보인다. 그녀는 자신의 앞니를 녀석의 눈에 박아 넣는다.

강 형사가 좀 심각한 표정으로 화살 별자리 위의 눈을 응시한다.

"하, 대개가 여기서 자백을 하던데, 이쪽은 꽤 까다롭네."

단발머리의 여자도 거의 다 와서 일이 틀어진 걸 몹시 아쉬워하며 말한다.

"아직 고생이 덜 끝났나 봐."

"여기서 실토를 했으면 우리가 동이 트기 전에 혹시 못 일어날 것을 대비해 깨워줄 수도 있었는데. 왜 저들은 저리도 어렵게 목적지까지 가려 하는지 도통 모르겠어요." 강 형사는 답답한지 눈앞의 데스크를 손바닥으로 여러 번 쳐댄다.

"그야 다들 자기 성격 탓 아니겠어요."

그녀는 이 말을 해놓고 팔짱을 낀 채 등받이 의자에 기대어 두 눈을 지그시 감는다. 비록 다른 시공간에 떨어져 있지만 한마루의 인동에서 늘 느꼈던 어떤 힘이 관찰자의 시점이라 그런지 이젠 불편하게 다가온다. 연애할 땐 그것이 꽤 매력적이라고 여겼는데. 그녀는 그것이 의아한지 조금 더 생각을 해본다. 그땐 그 힘이 날 위해만 쓰이고 있다고 여겼기 때문이었을까?

한 사장은 나무 둥치 아래에다 시원하게 볼일을 본다. 오줌발이 밑동 아래로 포물선을 그리며 낙하한다. 바닥에선 김이 모락모락 피어오른다. 얼마나 참았다가 눈 것인지 그가 시원함을 연발한다. 일을 마친 후 바지 지퍼를 쓱 올리며 고개를 들어 나무의 둥치 위를 바라본다. 그의 두 눈은 순식간에 잎새 사이로 떨어지는 별들로 가득 찬다. 동시에 한줄기 실바람이 잎새를 떨어댄다.

"별 나무가 따로 없네."

강산혜는 분지가 내려다 보이는 비탈 위로 발치를 둔다. 칠흑 같은 밤 양대 산맥이 밤을 지키는 무사처럼 홀연히 우뚝 서있다. 양 능선 위로 자연스레 눈을 드니 감청색으로 물든 하늘이 펼쳐진다. 국자 모양의 북두칠성은 어느새 약수 물을 담아 하늘로 승천하고 있다. 국자의 운두 부분에 묻은 물기는 어렴풋이 물빛을 내며 표면 위를 조르르 흘러내린다.

얼룩 줄무늬 가슴은 오른손을 목전에다 놓는다. 굽어진 팔꿈치를 조금 더 편다. 그리고 손바닥 안에 지구를 올려놓고 손가락으로 가볍게 감싼다. 다시 고개를 들어 북극성을 찾아 지축을 맞추자 우리의 행성인 파란 지구가 23.5도 기울어진다. 그는 서서히 자전 방향으로 구체를 움직인다.

"어쨌거나 내일 일은 내일이고 오늘은 별이나 실컷 보고 잠들겠구먼." 강 형사는 여전히 마음에 맞갖잖은 말투를 해댄다.

"그래도 먹구름이 두껍게 낀 하늘보다야 천 배는 낫지. 전전 고객들을 떠올려 봐요. 용의자가 돌아와 제일 먼저 꺼낸 말이 뭐, 였었더라."

"밤이 무서워서 죽는 줄 알았어요." 이 말을 해놓고 두 사람은 당시의 혼비백산한 혐의자의 몰골이 떠오르는지 몹시 재미있다는 듯 배꼽을 잡고 웃어댄다. 단발머리의 여자는 농이 좀 지나쳤다고 판단하며 웃음을 자제하려 애쓴다.

"다행히 우리가 동이 트기 전에 깨우기 위해 기상 벨을 수시로 전송하길 망정이지 하마터면 일을 크게 그르칠 뻔했죠. 사위를 아무리 둘러봐도 믿을 사람 하나 없는 곳에서 용의선상에 있는 자가 자신의 죄를 모조리 실토까지 했으니 그가 갈 곳이 어디겠어요."

"범죄를 저지르고 사는 일도 그리 쉬운 삶은 아닐진대, 왜 그걸 꼭 선택해야만 했을까."

그녀는 이 말을 해놓고 등받이 의자에 깊숙이 몸을 집어넣고 한쪽 다릴 포개어 앉는다. 팔꿈치는 팔걸이 받침대에 올려놓고 조금 무거워 보이는 단발 머릴 집게와 중지로 지그시 받치며 철학자처럼 생각에 잠긴다.

"너무 복잡해할 필요 없어요. 그래도 죄짓지 않고 사는 사람들이 아직은 절대 다수인 세상이잖아요." 강 형사의 예리한 눈매가 그녀의 고뇌를 주의 깊게 관찰하다 눈 아래의 화살 별자리를 유성처럼 스치며 지나간다.

강산혜의 두 눈빛이 북두칠성의 손잡이에서 활 모양으로 호를 그리며 내려오니 목동자리의 알파별인 아르크투루스가 큼직한 오렌지 빛을 뿜내며 연신 반짝인다. 더 아래로 시계를 옮기니 처녀자리의 일등성인 스피카가 중심에서 백열 빛을 내며 푸르스름하게 깜박거린다. 다시 천정(天頂)으로 방향을 잡는다.

사자 한 마리가 하늘 한가운데에서 바다뱀인 히드라의 머리통을 움켜쥐려는 듯 레굴루스로 빛나는 앞발죽지를 힘껏 내뻗는다. 이에 뱀의 심장인 알파르드가 두려움에 바람 속의 촛불처럼 주황빛으로 떨어댄다. 꼬리 쪽에선 이등성인 데네볼라가 여전히 히드라의 사냥에 긴장을 놓지 않는다.

원거리의 포커스 초점이 스르르 풀리며 하늘의 전경은 다시 파노라마로 펼쳐진다. 시계가 멀어질수록 별들 속에 성운 같은 것들이 보일 듯 말 듯 빛을 내고 있다. 강산혜는 그것이 수백억 개의 별들이 모여 이루어진 은하의 은빛 가루가 아닐까 한다. 어느 가을 밤 그와 같은 곳에 천문 쌍안경을 들이대자 구름 알갱이만한 크기의 별들이 모여 은하를 형성하고 있었다. 그곳은 우리의 별 Sun과 약 220만 광년 떨어진 M31의 안드로메다 은하였다.

포커스의 관점이 완전히 풀리자 오렌지의 별인 아르크투르스와 안으로 들어갈수록 백열 빛을 내는 스피카가 바다뱀 사냥에 여전히 긴장을 팽팽히 유지하고 있는 데네볼라와 어우러져 봄철 밤하늘의 대삼각형을 수놓는다.

강산혜는 눈꺼풀을 연신 껌벅거린다. 스피카 쪽에서 황도를 살짝 벗어나 사자자리의 꼬리인 데네볼라 방면으로 꼭 이동하는 것처럼 보이는 허연 구체가 눈에 선하게 잡힌다. 반짝이지 않는 것으로 보아 그는 그것이 별이 아니라 행성이라고 판단한다. 더욱이 민들레 홀씨의 갓털처럼 빛을 사위로 발산하고 있다.

"지구 위에 서서 태양계의 행성을 본다는 건 내 안에 잘 보이지 않은 어떤 심현을 조용히 관망하는 것만 같아."

손톱 모양의 초승달은 홀씨 행성보다 비스듬히 한치를 앞서며 사자자리의 앞발죽지인 레굴루스 쪽으로 휘어져 나아가고 있다.

강산혜는 우리의 별인 태양보다 100배는 더 밝은 오렌지 빛의 아르크투르스에서 아래로 직선을 그으며 쭉 내려오다 홀씨 행성과 교차한다. 그는 문득 피타고라스의 정리를 떠올린다. 왜냐하면 아르크투루스와 스피카 그리고 홀씨 목성이 봄철의 대삼각형 안에서 직각 삼각형을 만들고 있었기 때문이었다. 그가 손을 들어 허공에 대고 다음과 같이 쓴다.

$A^2+B^2=C^2$.

하지만 그는 곧 자기가 틀렸다는 걸 인정한다. 태양계 행성의 길인 황도가 직각인 90도를 살짝 벗어나 있는 쪽으로 길이 틀어져 있기 때문이었다. 강산혜는 몹시 아쉬워하며 허공에 대고 쓴 피타고라스의 정리식을 손가락으로 튕겨 날려버린다. 그래 놓고 잠시 생각에 잠긴다.

피타고라스의 정리는 어느 날 피타고라스가 이집트의 피라미드식 건축 양식을 보고 발견한 공식이라던데. 그는 여기에 포인트를 맞추고 머뭇거린다. 어쩌면 이집트인들의 피라미드식 건축은 혹시 지금 내가 보고 있는 저 봄철의 대삼각형을 하늘이 아닌 지상에 가져다가 신의 뜻을 섬기려 한건 아니었을까. 그렇다면 조금 전 내가 쓴 피타고라스의 정리식이 꼭 틀린 건 아니었잖아. 오히려 그 근원이 하늘에 있다는 걸 지금 내가 증명하고 있는 게 아닌가.

그는 즉시 오른손을 들어 허공으로 쭉 뻗는다. 그리고 서서히 주먹을 움켜쥐듯이 손가락을 접으며 팔꿈치는 안쪽으로 끌어당긴다. 순간 그의 손짓에서 어떤 힘이 느껴진다. 여태껏 가져본 적이 없는 거였다. 주위의 공기 장은 떨어대며 응축을 하기 시작한다. 좀 전에 튕겨 날아갔던 피타고라스의 식들은 짧게 파동 치며 공기의 장이 말려드는 쪽으로 저항하며 이끌린다.

다시 원래의 위치로 되돌아온 공식의 각 항들은 서로 뒤엉켜 그의

154

눈앞에서 맴돈다. 이에 주술을 걸듯이 다섯 손가락으로 공중을 쓸어대며 무한을 그린다. 끝으로 각각의 타원형 안에 직각 삼각형을 마주하여 주술 행위를 갈무리하자 각 항의 원소들이 각자의 위치를 찾아가 서로를 조립부품의 부속품처럼 척척 맞추어댄다. 목전에선 피타고라스의 공식이 다음과 같이 진열한다.

$A^2+B^2=C^2$.

강산혜와 한 사장은 눈부심에 얼굴을 찡그리며 상체를 힘겹게 일
으켜 세운다.

완전히 연소되지 않은 모닥불에선 희뿌연 연기가 간헐적으로 모락
모락 피어오른다. 빛의 속도로 떨어지는 파동 입자들이 그것을 타고
넘실넘실 넘어간다. 그 중 푸르스름한 빛의 파장이 연기의 알갱이와
크기가 비슷해서인지 서로 충돌한다.

부딪히며 튕긴 파랑의 파동 입자가 허연 알갱이의 기체 사이를 지
그재그 치며 나아간다. 어느새 푸르스름하게 채색된 연기는 허공 위
로 오르며 서서히 사위로 흩어진다.

손에 챙겨 든 안경을 굼지럭 착용한 후 고개를 드니 하늘의 우물
위로 투명한 물빛이 쏟아지고 있다. 가장자리의 한 귀퉁이에선 잎새에

부딪히며 불그스름한 물빛들을 분진처럼 튀어댄다. 그는 헷갈려 한다. 일출이 끝나가고 있는 건가. 강산혜는 상기되는 불안감에 퍼뜩 일어서며 막 착용을 마친 직사각형의 안경을 재우친다.

"해돋이가 끝났나 봐."

둘은 부랴부랴 비탈 쪽으로 발길을 내딛는다. 산마루 위로 어느새 해가 성큼 솟아 있다. 엷은 조각들은 떼구름이 되어 능선을 넘어 북동쪽 방향으로 행로를 틀고 있다. 강산혜는 한 조각의 붉음이라도 잡아보려고 눈을 두리번거린다. 하지만 옅어져 가는 자줏빛조차도 보이지 않는다. 비록 자명종은 없지만 새벽녘엔 몸이 추워지니까 절로 깰 줄 알았는데. 너무 피로한 걸 간과한 걸까. 그래도 혹여 하고 분지 쪽으로 시선을 급히 내려본다. 바람 때문일까 아니면 태양열 에너지를 만끽한 공룡들의 움직임일까. 멀리 내려다보이는 풀들이 이따금씩 갈지 자로 움직여 댄다.

"출발해야 할 때를 아예 놓친 건가."

한 사장은 양 산맥의 한복판인 분지 위의 창공을 수평선처럼 응시한다. 그의 눈에 날아다니는 물체가 보이지 않는다.

"미크로랍토르 구이 떼가 아직 떠오르지 않았는데."

그는 이 말을 해놓고 얼떨결에 허둥지둥 오느라 콧등으로 삐딱하게 흘러내린 안경을 양손으로 치켜세우며 바로잡는다.

활엽수의 우듬지쯤에선 과도기의 새가 자신의 목줄기를 유연하게 좌우로 틀어댄다. 이어 길쭉한 주둥이 속의 송곳니를 살짝 드러낸 채 상체를 위로 쭉 뺀다.

녀석들이 날려면 지면이 볕에 데워져야 되지. 강산혜는 얼굴에 여유를 갖고 상승기류인 열풍을 공룡들의 움직임의 척도로 삼는다. 그렇다면.

"지금 당장 떠나야 돼."

하지만 곁에 서 있던 직사각형의 뿔테 안경은 고개를 무겁게 가로젓는다. 그의 시계에 큼직한 공룡 한 마리가 활엽수 밖으로 무시무시한 얼굴을 내밀더니 성큼성큼 걸어오는 게 목격됐기 때문이다.

"저 아래 북동쪽을 봐봐."

들뜬 얼룩 줄무늬 가슴은 한 사장이 가리키는 곳을 보고 대번에 한 가닥의 희망마저 놓아버린다. 앙가슴이 여울목처럼 좁혀진다. 내가 못 일어나면 너라도 일찍 눈을 떴어야지. 강산혜는 얼굴이 상기된 채 곁에 서 있는 한 사장의 상판을 힐책하듯이 엄히 본다.

"이게 다 너 때문이잖아."

"뭐라고?"

"네가 날 용의선상에 올려놨기 때문에 우리가 지금 이 난감한 상황에 처해 있는 거 아냐."

태양열 에너지를 충분히 흡수하여 활력을 회복한 미크로랍토르 구이는 줄기 가지 밖으로 몸을 냅다 빼며 뛰어든다. 이어 서서히 상승하는 부력 기류를 가르며 활공을 한다. 지면에 가까워지자 큼직한 날갯짓을 우아하게 해댄다. 그러자 그가 지나온 길이 널찍한 유선형을 그리며 다시 창공으로 떠오른다.

크고 날렵한 양 깃털을 이는 바람에 날리며 유유히 상승하자 티격

태격하는 강산혜와 한 사장이 녀석의 양안비복시에 그대로 잡힌다. 게다가 가까이에선 밤 사이 나무에서 떨어져 죽은 동족의 사체 썩는 냄새가 바람을 타고 그의 길쭉한 후각 기도와 연결된 파충류의 뇌로 직통한다. 그가 기계적으로 연방 짖어댄다.

둘의 두상 위로 날아들수록 비행 파충류의 몸집은 위협적으로 커진다. 바닥에 깔리는 실루엣은 다가들며 길어진다. 짖어낼 땐 송곳니와 같은 이를 훤히 드러낸다. 그들의 발치 아래로 아가리를 벌린 길쭉한 주둥이가 구불구불거리며 속도를 높인다. 이에 두 남자는 얼어가는 물줄기의 응고처럼 하반신이 쭉쭉 굳어감을 느낀다. 미크로랍토르 구이는 육식공룡답게 이런 틈을 결코 놓치지 않고 나란히 경직된 채 서 있는 이들에게 곧장 내리 날아든다.

얼어붙은 발이 쉽사리 떨어지지 않는다. 그래도 의식보다 한발 앞선 그 무엇이 한쪽 무릎을 굽히며 양 반대쪽으로 제각기 상체를 속히 틀게 한다. 다가올수록 더욱더 커지는 파충류의 비행체가 벌려 기울어진 두 남자의 어깨 위로 발등을 스치며 휙 통과한다.

직사각형의 뿔테 안경은 옆으로 고갤 돌려, 틀며 숙여진 강산혜를 본다.

"녀석이 방금 우리 둘 사이로 지나간 게 맞지."

강산혜는 말 대신 고개만 끄덕인다. 둘은 각각 옆으로 틀어진 상체를 서서히 되돌려 바로 선다. 그리고 놈이 멀찌감치 멀어져 가는 방향을 주시한다. 한 사장이 먼저 말을 뗀다.

"우릴 기어코 잡아먹으려고 하는 건 결코 아닌 것 같은데." 한 사장은 조금 전 상황을 긍정적으로 예단한다.

한 낙엽수에 가까워지자 다시 몇 번의 날갯짓을 크고 우아하게 해 댄다. 비행체의 몸은 상승하는 아치 형태를 그리며 서서히 올라간다. 꼭대기에 가까워지자 크게 한 바퀴 선회한 후 짧게 날갯짓을 하며 가 지에 안착한다. 그런 후 놈은 동족에게 시그널을 보내려는 걸까. 다시 연속적으로 날카롭게 짖어댄다.

강산혜는 녀석의 행태에서 불길한 예감이 본능적으로 불어 닥친다. 이에 그는 한 사장의 생각을 정정한다.

"저 울부짖음은, 혼자 힘으론 역부족하니까 무리의 도움을 요청하 는 음파가 아닐까. 만약 그렇다면 조만간 녀석들이 떼 지어 공격해올 것은 불을 보듯 뻔한데."

둘의 마음은 두려움에 다급해진다.

"이럴 땐…."

"36계가 상책이지."

이구동성의 줄행랑 채택 소리가 채 사라지기도 전에 그들은 비탈 아래로 등을 보이며 내리 달리고 있다.

"일단은 티라노사우르스가 없는 곳인 침엽수 쪽으로 방향을 잡자 고." 한 사장은 다급하게 제안한다. 뛰는 발걸음은 그들 뒤로 누런 흙 먼지를 일으킨다.

"아래에 다다르면 초식공룡이 거주하는 곳으로 방향을 잡아야 돼." 한 사장의 의견에 동조하며 한 가지 안을 더 일사천리로 덧붙인다.

내리닫다가 둘은 허겁지겁 멈추어 선다. 먹이 알림 신호를 접수한 미크로랍토르 구이들이 떼거리를 지어 연발 짖어대는 녀석 쪽으로 날아가고 있기 때문이다.

"조금만 판단이 늦었다면 녀석들의 주둥이에 내 내장을 물어뜯길 뻔했어." 이 말을 해놓고 놈들의 뾰족한 이에 살점이 찢겨 나가는 모습이 떠올랐는지 한 사장은 고개를 가로저으며 아연실색한다.

"다시 움직임이 빨라지고 있어요."

그래픽의 모니터에선 주변 환경 속의 이동 점에 속도가 붙는다. 화면 하단의 중앙 부분에선 작은 직사각형의 형태로 실시간의 상황을 보여주는 파동 그래프의 간격이 짧아지며 급하게 상승하고 있는 걸 강 형사는 예의주시한다.

"다시 동고동락이 시작되는군." 단발머리의 여자가 의미심장하게 언사 한다.

"이번엔 분명 실토하겠지요." 예리한 눈매의 강 형사는 확신에 차 그녀의 말에 덧붙인다.

"어쨌든 여기가 마지막이니 자백을 받든 못 받든 우리가 할 일은 여기까지죠. 남은 몫은 한 사장한테 맡겨야죠."

냉철하게 어조 한 그녀는 다시 팔짱을 낀 채 지그시 눈을 감고 침묵 속에 잠긴다. 어째, 이 번 일은 꼭 어긋날 것만 같은 예감이 들지. 그러면 안되는데.

여기서 그녀는 묘한 감정 하나가 수면 위로 막 떠오른 걸 감지한다. 20여 년 전 자신의 이익만을 위해 날 냉정히 차버린 녀석인데 왜 그에게 일이 틀어지면 안 된다는 동정심이 이는 걸까. 한때는 내 목숨을 바쳐서라도 사랑했던 남자였기 때문일까. 어떤 이는 이런 감성이 당연한 발현이라 하는데, 왜 난 그게 아니라는 것처럼 내 안의 또 다른 내가 수면 위로 불쑥 떠오르며 연민과 자꾸만 마찰을 일으켜 대는 거지?

"경험상 용의선상에 오른 자가 혐의를 벗는 일은 결코 쉬운 일은 아니었죠." 그녀의 생각을 엿보기라도 한 듯 예리한 눈매는 과거의 일을 상기시키며 눈 아래의 화살 별자리를 힐끗 쏘아본다.

단발머리의 여자는 속내를 들킨 것처럼 상반신을 옴찔거린다. 하지만 곧 태연자약 한 채 누적 통계상 그럴 확률은 지극히 적다는 걸 새삼스레 떠올리며 강 형사의 소견머리를 인정한다.

예리한 눈매 또한 그 사람일까. 스테인리스 금속에 비친 것과 같은 내 상념을 굴절되기 전의 형상으로 꼭 잡아낸단 말이야. 함께 일해 온 지가 이제 고작 3년째인데. 그러고 보면 형사가 천직은 맞는 것 같네.

"사운드가 필요해요."

적게나마 불쾌감을 느꼈던 그녀는 줄여놨던 스피커의 볼륨 조절기를 하얗고 긴 손가락으로 서서히 올린다.

두 사내는 침엽수의 삼림 아랫길로 속히 들어선다. 안전하다고 판단했는지 급히 달음박질을 멈추어 선다. 이어 두 팔을 대퇴부 앞쪽에 받치고 상반신을 구부려 턱밑까지 찼던 숨을 거칠게 내쉬며 헐떡거린다. 반면에 한 사장은 턱을 하늘로 치켜들고 거친 숨결을 연거푸 품어댄다. 곧 가빴던 호흡이 잦아든다.

그들이 들어선 누런 흙 돌멩이 길은 원거리 질수록 굽이굽이 멀어져 가는 강줄기와 끝이 닿을듯 말듯 나란히 이어진 것이 한발 앞서 서있는 강산혜의 시계에 잡힌다. 조금 더 시야에 포커스를 주자 강물은 하류의 부위 쪽에서 분명하게 여울목을 형성하고 있다. 폭이 좁아지면서 물살이 세차지는 소리가 느껴지는 모양이다. 그는 검지로 그 지점을 가리키며 자신감 있게 한 사장에게 제안한다.

"저기서 건너면 되겠네."

"게다가 초식공룡인 파라사우롤로푸스의 무리도 거하고 있는데."

안도하며 호응하는 한 사장의 어투에서 그제야 공룡의 존재를 알아차린 강산혜는 미처 인식하지 못했다는 열등감에 일순간 얼굴이 붉어지며 동시에 이상한 생각 하나가 거듭난다. 곁으로 다가온 직사각형의 안경은 강산혜의 붉어지는 얼굴빛을 일견한다. 그러면서 애매한 표정을 지으며 실실 웃는다.

"설마 저 많은 초식공룡을 보지 못한 건 아닐 테지." 하며 비웃는 듯한 느낌에 안색은 이제 검붉어지며 화끈거리기까지 한다. 왜 난 두상에 1m 나 되는 아치형 파이프를 볏처럼 달고 있는 파라사우롤로푸스 공룡을 보지 못한 걸까. 한 사장은 뒤에 서서도 또렷이 보았는데도 말이야. 그것도 가족끼리 무리지어 생활을 하고 있잖아. 그는 알쏭달쏭함에 어리둥절하다가 이해하기가 꽤 난감했던 눈의 구조를 궁리하며 무척 골머리를 썩었던 일이 연관되어 떠오른다.

빛이 동공을 통해 황반에 다다르기 전 많은 신경계가 수풀처럼 여기저기서 통로를 가로막고 있지. 그런데도 우거진 그 모든 게 걷어진 채 우린 사물을 명확히 본단 말이야. 풀숲에 숨어서 야생 생물을 관찰하면 눈앞의 야생 풀잎은 보이지 않을 때가 많지. 그것을 볼 때마다 인식하는 건, 언제나 디지털 카메라였어. 그는 잠시 뜸을 들이며 여기에 착안점을 둔다. 그러면서 심판의 오판을 걸러내는 비디오의 판독기처럼 자신의 좀 전 행동 양식을 천천히 되돌려본다. 초점을 맞추지 않았던 주변의 환경들이 획획 스쳐 지나가는 게 문득문득 감지된다. 우린 포커스를 맞추지 않은, 그 무언가엔 그냥 무시해버리는 경향이 있는 것 같아. 디지털 카메라에 찍힌 실사와 자신이 보려고 했던 그림이 사뭇 달라 꽤 당혹스러웠던 기억은 이 소견에 증빙 자료처럼 첨부된다. 그러면서 여기까지 이른 추론에 그는 스르르 흡족해한다. 무의식적인 열등감으로 상한 체면에 붉어진 안색은 어느새 오간 데가 없다.

이어서 그는 자신이 세운 가설에서 다음과 같은 결론을 도출해낸다. 양안입체시인 인간과 양안비복시인 새가 같은 곳을 응시해도 결코 똑같은 걸 주시하는 건 아니다.

"무슨 생각을 그리 골똘히 해. 이 상황에 무슨 연구 논문이라도 쓰려는 거야."

강상혜는 기계적으로 대꾸한다.

"아, 아니야."

"그러지 말고 저 길 봐봐."

한 사장은 그의 옆구리를 재촉하듯 연달아 찔러댄다. 그리고 오른쪽으로 틀어지며 저만치 떨어진 한 지점을 가리킨다.

강산혜는 직사각형의 안경이 지시하는 곳으로 시선을 돌린다. 초식

공룡 한 마리가 웃자란 풀대들을 갈지자로 움직여 댄다. 그 안에서 오른쪽으로 몸뚱이를 비스듬히 틀면서 아기작거리며 이동하고 있다.

몸길이는 약 6m에 조그마한 머리에서 둥근 몸통을 지나 길쭉한 꼬리까지 인산칼슘의 돌기들이 정렬하게 돋아나 있다. 눈 주위론 정사면체의 뿔이 각각 2개씩 위아래로 솟구쳐 있고 두상에는 땅바닥에 납작한 잔돌을 밀접하게 깐 것처럼 보이는 오돌토돌한 판갑이 뾰족한 뿔과 함께 육식공룡의 불예측성 공격으로부터 머리의 손상을 1차적으로 방어해주고 있다. 배불뚝이와 같은 몸통의 등짝에는 길쭉한 타원형의 입체형 돌기들이 여러 개의 줄을 지어 나란히 돌출된 채 꼬리까지 진출한다. 한 사장은 이곳이 육식공룡의 진짜 공격 포인트라는 걸 대번에 파악한다. 더 자세히 들여다보니 포악한 상판에 갈고리처럼 휜 이가 피식자의 등줄기를 포효하며 있는 힘껏 물다가 울퉁불퉁 돌출된 뼈와 어깃장을 일으킨 마찰 흔적이 허연 찰과상처럼 여기저기 있다. 한 사장은 강산혜에게 그곳을 힘주어 가리킨다.

"피식자가 저 정도의 찰상을 입었다면 포식자의 이빨도 한두 개 정도는 심하게 부러졌겠는데."

하지만 강산혜는 피식 웃으며 녀석의 꼬리 쪽에 더 관심을 둔다. 뒤로 갈수록 머리와 수평을 이루며 좌우로 휘어지는 꼬리의 끝에는 돌망치 하나가 위협적으로 달려있기 때문이다.

"잘못 건드렸다간 이가 부러지는 게 아니라 턱주가리가 통째로 날라가게 생겼는데."

안킬로사우루스가 그 말을 들었는지 좌우로 꼬리를 흔들면서 돌망치를 의기양양하게 흔들어 보인다.

"닉네임을 지어줘야겠는데, 뭐라 부르면 좋을까?"

"그냥 돌망치 공룡이라 부르면 되지." 한 사장이 시큰둥하게 명명한다.

"그건 너무 단순한데."

한 사장은 잠시 뜸을 들이며 애칭을 명명하기 위해 이리저리 머릴 굴린다.

"그러…면 갑옷을 착용했으니까. 돌망치 개무사. 어때? 괜찮지 않아?"

강산혜는 모처럼 한 사장이 작명한 별명이 마음에 드는지 흔쾌히 받아들인다.

"사장님이라 그런지 이름 짓는 데엔 일가견이 있네."

"그럼, 사장님 아무나 하나. 그것도 AI와 관련된 일인데."

"이 두 사람 참 독특해요. 듣다 보면 배우는 것도 꽤 있어요." 강 형사는 둘의 대화를 엿들으며 평론가처럼 견해를 낸다.

"얼래, 한 사장은 농담을 잘했지." 그녀는 이 말을 해놓고 자신이 깜박 실수했다는 것에 뭔 갈 훔쳐보다 걸린 사람처럼 놀란 가슴을 애써 감춘다.

"원래, 한 사장과는 아는 사이였나 봐요." 그는 잠시 뜸을 들이다 이내 엄한 어조로 말을 이어간다.

"이 자백 프로세스 프로젝트에 사심이 섞이면 안 된다는 걸 잘 아실 텐데요. 행여 이 프로그램이 공정성을 잃었을 때 그가 설령 용의자일지라도 그의 무의식에 깊은 상처 자국을 남길 수 있다는 걸 모르는 건 아니죠." 강 형사의 예리한 눈매가 허를 찔린 것처럼 움찔거리는 그녀를 냉철히 지켜본다.

하지만 그녀는 몇 번의 헛기침을 하며 잠시 자신의 의지와 상관없이 궤도를 이탈한 연민의 감정을 추스른다.

"20여 년 전 같은 대학교의 같은 과 동창일 뿐이야."

"20여 년 전에 알았던 같은 과의 급우였다 이거지요."

"그럼, 그 이상은 아무 것도 아냐. 처음 여기 들어섰을 때도 한 사장은 날 알아보지도 못한 걸 잊은 건 아니겠지."

"헌데 농담을 잘한다면서요."

"아, 애가 그걸로 반에서 좀 인기가 있었어. 급우들 중엔 그런 학생이 한두 명 정도는 꼭 있잖아. 그리 엄격한 경찰 대학에도 개그 기질이 뛰어난 학생이 있었을 텐데. 안 그래요, 강 형사님?"

그는 그녀와 약 3년 간 함께해 온 동고동락의 감정에 거하여 ATI(사) 실무 대표의 말을 신뢰하는 쪽으로 마음의 가닥을 잡는다.

"이번 건만 여기까지 허용해드리는 겁니다."

단발머리의 여자는 혼쭐날 뻔했다가 일이 용케 넘어간 것에 안도의 숨을 소리 없이 내쉰다. 하여간 저 예리한 눈매도 분명 그인 게 맞아. 도청 프로세스와 연결된 스피커에선 느닷없이 땅이 울려대는 소리가 일정한 간격을 두며 출력된다.

"저 소…린 분명, 티렉스가 나타났나 본데요."

강산혜와 한 사장은 몇 발짝을 떼다가 섬뜩 경기를 일으킨다. 다름 아닌 티라노사우루스가 침엽수 사이로 난 길로 불쑥 튀어나와 자신들이 있는 쪽을 향해 성큼성큼 다가오고 있기 때문이다.

"돌망치 개무사 쪽으로 붙어야겠어." 한 사장이 본능적으로 제안한다.

둘은 좀 전에 관찰했던 안킬로사우루스 쪽으로 쏜살같이 달려간다.

"너무 가까이 가면 위험해. 우릴 공격자로 오인할 수도 있잖아. 그랬다간 저 돌망치에…." 강산혜는 한 사장에게 주의를 주면서 상상이 현실로 다가오는지 고개를 잘래잘래 흔든다.

개울가 쪽으로 이동하는 안킬로사우루스의 뒤태를 보며 둘은 뒤따른다. 공격적으로 다가오던 티라노사우루스는 느릿느릿 걸음을 멈추어 선 채 노망가기만 하는 그들을 물끄러미 바라본다. 위기의식을 느낀 초식공룡은 꼬리 끝에 달린 돌망치를 세워 위협적으로 움직여 댄다. 돌 해머의 위력에 한 방 얻어맞은 기억이 떠오르기 때문일까? 포식자인 티렉스는 자신의 시야에서 아기작아기작 달아나기만 하는 피식자들을 향해 있는 힘껏 포효한다.

"이젠 어떻게 해야 하지?" 강산혜는 한 사장에게 의향을 타진한다.

"이대로 여울목까진 가기가 쉽지 않을 것 같은데. 우리가 손수 돌망치 개무사를 가축처럼 몰고 갈 수는 없잖아."

강산혜는 재우치며 대꾸한다.

"그런다고 저 외나무다릴 더욱이 건널 수는 없는 노릇이잖아."

한 사장은 사장답게 위기 앞에서 뭔가를 골똘히 생각하며 전략을 짜본다. 그의 미간이 간간이 찌그러진다. 강산혜도 나름대로 주변을 도리반거리며 상황에 맞는 묘책을 세워보려 한다.

안킬로사우루스는 이동을 멈추고 그 자리에 거하여 주변의 풀잎들을 먹어 치운다. 그러던 그의 촉각이 지반의 울림을 미세하게 잡아낸다. 서서히 몸통을 틀어 진동이 흙먼지처럼 일어나며 들려오는 쪽으로 시계를 잡는다. 걱정에 찬 두 얼굴도 뭔가 하고 자연스레 상체를 돌린다.

여기까지 오던 중 숲속에서 보았던 성체 전의 살타사우루스의 무리들이 건너편에서 강의 물줄기를 따라 대이동하고 있다. 이것이 수심에 찬 둘의 인상을 놀라 펴게 만든다. 근처에 있던 티라노사우루스는 포효하며 대번에 여울목 쪽으로 큼직한 몸집을 튼다.

"이번에 땅울림은 집단적인데요. 게다가 한 곳을 향해 몰려가는 것 같기도 해요." 강 형사가 의문을 갖고 묻는다.

"숲속엔 성체 이전의 용각류들이 있지요. 아마 그들이 이제 나올 때가 된 모양인가 봐요." 그녀는 초식공룡의 전문가처럼 소견을 낸다.

"그래, 맞아. 숲이 더 이상 저들을 담아낼 수가 없었던 거야." 강산혜는 당시 삼림 안에서 한 사장이 가졌던 의문에 답하듯이 명확히 자신의 의견을 피력한다.

"저기 양 산맥이 만나는 끝 지점을 봐봐. 아무래도 살타사우루스 무리의 어미인 모양인 것 같은데." 직사각형의 안경은 우뚝 서서 강줄기가 끝나는 지점을 가리킨다.

순간 강산혜와 한 사장의 뇌리에서 뭔가가 동시에 번뜩인다.

"살타사우루스의 대행렬에 우리도 합류하면 되는 거 아냐."

그들은 일단 통나무 다릴 건너야 한다는 것엔 합의를 이른다. 돌망치 개무사 공룡은 자신의 임무인 호위병 역할을 안전하게 다 마친 것처럼 다시 가던 길로 방향을 잡기 위해 술통 같은 몸통을 어기적 틀어댄다. 끝으로 갈수록 곧추섰던 돌망치는 긴장이 풀렸는지 어느새 자연스레 보인다.

한 사장이 먼저 통나무 다리 위로 한 발을 올려놓는다. 그 아래론 급물살이 넘실거린다. 더욱이 외나무다리는 초식공룡들의 도열 이동이 일으키는 땅울림에 떨어대기까지 한다. 고갤 돌린 후 오른손으로 직사각형의 안경을 바로 세워 그들이 멀찍이서 근접해오는 걸 눈여겨본다. 질서 정연한 용각류들의 발놀림에도 불구하고 둥근 몸통 아래론 누런 흙먼지가 뭉게구름처럼 일어난다. 다시 발치 아래로 눈길을 주니 건너야 할 다리에선 달라붙어 있던 흙 알갱이들이 떨어지며 연신 굴러댄다.

"빨리 건너야겠어."

뒤에 선 강산혜의 시선에는 중·상류의 지역을 가로질러선 곳에 밑동이 큼직한 플라타너스 나무 두 그루가 마치 입구의 기둥 문처럼 우뚝 서있는 게 확연히 잡힌다. 곧이어 그 문 밖으로 티라노사우루스의 일가족이 불쑥 나오더니 양쪽 방향으로 각각 무리지어 이동한다.

상류 지역의 중간 지대 쪽에선 성체의 전 단계인 살타사우루스 무리의 대오가 거대한 몸통을 받치고 있는 네 다리로 지반을 쿵쿵 울려대며 본능에 따라 하류지역으로 바삐 이동을 하고 있다. 주변에서 넝쿨식물과 고사리 잎을 뜯어 먹고 있던 트리케라톱스의 군(群) 개체들은 포식자인 티렉스의 근접을 긴박하게 눈여겨보며 주변을 도리반거리다 급히 몸을 살려 더 위쪽으로 안전한 터를 잡아 옮겨간다. 티라노사우루스의 암컷과 새끼 한 마리는 쭉쭉 내려오는 항오의 끄트머리쪽으로 성큼성큼 이동한다. 새끼는 이에 뒤질세라 경중경중 발걸음을 재우친다.

두 남자는 양팔을 수평으로 벌려 흔들거리는 통나무 다리 위에서 중심을 간신히 잡으며 건넌다. 흘러가는 강줄기 쪽으로 물살보다 느리게 걷던 수컷 티렉스와 새끼 두 마리는 그들의 행위를 곁눈질로 보며 걸음을 주춤한다. 하지만 곧 두 포유류를 외면하며 속히 가던 길을 잡는다.

하류지역과 중류지역 사이의 한가운데에 거하며 한참 영양분을 섭취 중이던 판키케팔로사우루스의 개체들은 급작스런 티렉스 일가족의 출현으로 긴장한다. 이들은 다른 초식공룡에 비해 중뇌가 발달해서인지 급히 달아나기보다 선명한 눈으로 상황을 더 예의주시하는 쪽으로 가닥을 잡는다.

기다리던 대행렬이 두 사람 앞에서 거대한 사지의 놀림으로 땅을 울려대며 바로 앞을 스쳐 지나간다. 위축된 두 포유류는 움찔 뒤로 물러선다. 누런 흙먼지가 허리 위까지 따라 달려든다. 그것을 가르며 다시 거대한 용각류의 대오에 합류한다. 처음엔 지반의 진동에 중심을 제대로 잡지 못하고 기우뚱거리기 일쑤다. 이는 먼지에 콜록대기까지 한다. 하지만 그들은 곧 파도타기처럼 지반의 흔들림과 누런 흙 거품에 몸을 맡긴다.

중 하류의 중간 지점 쪽으로 성체 티렉스를 따라나서는 새끼 두마리가 강종강종 걸음걸이를 솟군다. 파키케팔로사우루스의 두 눈이 좀 전과는 달리 긴박한 빛을 띤다. 침엽수림의 왕좌로서 왕위를 떨치던 티라노사우루스가 한 입의 먹이감도 채 안 되는 인간 포유류에게 가엾이 농락당한 분을 못 이기며 울부짖었던 기억을 이번만큼은 떨쳐내려는 듯 큼직한 덩치를 비스듬히 틀며 볏 공룡들의 무리 쪽으로 방향을 잡는다. 그 형세가 굽은 강줄기 사이로 엇비슷한 맞은편에 서서 상황을 예의주시하고 있는 중뇌 공룡들의 홍채에 곡면 렌즈의 상처럼 영상이 반사된다.

위협적인 육식공룡의 발놀림에 파라사우롤로푸스의 심장 박동소리가 떼를 지어 고동친다. 그런 그들을 향해 살기 충만한 잿빛의 턱을 위아래로 있는 힘껏 벌려 갈고리 같은 이를 훤히 드러낸 채 허공에 대고 연신 짖어댄다. 무리는 떼거리로 공황 상태에 빠진 채 혼비백산하며 양 갈래로 뿔뿔이 흩어진다. 그것은 마치 바닷길이 양쪽으로 갈라지는 것처럼 길쭉한 통로가 삽시간에 만들어지는 모양새다. 꼬리를 위아래로 파동 치며 줄행랑을 치는 피식자들로 통도는 자꾸만 넓어진다. 수각류의 두 발치는 볏 공룡들이 퇴각하며 만들어진 북동쪽 방향의 가도를 점령군처럼 위풍당당하게 걸음을 놓는다. 곧이어 여울목 쪽으로 접어들어 성큼성큼 다가간다.

내내 새끼들을 기다리는 살타사우루스의 어미는 근심 어린 얼굴로 이 모든 상황을 지켜본다. 그러다 또한 체념한 듯한 표정을 짓기도 한다.

여울 속으로 하중의 반을 지탱하고 있던 앞선 한 발이 풍덩 빠지자 폭탄이 터진 것처럼 물살이 사위로 치밀어 오른다. 공중으로 튕겨 오른 물줄기들은 파키케팔로사우루스의 둥근 머리 위로 포물선을 그리며 따다닥 떨어진다. 충돌한 물방울들은 다시 여러 갈래의 염주알 모양의 포탄처럼 분산되며 발치 아래로 내달아 톡톡 터진다.

직삼각형의 빗변처럼 날아간 물폭탄들은 몇몇 파키케팔로사우루스의 면상을 향해 직행한다. 얼굴에서 터진 물 포탄의 잔해들은 재응결하며 거친 피부 길을 타고 지그재그 흘러내린다.

중뇌의 공룡들은 티라노사우루스의 선제공격과 같은 물벼락 앞에 너나 할 거 없이 기겁을 한다. 이어 옴츠려 드는 등과 꼬리를 보이며 속히 플라타너스 나무들이 즐비한 곳으로 제각기 몸을 빼며 숨는다. 덩치가 큰 나무 뒤에 숨은 그들은 혹시나 하고 얼굴을 비죽 내밀며 도망쳐 온 길을 도리반거린다.

옹이에 난 짧은 가지의 잎에서 잠시 안식을 취하던 개미 한 마리가 무슨 일인가 하고 파키케팔로사우루스의 눈을 호기심 있게 지켜보면서 더듬이를 안테나처럼 돌려댄다. 한순간 후 모든 상황 파악이 끝났는지 개미는 건열처럼 쩍쩍 갈라진 플라타너스의 나무 껍질 길을 비포장을 달려대는 지프차처럼 6개의 발을 움직여 대며 위로 나아간다.

암컷 티라노사우루스의 포효 소리가 뒤를 이어 강의 상류 지역의 허공을 사위로 떨어낸다. 흘러가는 개울물 위로 순간 파문이 일다 뒤이어 오는 물결에 속히 쓸려버린다.

겁먹은 용각류들은 시시각각 다가오는 절체절명의 위기 속에서 자신만은 포식자의 먹이가 아니길 간절히 바라며 대오에서 한치도 이탈하려 하지 않는다. 하지만 행렬의 끄트머리쯤에 이르는 곳에선 포식자가 험상궂은 얼굴에 턱을 살인 기계처럼 벌린 채 큼직한 머릴 깊숙이 들이민다. 이어 울퉁불퉁하고 굵직한 목의 줄기가 뭔 가를 물고 내팽개치듯 힘껏 좌우로 틀어댄다. 곧이어 용각류의 개체 한 마리가 대오를 이탈하며 질질 끌려나온다. 피범벅이 된 목의 부위에선 선혈이 여러 방면으로 주르륵 흐른다.

달음박질치다 직감적으로 안전함을 느끼며 뒤돌아보는 트리케라톱스의 동공 언저리에선 성체 전의 용각류 한 마리가 사지를 떨며 맥없이 쓰러지는 것이 비춰진다. 이어 새끼 한 마리가 어미와 함께 영양 많은 복부 부분을 턱을 벌려 깊숙이 물어뜯는다. 주둥이 주위로 혈이 묻어난다. 후각으론 피 냄새를 맡으며 입 속에 든 내장들을 그대로 삼켜버린다.

첫 번째의 희생양을 제물로 바친 대오는 언제 그런 일이 있었냐는 듯이 다시 한치의 흔들림도 없이 강줄기를 따라 어미와의 합류지점인 하류 지역의 끝 쪽으로 계속 물처럼 흘러나간다.

용각류의 대오를 군건한, 이동식의 성곽처럼 여기며 강산혜와 한 사장은 북쪽 방향의 돔을 향한다. 그러면서 공룡의 일부가 된 걸 탁월한 계책이라 자찬한다.

전체의 안전을 위해 제비 뽑기와 같은 무작위 방식으로 선택된 희생양이 육식 공룡에 의해 질질 끌려나가며 생긴 빈자리는 뒤이어 오는 동료 공룡에 의해서 즉각 메워지지 않는다. 앞과의 거리가 좁혀지는가 싶으면 녀석은 뒷걸음질치듯 주춤하며 다시 빈터를 만들기 일쑤이다.

요번엔 수컷의 티라노사우루스가 기다림에 애가 탄 것처럼 살타사우루수의 굵고 긴 목 주위로 성급히 아가리를 벌려 들이민다. 피식자는 온몸이 움츠러들며 목덜미를 떨어댄다. 이에 여유작작한 포식자는 양안비복시의 왼쪽 눈이 몇 발치면 다가설 수 있는 거리에서 잔뜩 겁먹고 있는 두 포유류에게 곁눈질을 한다. 하지만 포악무도한 포식자는 안구를 돌려 외면한다. 용각류에 비하면 하찮은 정도의 먹잇감밖에 되지 않는다고 판단이 선 모양이다.

둘은 가던 걸음을 멈춘 채 무섭고 놀란 가슴을 쓸어 내린다. 그러면서 눈앞에선 몸의 길이가 약 7-8m 정도의 체구를 가진 덩치 하나가 맥없이 질질 끌려나가는 걸 목도한다. 그것도 측면 부위의 목 줄기가 포식자의 아래턱인 턱주가리와 아스러뜨릴 수 있는 턱자가미의 근력이 최대한 응축된 채 말이다.

두 마리의 새끼들은 강종거리며 아비가 얼른 피식자의 숨통을 단번에 끊어주길 재우친다.

무릎을 꿇은 채 옆으로 푹 쓰러진 용각류의 복부 아래쪽으로 성체 티렉스가 먼저 시범을 보이기라도 한 듯 상체를 숙여 머리통을 깊숙이 집어넣어 몇 번을 흔든다. 이윽고 내장을 물어뜯어 끄집어 낸다. 그리고 아래턱에 든 것을 단번에 삼켜버린다. 이어서 새끼 두 마리도 누가 먼저라 할 것 없이 용각류의 사체에 종종걸음으로 접근한다. 돌출된 장기로 배죽 벌어진 배 속으로 둘은 이를 벌려 턱주가리를 집어 넣는다. 그리고 좀 전에 아비가 한 것처럼 머릴 좌우로 흔들어 댄다. 잘 안 되는지 목에 힘을 준다.

근거리에서 피식자를 먹어 치우고 있는 티라노사우루스의 일가족을 보면서 대행렬 속의 용각류들은 저 주검이 자신이 아닌 것에 안도한다. 그러면서 속히 그 자리를 뜨는 게 상책이라고만 속으로 저마다 되본다. 게다가 안 보이면 금세 잊혀질 것만 같았다. 아니 수없이 그래 왔던 일이다. 하지만 그 광경에 차마 눈을 돌리지 못하는 이가 있었다. 그 종은 포유류이며 이름은 강산혜이다. 그는 한 사장의 얼굴과 피 묻은 티라노사우루스의 흉상을 번갈아 본다.

여기서도 희생양에 의해 빠진 자리를 뒤이어 오는 동료 용각류에 의해 즉각 채워지지는 않는다. 바로 뒤에서 용케 죽음을 피해간 살타사우루스는 본능적으로 걸음걸이를 재촉해 빈 곳으로 접근한다. 하지만 저도 모르게 네 발이 의지와는 달리 위축되며 뒷걸음질쳐진다. 주변의 환경은 대이동으로 시시각각 변화하고 있는데도 말이다. 여러 번 재시도를 해도 같은 결과를 초래한다. 도통 이해가 가지 않는 조촘거림에 뒤따르는 동료 용각류들은 머뭇거리기 일쑤다. 그것이 꼬리에 꼬리를 물며 뒤로 이어지고 있다.

이제 이동식 성곽에는 결코 보수되지 않을 것 같은 두 개의 성벽이 무너져 내려 있다. 이 중 자신들을 향해 뻥 뚫려 있는 공간을 허탈하게 바라보며 강산혜는 불안한 목소리를 낸다

"성문이 적들에 의해 활짝 열린 것 같아. 이건 리볼버 권총 한 자루 가지곤 어림도 없을 것 같은데."

한 사장은 기계적으로 재킷 안주머니 속의 권총을 만지작거린다. 게다가 남은 탄환이 2발밖에 없는 걸 상기한다.

"총알이 티라노사우루스의 가죽을 뚫을 수 있을까."

"설령 살가죽을 파고든다 해도 치명상을 입힐 순 없을 것 같은데."

순간 강풍이 인다. 그것이 무너진 성벽으로 직통하더니 위태롭게 걷는 둘을 단속적으로 휘어 감는다. 강산혜의 머리카락과 한 사장의 저고리가 깃발처럼 날린다. 바람은 또 살타사우루스의 등짝 위로 오톨도톨 돋아난 돌기들에 쉽사리 갈라졌다 모이기를 반복하며 넘어간다.

"개방된 성문이 곧 자연스레 닫히길 기다려야지." 한 사장은 바람 속에서도 짐짓 여유를 부려 본다.

강산혜는 오른쪽 바지 주머니에 볼록 돌출된 위치 탐지 기기를 만지작거린다. 이 정도 상황이면 구출 작전이 재가동되야 하는 거 아냐. 하지만 메시지 도착 알림을 표출하는 진동 울림은 느껴지지 않는다. 혹시나 하고 손을 다급히 찔러 넣어 기기를 빼어 든다. 전송된 데이터가 현시되지 않는다. 그들로부터 앞 전에 받았던 전갈 내용을 현시하여 다시 본다. 타임머신의 기기 손상이 꽤 심했나. 고장 난 지가 하루가 다 돼 가잖아. 수리가 끝날 만도 할 텐데.

"여기서 이동식 성곽을 버리고 곧장 저 산 중턱의 돔을 향해서 뛰는 건 어떨까?" 강산혜가 한 사장에게 자신의 생각을 타진해 본다.

"여울목에 침엽수림의 왕좌인 티라노사우루스의 행차를 보고도 그래." 한 사장은 강산혜를 힐책한다.

상황을 예의주시하며 엿듣고 있는 제어센터에선 강 형사가 먼저 황

급히 말을 꺼낸다.

"이러다 일을 그르칠 것 같은데, 타임머신의 수리도 완료됐으니 지금 우리가 관여해야 되는 거 아니에요?" 강 형사는 걱정스레 ATI(사) 실무 대표를 물끄러미 쳐다본다.

하지만 팔짱을 끼고 태연작약한 단발머리의 여자는 고개를 천천히 가로 젓는다.

"내가 한 말을 잊은 건 아니죠. 한 사장 한 번 믿어 보자구 한 것 같은데."

그러면서 그녀는 한 가지 의구심이 가슴의 밑바닥에서 홀연히 올라옴을 느낀다. 왜 난 자꾸 한 사장의 권능에 의존하려는 맘이 생기는 거지. 내가 잘 알고 있듯이 그가 유능하기 때문일까? 조금 떨어져 관찰자의 시점으로 간밤에 저들의 대화를 엿듣고 있었을 때는 이상하게도 그의 완력 같은 힘꼴에 몹시 불편함을 느꼈었지. 헌데 그 힘을 온전히 나의 이익을 위해 쓰려고 하니 아무런 거리낌이 없어. 그녀는 약간 혼란스러워한다.

프로젝트의 이름이 자백 프로그램이지만 반면에 용의자도 자신의 혐의를 벗을 수 있는 절호의 기회이기도 하지. 그래서 우린 관찰자의 시점을 내내 견지하는 거지. 강 형사가 나와 한 사장과의 관계를 눈치채고 날 따끔히 혼내려 한 것도 다 그 때문이지. 더욱이 여기까지 와서 사건의 본질이 뒤집어지는 경우는 강 형사의 말 맞다나 그리 쉬운 경우의 수는 아니야.

강 형사는 숲속의 위기 상황에서 대범한 활약상을 노련하게 보여줬던 한 사장의 재간을 떠올린다.

"아, 내가 깜박했네요." 그러면서 눈 아래에 성좌처럼 그려져 있는 화살자리의 점을 예리한 눈매로 스쳐 본다. 역시 한 방이 있어. 게다가 한 사장을 알아도 너무 잘 아는 것 같아.

한마루에 대한 나의 열정이 손바닥 위의 재(灰)처럼 더 이상 태울 수 없을 때 그가 이별을 통보했다면 그땐 어땠을까? 상대의 축복을 기꺼이 바라며 또 다른 누군가를 찾기 위해 난 바람 속의 꽃잎처럼 어디론가 흔쾌히 날아가버렸을까? 아니면 여태 날 갖고 놀고서 이제 와 날 차버렸다는 분노와 배신감에 어찌할 바를 모르며 날마다 슬픔과 고통에 젖어 밤을 지새웠을까? 시간이 가면서 후자의 감정이 눈덩이처럼 불어나 결국 제어할 수 없는 지경에까지 스스로를 몰아가 이느 날 어두운 그림자 속에 숨어서 밤을 갉아먹는 것처럼 하나 둘씩 해하려 했을까. 그녀는 고개를 가로젓는다.

고통을 준 누군가에게 죽음으로 복수를 한다는 건 그리 쉬운 일도 쉬운 결단도 아니야. 게다가 거기까지 이르는 상태가 되려면 머릿속은 온통 상처투성이 정도는 되야 하지 않을까? 헌데 강산혜란 인물은 한 사장과 함께한 시간이 그다지 길지도 않았는데 바로 살인 사건의 용의선상에 오른 인물이야. 그녀는 잠시 뜸을 들인다. 어쩌…면 한 사장의 회사에 입사하기 전에 이미 상처가 많은 인물이었는지도 모를 일이지. 여기에 한 성격하는 한마루가 가세했다면…. 그녀가 히죽 웃는다. 물론 마루가 못된 구석은 참 많지. 그녀는 자신의 사랑이 꺼질 줄 모르고 끝없이 타오르고 있는데 녀석이 자기를 가차없이 버리고 딴 여자를 선택했을 때를 떠올린다.

"나쁜 새끼지."

그렇다손 치더라도 그와 함께 가족까지 교통사고로 위장해 몰살한
다는…건, 그녀의 흰자위가 골똘히 몇 번을 돌다가 뚝 멈춘다. 그런데
사건은 분명히 일어났어. 이게 진실에 더 가깝다면 나 또한 한 사장의
전날 밤의 행위처럼 자백을 받아내기 위해 내 온 힘을 써서 용의자를
분명 최대한 힐문하는 쪽으로 몰아갔을 거야.

"모든 권한과 행사가 꼭 균형 잡힌 방법으로 쓰이라는 법은 없어.
아니 그럴 수도 없는 게 우리의 현실인지도 모르지."

"뭐라고요?"

"아, 아니…에요. 혼자 한 말이에요."

"독백에 진실이 있다는데."

그녀의 얼굴이 붉어진다. 하지만 그녀는 곧 평정심을 되찾는다. 그
러면서 또 하나의 생각이 밑바닥에서 수면 위로 떠오르며 가슴에 파
장을 연신 일으킨다. 내 생각이 균형의 감각을 잃고 한쪽으로 치우친
건 아닐 테지. 그녀는 자신도 모르게 조금한 소리로 되뇐다.

"나쁜 새끼."

여울목 위로 침엽수림의 왕좌인 티라노사우루스가 사냥감을 향해
성큼성큼 걸음을 놓는다.

강의 하류 지점에선 어미 살타사우루스가 갑갑한지 긴 목을 숙여
강줄기의 물을 마셔 댄다. 그런 후 머리를 들어 연거푸 울어댄다. 어미
가 보내는 시그널에 대행렬의 용각류들은 본능적으로 상봉 지점이 가

까워짐을 지각한다. 저마다의 발놀림이 급해진다. 한 사장과 강산혜의 걸음걸이도 속보처럼 빨라진다.

"갑자기 대오에 발맞추어 걷기가 힘들어지고 있어." 강산혜가 허겁지겁 볼멘소리를 낸다.

"목적지가 근접해졌나 본데."

이 말을 한 후 한 사장은 마른 웅덩이처럼 옴폭 들어간 곳에 급히 발을 헛디디다가 푹 꺼짐 현상에 몸을 덜커덩거린다. 하지만 바로 무게의 중심을 잡아낸다. 그러고서 삐죽 흘러내린 직사각형의 안경에 한 손을 갖다가 댄다.

대오를 비껴가며 걷는 티렉스의 발치도 성급해지긴 마찬가지다. 하지만 녀석은 노련하다. 바로 도열의 선두로 다짜고짜 진격하지 않는다. 포식자답게 가장 약해 보이는 피식자를 골라내려는 것이다. 그것이 에너지의 효율에 가장 적합한 책략이라고 그는 사냥을 몸소 겪으며 수없이 체감했다. 그리고 이 전략이 제대로 먹히기 위해선 공격전에 반드시 심리전이 필요한 것도 잘 알았다. 그것은 바로 그들 앞에서 연신 포효를 해대는 것이었다.

티라노사우루스가 수각류의 두 발로 상체를 똑바로 세워 힘껏 지탱한다. 이어 안쪽으로 고리처럼 휜, 큼직하고 허연 이들을 회색빛의 얼굴 거죽 밖으로 드러낸 채 턱주가리를 최대한 벌려 울부짖는다. 일순간 전신을 떨어대며 우렁찬 공포의 음색이 대포알처럼 공간을 울려대며 발사된다. 뒤를 이은 음조는 이빨 사이로 갈라지며 자동소총처럼 쏟아진다.

살타사우루스의 행오는 일거에 공황상태에 빠진다. 이 와중에서도 생각이 남다른 용각류 한 마리가 사지를 움츠러들면서도 의미심장한 질문을 스스로에게 던진다. 왜 우린, 이 모양 이 꼴로 당하기만 하는 거지. 하지만 선지자 같은 생각은 바람 속의 한 조각 구름 형상처럼 이내 흩어지고 만다.

패닉 상태에 빠진 대오는 사분오열한다. 강산혜와 한 사장의 눈앞에서 이동식 성곽이 뿔뿔이 흩어지며 무너지고 있는 것이다. 가시거리에선 지축을 흔들며 티라노사우루스가 혼비백산한 용각류 무리의 사이를 점령군처럼 활보한다. 그런 그의 좌안의 구면에 오줌을 지리며 하반신을 떨어대는 두 포유류가 볼록렌즈 속의 상처럼 비춰진다.

폭군은 짐짓 여유를 부리며 목을 좌우로 틀어댄다. 어디서 본 듯한 인상이다. 그들이 분출한 땀냄새의 분자들이 즉시 공기를 타고 녀석의 콧구멍 속으로 속속 들어선다. 길쭉한 촉수를 거쳐 납작한 파충류의 뇌로 직통한다. 하지만 정보가 분석되지 못한다. 그런데 이상하게도 시각적 기억은 알쏭달쏭하다. 더욱이 둘을 보면 볼수록 짜증과 불쾌함이 자꾸만 유발된다. 티라노사우루스는 그런 자신의 감정을 바로 표출한다.

연이은 포효 소리에 용각류들은 지리멸렬하며 달아나기 일쑤이다. 폭군은 자신의 몸집에 비하면 다리의 무릎 정도밖에 안돼 보이는 포유 동물에게 코를 킁킁거리며 다가든다. 아무래도 새로운 후각 정보를 기록하려는 모양이다.

둘은 공포의 전율 속에서도 이상함을 감지한다. 갑자기 주위의 생명체들이 소리를 잃어버린 것이다. 이리저리 갈지자형으로 도망치는 용각류들의 뒤태는 시야로는 보이는데 발자국 소리는 들리지가 않는다. 게다가 살인 기계 같은 얼굴은 점점 크게만 다가온다. 강산혜는 한 사장의 옆구리를 찔러대며 자꾸만 뭐라고 말한다. 하지만 그 말투는 하는 이와 듣는 이에게도 전달되지 않는다. 어쩌면 그것은 뒤로 자빠진 채 허겁지겁 뒷걸음질치는 몸짓인지도 모른다. 그 형상이 바닥에 비친 폭군 도마뱀의 그림자와 점점 근접해진다. 이어 쐐기를 박듯 힘껏 턱주가리를 벌린 티렉스의 상판이 한낮의 해를 완전히 가린다. 앉은걸음으로 허우적대는 강산혜의 상반신이 갈퀴 같은 아가리의 실루엣 속으로 서서히 들어간다. 한 사장은 두 팔로 X자를 만들어 자신의 상판을 최대한 가려 외면한다. 그런 후 땅바닥을 보며 머리를 폭 처박는다.

강 형사는 스피커에서 급류의 물살처럼 흘러나오는 현재의 상황에 온 감각을 고정시킨다. 상반신은 굽은 자세로 한 치의 움직임도 허락하지 못한다. 그러면서도 한편으론 이 프로젝트에 감정이 개입됐다는 걸 미리 알아채지 못한 것에 대한 후회감이 밀려든다. 그가 자신의 예리한 눈매를 주름 깊게 찡그린다. 일정한 거리를 두지 못한 채 ATI(사) 실무 대표를 너무 믿었던 게 변이 될 줄이야.

"육식공룡인 티라노사우루스가 눈앞의 초식공룡인 피식자를 제쳐두고 인간을 먹이로 먼저 선택할 수는 없는 지경인데."

그녀는 이 말을 되뇌며 저도 모르게 입술을 파르르 떤다.

〈2개월 전〉

사무실의 한복판에는 육각형 벌집 모양의 책상 하나가 놓여져 있다. 직원들은 각각 하나의 공간을 점유하며 목전에 있는 모니터에 시선을 집중하고 있다. 프로그램의 코드가 드르륵 쓰여져 나아갈 때마다 자판을 두드리는 소리는 저마다의 곡이 되어 화음을 일으킨다. 간혹 휴지 버튼을 누른 것처럼 어떤 자판 음은 일시 중지된다. 누군가는 자기만의 자판 곡에 맞춰 노래를 하다가 가락이 멈춘 곳을 힐끗 쳐다본다. 그런 후 한마디 농담삼아 던진다.

"코드도 물처럼 흘러야 하는데, 앞에 돌이 있나 봐. 그러면 타고 넘어야지."

이 언사가 끝나기 무섭게 일시 끊어졌던 자판 소리가 다시 화음에 합류한다.

AIPET(사)의 직원들은 육각형의 한가운데에 로컬 서버를 두고 그곳에 ID와 비밀 번호로 접속해 모니터와 키보드를 사용하고 있다. 즉 유선형 서버의 모델을 쓰고 있는 것이다.

벌집 모형에서 삐죽이 나온 유선 하나는 덮개를 씌운 채 바닥을 타고 위로 쭉 올라가다 곧장 샛길로 빠져 버린다. 그곳 사무용 책상 뒤론 한 사장이 팔짱을 낀 채 목받침이 장착된 가죽 의자에 머릴 편안히 기대어 뭔 갈 골똘히 생각한다. 하얀 티셔츠에 넥타이를 반듯하게 맸다. 가끔씩 생각이 뒤척이듯 짝 달라붙은 바투 머리에 두 눈이 감긴 두상이 좌우로 왔다갔다한다. 직사각형의 뿔테 안경은 눈에서 이탈되어 모니터 앞에 비스듬히 자릴 잡고 한 사장의 상체의 거동을 소리 없이 지켜본다.

벌집 모형의 좌측 맨앞으론 입사한 지 얼마 안 되어 보이는 여직원이 강산혜의 옆에 달라 붙어 있다.

짧은 머리지만 앞머리가 행운의 여신처럼 길어 보인다. 그것이 모니터에서 반사되는 청색 파장을 바로 눈동자 앞에서 차단해 주어서인지 여자는 눈의 피로감을 덜 느끼는 모양이다.

"허산아 씨, 하다가 궁금한 게 있으면 그때그때 물어봐요."

강산혜의 친절한 어투에 그녀는 만족스런 표정을 짓는다.

"산아, 이름이 괜찮은데 무슨 뜻이 있나요."

"아, 그냥 산과 강이란 의미에요."

강산혜는 강이란 말에 아마도 아가 아리수의 준말이 아닐까 한다.

"고구려인들은 한강을 아리수라고 불렀는데."

그녀가 두 눈을 밝게 표정 짓는다.

강산혜는 AIPET(사)의 자사 제품인 인공지능 애완견(AICPET version 1.0)의 청각 영역의 프로세스를 담당하고 있다.

신입인 그녀는 시스템 엔지니어링 분야로 대학원을 졸업하고 곧바로 임베디드(Embeded) 프로그램의 영역 쪽에서 약 3년간 종사했다. 하지만 세상은 인공지능이란 새로운 패러다임으로 변해가고 있는 걸 혼자서 거부할 수는 없는 노릇이었다. 그녀는 직장을 바꿀 수 있는 기회를 엿보다 이곳 AIPET(사)에서 임베디드 프로그램 경력이 있는 신입사원을 뽑는 공모를 보고 즉시 응모했다. 무시험에 서류심사와 면접만으로 약 50대 1의 경쟁률을 뚫고 그녀는 지금의 회사에 당당히 입사했다.

그녀는 인공지능의 애완견인 〈Aicpet〉 프로그래밍이 재미가 있다는 듯이 흥얼거리며 키보드의 자판을 두드린다. 자줏빛이 깃든 하얀 블라우스 착용의 긴 팔이 마치 악기를 연주하는 모양새다. 치마는 적갈색으로 무릎까지 내려오며 서서히 넓어진다. 검정색의 중간 크기의 힐을 신은 두 발은 자판 곡에 맞추어 바닥을 연신 가볍게 쳐댄다.

강산혜는 자신의 옛적 모습을 보는 듯이 그녀의 몸놀림에 만족해한다.

에익펫(Aicpet)의 시야를 담당하고 있는 남 직원은 강산혜의 왼쪽 좌측에서 시계 방향으로 꺾이는 위치에 앉아 있다. 둘 사이의 대화에 전혀 무신경한 태도를 취한다. 그는 프로그램의 흐름이 막혀서인지 아니면 프로세스의 논리적 에러에 직면해서인지 골똘한 인상을 쓰며 손놀림의 흐름을 천천히 멈춘다.

30대 후반의 이 남성은 귀 위의 머리카락을 일자로 쳤다. 그래서 인지 노란색으로 염색한 앞머리와 뒷머리가 상대적으로 길쭉해 보이며 이에 얼굴은 비례한다. 타원형의 뿔테 안경 속의 눈 근육은 신경을 쓸수록 자꾸만 수축해 들어간다. 이따금씩 머릴 들어 좌우로 짧게 흔든다. 천장 위의 환풍기에서 불어오는 바람이 그의 얼굴을 타고 지나서 목 아래의 라운디 티에 이른다. 간헐적으로 가슴 아래로 초록의 잔물결이 쳐진다. 가슴 한복판에는 〈나선은하〉가 이미지화되어 있다. 은하수의 아래쪽 변두리에선 붉고 큼직한 별들이 연이어 죽어가고 있는 형국이다. 별의 부스러기들이 이제는 바람에 날려 흩어진다.

겉보기엔 청바지인데 색깔은 생을 마치며 막 사라져가는 별빛을 닮았다. 하지만 그가 신고 있는 운동화는 죽어가는 별들 속에서 다시 태어나고 있는 아기 별처럼 하얗다. 여전히 답을 찾지 못한 모양이다. 두 발은 경직된 채 이젠 얼굴을 쨍그리며 검지로 관자놀이를 눌러댄다.

목을 받치고 두 다리는 책상 밑으로 쭉 뻗고서 뭔가를 연구하고 있는 한 사장은 틈만 나면 이 남자를 남우세스레 〈남시각〉이라 부른다. 그가 지어준 닉네임인 것이다.

다시 시계 방향으로 남시각의 옆에 있는 이는 에익펫(Aicpet)의 척추 영역의 프로세스를 담당한다고 하여 〈남척추〉라 칭한다.

남시각과 동년배인 이 남자는 짧은 머리에 각진 얼굴을 가졌다. 허연빛이 섞이며 푸르스름해 보이는 정장복 차림을 늘 유지한다. 하얀 티셔츠에 깃을 세우고 목 끝까지 단추는 채웠지만 넥타이는 웬 만해선 매질 않는 스타일이다.

가끔씩 자리를 이탈해 어디론가 가는 모습을 보면 꽤 날씬한 체형이다. 그 이미지가 산 위의 구름을 담아내고 있는 유리 창문에 시시각각 반사되며 이동한다. 마치 호리호리한 한 남자가 하얀 구름 위를 걷는 형상이다. 여기에 검은 구두 발자국 소리가 바닥을 탁탁 치며 자신의 영상에 사운드까지 입힌다. 하지만 남자는 곧이어 열린 문 사이로 음향과 함께 사라진다. 그러다가 20-30분 정도 지나면 다시 홀연히 나타나 아무 일도 없었던 것처럼 자신의 업무를 막힘 없이 해 나간다.

그의 옆으론 에익펫(Aicpet)의 다리 영역을 맡고 있는 〈남다리〉가 앉아 있다. 그는 두 남자보다 나이가 조금 더 많은 40대 초반의 남성이다.

검고 길쭉한 뿔테 안경 위로 곱슬거리는 짧은 머리를 가졌다. 몸집은 육중한데 목은 꽤 짧은 편이라 모니터 앞쪽으로 시야를 집중한 뒷모습을 보면 양쪽 어깨가 위로 올라서며 목의 경계를 무너뜨린다. 그래서일까. 옷깃을 각처럼 세운 티를 주로 입는다. 게다가 타인의 시선을 목 아래쪽으로 돌리기 위한 의도에서인지 늘 하얀색의 천에 감색의 체크무늬가 온통 그려져 있는 상의를 착용한다.

명치 아래쪽으론 뱃살이 숙 늘어지며 둑처럼 복부를 둘러친다. 수영을 할 줄 몰라도 물 속에 빠지면 튜브 역할을 하기에 생사의 갈림길에 설 일은 결코 없을 것만 같다. 그런 그가 이따금씩 자신의 뱃살을 자랑스럽게 북처럼 쳐댄다.

음에 맞추어 떨어대는 하체 쪽으론 펑펑한 청바지에 노란색의 캐주얼화를 신었다. 발바닥에 땀과 열이 많이 나서인지 신발의 뒤꿈치는 항상 구겨서 신고 뱃살의 북소리에 맞추어 바닥을 가볍게 타악기처럼 친다. 그런 그의 옆으론 늘 신경을 곤두세우며 불평해하는 여직원이 못마땅한 표정을 지으며 곁에서 함께 일을 하고 있다. 그녀의 이름은 양아(我)영(榮)이며 한 사장의 오른팔과 같은 최측근 역할을 하면서 에익펫(Aicpet)의 디자인을 맡고 있다.

창문 너머의 구름들이 지는 해의 빛으로 서서히 물들어간다. 가끔씩 검은 새 한 마리가 자줏빛 구름 아래로 짧은 날갯짓을 속히 해대며 어디론가 급히 날아간다.

홍얼거리며 머리를 흔들 때마다 그녀의 말총머리가 진자의 운동처럼 좌우로 움직인다. 길쭉한 얼굴에 길쭉한 코를 가졌다. 그녀는 붉은 노을이 좋아서인지 늘 진홍색의 정장을 차려 입는다. 안에는 하얀색의 티가 길쭉한 목 아래에 단정하게 둘러쳐져 있다. 어느새 의자를 돌려 유리창 너머의 산 아래로 붉은 해가 알게 모르게 낙하하고 있는 경관에 넋을 잃고 있다.

"왜 해는 저리도 빨리 지는 거지. 좀 천천히 떨어지면 안 되나."

"양아영 씨, 당신은 지금 시간당 1,660km로 움직이고 있는 지구의 자전속도를 보고 있는 거야."

오른쪽 곁으로 다가온 한 사장이 그녀의 등 뒤에서 조금 큰 소리로 단번에 감흥을 깨며 일러준다.

"사장님은 아는 것도 많아요. 난 붉은 노을을 보면서 그런 과학적인 생각은 추호도 해본 적이 없는데, 오늘 저를 일깨워 주기까지 하네요. 고마워요."

말을 할 때마다 그녀의 긴 말총머리가 직사각형의 뿔테 안경 아래로 말총말총 움직여댄다.

한 사장은 어깨를 한두 번 으쓱해 보인다. 하지만 곧 직원들에게 에익펫(Aicpet)의 업그레이드에 대한 프로젝트 회의가 있으니 모두 미팅실로 모이라고 힘주어 명한다. 지시가 끝난 후 저 혼자 먼저 우측 코너 길 복도 쪽에 빠끔히 열린 문으로 곧장 직행한다.

"퇴근 시간이 다 되어가는데, 무슨 회의야. 하려면 좀 일찍이 하면 안 되나." 남척추가 인상을 쓰며 작은 소리로 입술을 실룩실룩 댄다.

"꼭 집에 갈 때쯤이면 한단 말이야. 자기도 집에서 올 때만을 기다리는 이도 있을 거 아냐. 아닌가." 늦게 결혼한 남다리가 남척추와 눈을 맞추며 입술을 샐쭉거린다.

"아직도 신혼이래요." 곁에서 듣고 있던 말총머리의 여자가 사장을 옹호한다.

"뭔 소리여. 집들이했을 때가 7-8년 됐으니까. 애도 꽤 컸을 텐데." 남시각이 자리에서 벌떡 일어서며 주먹 쥔 손 망치로 책상을 여러 번 두드린다.

"하여튼 남자들은 이래서 문제야."

직원들은 나지막한 소리로 퇴근 시간에 절박해 연 미팅에 저마다 통 소리를 내며 하나 둘씩 회의실로 직행한다.

회의실 한복판에는 나선형의 은하수를 닮은 회의용 탁자가 덩그러니 놓여 있다. 한 사장은 안쪽으로 난 나선 길을 돌아서 은하수의 한가운데에 이르렀다. 한쪽 팔로 턱받이를 한 채 등을 굽히며 앉아 있는 모습은 은하수의 중심에 있는 벌지(bulge)처럼 불룩한 형상이다. 그것이 타원형의 뿔테안경을 착용한 남시각의 눈에 제일 먼저 잡힌다. 우리의 별 sun(태양)이 그곳까지 가서 다시 원래의 위치로 되돌아오는 데 걸리는 시간이 약 2억 년이라고 천문학자들이 일러준 걸 상기한다. 지구의 역사가 약 50억 년이 다 되어가니 이번 여행은 25번째이겠군 하며 남시각은 우리의 별 sun이 위치하고 있는 시골 변두리 쪽으로 별

여행자처럼 걸음을 옮긴다. 그러면서 한 가지의 의구심이 가슴의 기저에서 아지랑이의 모습처럼 서서히 피어오르는 걸 느낀다. 그럼, 최초에 우리의 별 sun이 아기 별처럼 태어난 위치는 어디일까.

직사각형의 안경을 낀 바투 머리 위론 천장 안쪽으로 속이 빈 원기둥이 자리하고 그 안에서는 백열전구의 필라멘트가 짙은 황색의 빛을 밝게 쏘아댄다.

직원들은 너무 거대해서 수명이 짧음과 동시에 지구에 존재하는 모든 원소를 생산해 내고 있는 초신성의 별들처럼 나선형 은하의 변두리 쪽으로 제각각 공전해 가며 하나 둘씩 자리를 잡는다.

벌지(Bulge)처럼 앉아 있던 사장이 엄숙히 일어서며 자리에 착석한 직원들을 내려다본다. 모두들 익숙한 것처럼 약속이나 한 듯 아무 말이 없다. 단, 이곳 AIPET(사)에 입사한 지가 얼마 안 되는 허산아양만은 호기심이 가득한 채 앞머리 뒤에 가려진 두 동공은 점점 커진다. 사장은 마음이 내키는지 이윽고 허공에 파장을 일으킨다.

"인공지능의 애완견인 에익펫(Aicpet)의 버전 1.0은 여러분들의 노고에 힘입어 매출 양이 상당히 늘었어요. 하지만 소비자들의 민원을 거듭하여 분석한 결과 아직 가야 할 길이 꽤 멀다고 판단을 내립니다."

그는 이쯤에서 일부러 휴지한 후 짧게 한두 번 헛기침을 해댄다. 행운의 여신의 앞 머리카락을 가진 여직원 말고는 모두가 경직된 표정을 지으며 사장을 응시한다. 직원들 한가운데에 끼어 있는 남척추의 각진 인상은 더더욱 돌출된다.

그가 다시 얘기를 이어간다.

"거두절미하고 본론부터 말하자면 〈대화의 기능〉에 문제가 있다 이 겁니다. 에익펫의 주인이 애완견 로봇에게 질문을 하면 이따금씩 원하는 응답이 안 나옴과 동시에 견주가 한 말을 자꾸만 되풀이하는 헛발질 말이에요. 그래서 요번 프로젝트에선 버전을 2.0으로 업그레이드함과 동시에 그 부분의 버그(Bug)를 자연스러운 응대로 완벽하게 수정하렵니다. 독창적인 생각이나 구상이 있으면 이 자리에서 서슴지 않고 발언해주기를 바랍니다."

사장의 어투는 착상을 구하는 요청으로 끝났지만 직원들은 듣고 있을 때와 마찬가지로 텅 빈 공간과 함께 엄숙한 침묵으로 일관한다. 다만 허산아 양만이 약간 들뜬 표정을 짓는다. 어디서 바람이 인 것인가. 그녀의 긴 앞 머리카락이 살랑댄다.

"그 부분은 청각의 영역이니까 강산혜 씨와 함께 저희가 맡아야 될 것 같네요."

곁에서 침묵으로 일관하던 직원들의 시선이 느닷없는 자신의 이름 돌출에 난감한 표정을 짓는 강산혜와 함께 그녀 쪽으로 대번 집중 포화한다. 하지만 입은 꾹 다문 채 눈을 멀뚱멀뚱 뜨며 무슨 얘기가 나올까 지켜볼 뿐이다.

"경력이 10년 이상이면 뭐합니까. 막 입사한 신입직원보다 못하니 말이에요. 허산아 양, 좋은 착상이…막 떠올랐나요?"

상투적인 언사 후 사장은 눈가의 주름살이 신경질적으로 울퉁불퉁해짐을 감지한다. 말단 직원인 그녀의 돌출은 마치 높은 권위에 대한 도전처럼 엄습해온 게다. 그가 가슴에 키우고 있는 나무 하나가 그녀의 입술이 순간 불어대는 미풍에도 우듬지는 몹시 흔들린다. 다행히 떨리는 눈가의 주름이 뿔테에 보일 듯 말 듯 가려진다. 한 사장은 기계적으로 한 손을 들어 테의 측면 쪽을 자주 만지작거린다.

임베디드 프로그램의 경력이 많은 그녀가 낭랑한 톤으로 공간의 침묵을 깨듯이 냉큼 말한다.

"이거, 쉽겠는데요."

넥타이를 반듯하게 맨 한 사장의 목 주위가 하얀색의 와이셔츠에 반해 검붉어지고 있음을 남다르는 폭이 좁고 길쭉한 직사각형의 안경 너머로 유심히 관찰한다. 말총머리의 여자는 길쭉한 코를 몇 번 킁킁거리며 심상치 않은 분위기를 대뜸 감지하고서 이내 히죽이 웃는다

"보름을 주면 되겠어요?"

행운의 여신의 머리카락은 동공을 크게 뜬 채 다가온 기회를 자신만만하게 얼른 움켜쥔다.

"네, 보름이면 충분할 거예요."

"할 거가 아니라 〈Must〉여야 합니다."

"Yes Sir"

그녀의 확실한 대답에 사장은 흡족해한다. 헌데 주변 직원들의 시선은 여전히 경직된 채 침묵으로 일관한다. 그걸 잘 알고 있는 것처럼 양아영만이 길쭉한 얼굴을 살짝 숙이며 보일 듯 말 듯 웃어댄다. 그 알쏭달쏭한 웃음의 형상이 행운의 여신의 머리카락 사이로 시시각각 스며든다. 저 묘한 웃음은 뭐지. 한 사장은 숙어진 말총머리를 힐끗 쳐다본다.

"버전 2.0 에익펫(Aicpet)의 프로젝트는 신입 여직원의 아이디어이니까 강산혜 씨는 직접 관여하지 말고 그녀의 보조 역할을 해주길 부탁합니다."

"알…았어요."

강산혜는 사장의 지시에 고개를 끄떡이며 조금은 풀 죽은 목소리로 응대한다. 허산아는 곁에서 움츠러들고 있는 동료의 어깨를 보며 조금은 미안해한다. 하지만 곧 그녀는 자리를 박차고 일어나 자신만의 프로젝트가 된 에익펫(Aicpet)의 버전 2.0의 업그레이드를 향해 힘차게 나아간다.

낮에는 회사에서, 퇴근 후에는 집에서 그녀는 열심히 버전 업에 매진한다. 처음 며칠은 안식처인 홈에서 느긋이 여유를 갖고 입사한 지 얼마 안 돼 사장에게 인정받은 걸 만끽했다. 하지만 에익펫 버전 1.0의 소스를 들여다보면 볼수록 보름이란 시간이 짧게만 느껴졌다. "이거 15일 가지고선 턱도 없겠는데." 그녀가 숙였던 고개를 반듯이 든다. 혹시, 일부러 사장이 날 시험해보는 건 아닐 테지. 막 수면 위로 떠오른 의아심 하나가 그녀의 가슴에서 부표처럼 잇달아 출렁인다. 동시에 묘한 웃음을 짓던 양아영의 상판이 일그러지며 크게 엄습해온다. 그녀는 불안해하며 눈앞에 있는 자판기를 타닥타닥 친다. 모니터에 현시되고 있는 코드가 아랫줄로 쭉쭉 쓰여져 내려간다. 이젠 잠자는 시간 말곤 자신이 맡은 프로젝트에 온전히 몰두하려 애쓴다. 그것만이 착상 앞에서 어지러운 의구심을 떨쳐내는 최선임을 스스로가 잘 알고 있기 때문이다.

프로그래밍의 코드가 검은색 바탕에 노란색으로 쓰여진 모니터 앞에서 살랑거리는 앞머리 뒤로 감춰진 동공을 슬며시 닫는다. 그리고 머릿속으로 인공지능 애완견의 메커니즘을 상기한다.

주인이 말을 건넨다. 개는 거기에 상응하는 함수(function)를 신속히 탐색한다. 해당의 대꾸 문장이 있으면 그걸 즉시 출력으로 실행시킨다. 잠시 후 대답에 만족해하는 주인에게 또 물어볼 게 없느냐고 질문을 한 후 2-3초간 휴지한다. 더 이상 없으면 이내 응대를 끝마친다. 그녀가 감은 눈꺼풀에 힘을 들인 채 고개를 좌우로 흔든다. 문제는 이게 아니지. 질문에 매치되는 출력 문장이 없을 때이잖아. 가령….

"밥은 먹었니?"

이렇게 물어보면 분명코 에익펫(Aicpet)은 이게 무슨 소리인지 도통 모를 거야. 인공지능 애완견의 입장에선 검색의 알고리즘에는 존재하지 않은 문자열이지. 그러니 여기서 버그(Bug) 같은 헛발질이 연달아서 일어나는 건 당연한 게지. "밥은 먹었니?" 그녀는 직접 인공지능 애완견의 입장이 되어 똑같은 음색으로 되묻는다. 그게 우스운지 절로 헛웃음 친다. 한순간이 지나자 모니터 앞에서 반사되고 있는 웃음기가 정색한다. 검색의 알고리즘에는 조금 전 주인이 개에게 던졌던 질문이 없잖아. 하지…만 메모리엔 방금 물었던 내용의 문자열이 깜박거리는 빛처럼 1과 0으로 존재하지. 전원을 끄지 않는 이상 메모리의 데이터는 휘발되지 않잖아. 그러니까 그걸 읽어서(reading) 탐색 알고리즘의 맨 하단부에 첨가만(writing) 하면 되는 거 아냐. 그리고 함수의 매치 기능을 일단 이렇게 설정하면 될 것 같은데.

"방금 청취한 질의는 제가 잘 이해할 수 없는 문장인 것 같아요. 여기에 대해 상세히 설명을 해주면 저는 꽤 기쁠 것 같아요." 이 문장의 음성 실행 후 2-3번 꼬리를 흔들면 주인도 꽤 흡족해하지 않겠어? 그러면 결국 견주의 설명이 봇물 터지듯이 술술 나올 테고 에익펫은 거기에 맞추어 메모리의 내용을 저장 장치(Write-Ram)에 술술 써나가면서 새로운 함수의 기능을 확장하면 되는 거 아냐. 그녀가 쾌재를 부르며 키보드의 엔터 키를 힘차게 내리친다. 모니터에선 코딩 전체가 예기치 않은 충격에 기겁하며 위로 몇 계단씩 펄쩍펄쩍 뛰어오른다.

"완벽해."

→ 17일 후 오후 14:00 회의실.

우리 은하수를 닮은 회의용 탁자 한가운데에선 그녀의 아이디어에 의해 업그레이드 된 에익펫(Aicpet) 버전 2.0의 애완견이 시선이 내려다보이는 지점에서 귀 기울이며 누군가의 음성 명령을 기다리고 있다. 허산아는 강산혜와 함께 자리하며 나선형으로 둘러쳐 앉은 직원들과 같이 벌지(Bulge) 영역으로 관심을 집중한다.

한 사장은 벌지 한가운데에서 팔짱을 끼고 직립한 자세로 탁자 위에 네 발로 포즈를 취하고 있는 에익펫을 비스듬히 내려다본다.

에익펫의 외관은 천장에서 원뿔 모양으로 내리쏘는 백열등에 완전히 노출되어 있다. 황색의 빛들이 구리와 알루미늄의 금속을 섞어 빚은 육체와 충돌하며 연한 구릿빛을 사방으로 튕겨 낸다. 통통한 몸통을 지탱해주는 네 다리는 짧으면서 굵직하다. 허산아는 그 사지로 아장어정 이동하는 모습을 상상하니 한편으론 웃기면서도 또 한편으론 애착심이 절로 나게 만드는 구석이 있다는 걸 알아본다. 그녀는 고개를 끄덕이며 디자인을 맡고 있는 양아영을 쳐다본다. 말총머리의 여자는 행여신(幸女神)의 시선을 의식한다. 이에 묘한 웃음으로 응대한다.

굵직한 목에 양쪽 귀는 쫑긋 솟아 언제라도 청취할 자세가 준비되어 있는 포즈이다. 뒷다리와 엉덩이를 가로지르는 꼬리는 짧으면서 치켜 서려 한다. 꼬리를 흔들며 애교를 떨 준비는 되어 있다는 게다. 검고 동그란 눈알은 알 듯 모를 듯 허공을 쳐다본다. 아무래도 견주가 앉아 있기보단 서 있는 경우가 더 많을 걸 대비해서 고안된 모양새다. 허산아는 여기서 또 한 번 고개를 끄덕인다. 짧고 몽톡하게 툭 튀어나온 코는 입과 함께 지면을 향해 비스듬히 폼을 잡는다. 당장에라도 킁킁거릴 기세이다. 비록 인공지능의 애완견이지만 블러드하운드처럼 독보적 영역인 후각정보도 조만간 획득할 날이 멀지 않았다는 양상이다. 냄새의 변별력까지 소유하면 이젠 어엿한 에익펫(Aicpet)이 되는 거네. 하지만 그녀는 주위를 둘러보며 새삼 깨닫게 된다. 자신이 몸 담고 있는 AIPET(사)엔 아직 후각의 파트를 담당하고 있는 프로그래머가 없다는 걸. 이것도 건의를 해야 하나.

소매 단추가 단정히 채워진 팔 하나가 에익펫의 복부 쪽으로 들어선다. 잠시 후 경직된 회의실 공간 속으로 딱 소리가 야트막하게 울린다. 전원 스위치를 켠 것이다.

신속한 부팅이 완료되자 녀석은 고개를 좌우로 왔다 갔다 돌린다.

이때 완구 자동차의 모터 돌아가는 소리가 일면서 주변을 기분 좋게 자극한다. 경직된 직원들의 얼굴이 모터의 회전음에 일제히 반응한다. 몸을 풀기 위해 상체를 앞뒤로 오고 가며 굵고 짧은 사지를 쭉 뻗친다. 준비운동을 마친 후 인공지능 애안견은 우리 은하수의 나선길을 아장어정 돌아나간다. 외곽에 점점 가까워지자 테이블에 앉아 있는 직원들의 화상을 쭉 훑어보며 전진한다. 하지만 녀석은 걸음을 멈추지 않는다. 자신에게 입력된 주인의 정보와 일치하는 이미지가 없기 때문이다. 실망한 놈은 안쪽으로 난 나선길로 자연스레 돌아 들어간다. 벌지에 가까워지자 녀석의 걸음새가 아장어정 빨라진다. 모든 직원들은 순간 낙심한 표정을 짓는다. 한 사장이 녀석의 주인이었던 게야. 남시야는 타원형의 뿔테 안경 너머의 눈을 지그시 감으며 장난기를 발동한다. 자기 자신의 초상으로 바꿔 치기를 했어야 했는데.

에익펫은 양쪽 뒷다리를 구부린 채 앉아 주인을 올려다본다. 한 사장은 거무스름한 얼굴로 기꺼워한다. 그가 묻는다.

"넌 누구니?"

"……."

"전 에익펫이에요."

"……."

"요번이 몇 번째 업그레이드지?"

에익펫은 내부 시스템의 디렉토리에서 로그(Log) 파일을 뒤진다. 찾은 로그 기록을 순식간에 읽어 내려가다가 견주의 음성 언어와 상당 부분 일치하는 문자열 앞에서 잠시 멈춘다. 그의 꼬리가 살랑살랑 움직이다 멎는다. 다시 질의어에 대한 탐색을 시작한 것이다. 검색이 완료되자 획득된 정보들을 최신의 날짜 순으로 재정렬한다. 최근의 데이터가 전두엽의 중추 쪽에 내장된 인터페이스 화면 맨 위에 올려져 깜박거린다. 녀석은 그 내용을 스피커를 통해 속히 출력한다.

"전 에익펫(Aicpet) 버전 2.0입니다."

하지만 한 사장은 만족스런 표정을 짓지 않는다. 그의 오른쪽 가까이에 있는 말총머리의 여는 행여신을 보며 다시 알 수 없는 묘한 웃음을 던진다. 한 사장은 다시 물어보기를 한다.

"밥은 먹었니?"

이 질의어에 쾌히 놀라며 허산아는 꽤 맞갖은 표정을 짓는다. 이어 에익펫의 반응에 시각과 청각을 온전히 몰두한다. 버그(Bug)를 잡기 위해 저 물음을 내 얼마나 했던가. 사장님과 내가 이렇게 통하는 데가 있을 줄이야. 이젠 기다리기만 하면 되겠어. 헌데 시간이 갈수록 그녀의 얼굴은 점점 굳어진다. 주위에선 직원들이 깔깔 웃는 소리까지 들린다. "뭐야 저건." "쟨 또 왜 저래." "아니 전 버전보다 못해졌잖아." "그러게 말이에요."

이유인즉슨 이렇다. 롬(Rom) 메모리에서 빛의 속도로 깜박거리고 있는 질의어가 실행 중인 프로그램으로 전달되기 위해선 중계 저장소인 버퍼(Buffer)가 필요했다. 버퍼는 서로 이탈되어 있는 저장 메모리와 코딩 프로세스를 연결해주는 관(管)과도 같다. 메모리의 칩에서 대기 중인 데이터를 즉시 호출해 이곳에다 쓰면(writing) 바로 그걸 읽어(Reading)서 실행 중인 프로세스에 전달된다. 동시에 버퍼의 내용은 삭제된다. 뒤이어서 호명되는 데이터와 얼기설기 되는 걸 피하기 위한 방책이다. 한 사장은 여기서 맹점 하나를 발견하고 코딩에 약간의 꾀를 부린 것이다.

최초의 질의어("밥은 먹었니?")는 그대로 실행된다. 처음에는 매칭되는 검색 문자열이 없기에 에익펫은 주인에게 질문에 대한 상세 설명을 공손한 음색으로 재청한다. 곧이어 꼬리를 살랑살랑 흔들어댄다. 주인은 개의 애교에 기꺼워하며 설명을 알기 쉽게 이어간다. 애완견은 거기에 맞춰가며 대화를 생생히 살려나간다. 하지만 한 사장은 순차적으로 대기 중인 데이터를 읽어올 때마다 최초의 질문인 "밥은 먹었니?"를 바로 앞에서 먼저 읽고 쓰게 만든 것이다. 고로 우선순위가 두 번째로 밀린 참 데이터는 버퍼에 들어오는 대로 얼기설기 방책에 따라 그 즉시 삭제된다. 따라서 에익펫에게 뭔가를 물어볼 때면 녀석은 먹통처럼 "밥은 먹었니?"만 재창해대는 게다.

뿔테 안경 너머의 두 눈은 그녀를 응시하며 힐책한다. 바투 머리 아래의 이맛살은 양미간과 함께 일그러진다. 엄한 표정은 전혀 누그러질 것 같지가 않다. 그녀는 어찌할 바를 몰라 사지는 옴쭉달싹 못 한다.

힘겹게 시선을 측면으로 돌려 같은 여자인 양아영의 주의를 끌어본다. 하지만 적게나마 도움을 얻으려고 했던 심정은 일순간 무너진다. 길쭉한 코를 앞세우며 심히 웃고 있지 않은가. 그녀가 툭 하면 알쏭달쏭 내보이던 웃음의 의미가 이젠 명확해진다. 그건 이 곤경이 이미 쓰여진 프로그램처럼 때가 되면 되풀이되는 실행 명령이란 게다. 그리고 지금 소용돌이치는 물결 속으로 이번 차례는 자신이 선택되어 몸뚱이가 말려들어가고 있다는 걸 그녀는 몸소 자각한다.

양아영에 대해 적의를 갖고 한순간 째려본다. 그런데 이상한 현상이 일어난다. 길쭉한 얼굴의 상은 실제보다 더 길어지다 이내 뒤틀리며 일그러진다.

그녀는 돌연 고개를 푹 숙인다. 이건 환영일 뿐이야. 보고 싶지 않은 건 보지 않는 것도 좋은 방책이야. 앞 머리카락에 가려진 눈꺼풀의 장막도 급히 내린다. 그래도 힐난과 비웃음의 잔영은 찌그러지며 뇌리 속에 번갈아든다. 그러다가 막 플러그를 뽑은 화면처럼 잔상마저 뚝 끊긴다. 잠시 후 까만 어둠 속에서 뭔가가 흐느적거리는 게 감지된다. 하지만 그건 이미지가 아니라 사운드라는 걸 그녀는 곧 자각한다. 회의실의 공간 내에서 침묵의 에너지로 파동치고 있는 공기 입자들을 오감 중의 하나인 청각이 감지해 내고 있는 게다.

남자 직원들은 어느 누구도 입 한 번 뻥긋하지 않는다. 다만 곁에 있는 강산혜만이 답답한 듯 숨을 밖으로 힘껏 내쉰다. 그러자 유유히 떠돌던 공기의 흐름에 일격이 가해진다. 한 대 된통 얻어맞은 공기의 알갱이들은 겁 많은 물고기 떼처럼 이리저리로 흩어졌다 몰려가기를 반복하며 파동 친다.

억압된 침묵이 깨지고 있는 건가. 전보다 소리가 커졌어. 그녀는 떨구었던 고개를 들려다 그만둔다. 그리고 곰곰이 생각해본다. 사장이 에익펫 버전 2.0의 업그레이드에 대한 아이디어를 내라고 할 때 모두가 알 수 없는 표정을 지었던 걸 상기한다. 그녀는 처음엔 속으로 남자 직원들 모두가 과묵한 줄만 알았다. 헌데 여기까지 와보니 자기가 뭔가 잘못 짚은 것임을 확연히 깨닫는다.

그들이 말없이 앉아있는 건 충분히 이해할 수 있다고 그녀는 의견을 타진한다. 하지만 이런 악몽 같은 일이 기다리고 있을 거라고 언질조차 주지 않은 건 도통 이해할 수가 없는 노릇이었다. 나만 아니면 된다는 건가. 게다가 하나라고 있는 여직원은 길쭉한 코에 길쭉한 얼굴로 마냥 비아냥거리기까지 하지 않았던가. 어쩌면 에익펫 2.0에 대한 업그레이드는 이미 사장에 의해 완성돼 있는 것이라고 그녀는 추측한다. 이게 진실…이라면 이 모든 게 처음부터 짜여진 각본이란 것에 몸서리가 쳐진다. 감긴 눈에 힘을 주며 떨군 고개를 좌우로 흔들어댄다.

"생태계는 저 숲속에만 존재하는 게 아냐. 같은 종끼리에도 포식의 세계는 엄연히 존재하고 있잖아."

그녀는 잦은 목소리로 되뇌다 두 눈을 버럭 뜨며 자리를 있는 힘껏 박차고 일어선다. 그건 자신의 몸뚱일 사정없이 억눌렀던 압박감이 임계치를 막 넘으며 터진 것이다. 짓눌러댄 만큼의 반발력이 충격파처럼 사위로 퍼진다. 제일 먼저 남시각의 앞머리가 휙 날리다 멎는다. 마치 입술 위로 훅하고 바람을 분 거처럼 말이다. 바닥에선 말총머리의 끝부분이 목덜미 양쪽으로 시계추처럼 움직이는 실루엣이 고갤 숙인 본인의 눈에 잡힌다. 헐 소리를 절로 낸다. 한 사장과 그 외 남직원들은 돌풍을 맞은 것처럼 몸을 움찔 물러선다.

그녀는 더 이상 버틸 수가 없을 지경이다. 회의실의 출입문이 빠끔히 열려 보인다. 적갈색 치마의 폭이 공격적으로 점점 커진다. 힐의 발자국 소리도 급격히 빨라지며 증폭된다. 뒤이어 문 닫히는 소리가 꽝하고 울리며 모든 소리를 집어 삼킨다. 한순간의 충격음이 사라지자 한 사장은 직원들 앞에서 양쪽 손바닥을 드러내며 목을 한쪽으로 기운다. 그리고 의아한 표정을 짓는다.

"내가 뭘 잘못한 것도 아닌데, 저 신입은 왜 저래. 안 그래?"

그날 이후 한 사장은 여직원 허산아에게 전혀 일감을 주지 않는다. 자리만 있지 사실상 업무에서 완전 배제한 게다.

회사에 출근하면 오도카니 앉아있기만 한다. 그녀에게 할당된 서버의 공간마저 폐쇄시켜 버렸기 때문이다. 주변의 동료들도 어느 순간 알게 모르게 친근감을 거두어들였다. 아니 어쩌면 자신이 처한 상황 때문에 그렇게 보이는 건지도 모를 일이라고 가끔씩 스스로를 위로한다. 곁에 있는 강산혜는 그런 그녀를 늘 보면서 안타까워하는 맘이 불쑥 일 때면 한 사장을 속으로 몹시 나무란다. 그것이 그녀의 귀에는 이르지 못한다.

당장에 회사를 때려 치고 싶은 맘은 굴뚝 같다. 하지만 사표를 쓰고 난 후의 일을 생각하니 많은 경제적 어려움들이 밀물처럼 몰려든다. 이곳 업계가 사람을 수시로 채용하는 곳은 결코 아니다라는 걸 그녀는 잘 알고 있기 때문이다. 휑한 황무지 들판에 덩그러니 나 있는 풀 한 포기 꼴로 전락할 것만 같다. 게다가 말일은 왜 이리도 쏜살같이 오는 것인지 벌써 이 달에 내야 할 오피스텔의 월세가 며칠 남지 않았다. 여기에 더해 각종 공과금을 떠올리니 앞날은 더더욱 막막해진다. 바람 속의 한 포기 풀처럼 한기가 느껴지는지 양팔로 상체를 감싼다. 오늘 같은 날을 위해 목돈 마련을 위한 정기적금이라도 꾸준히 들어두지 못한 게 후회스러울 뿐이다. 생각이 여기에 이르니 감히 나갈 엄두가 나질 않는다. 그녀는 앉은 상태에서 의자를 좌우로 왔다갔다한다. 삐걱대는 소리가 바닥 아래로 조용히 퍼져 나간다. 감겨진 두 눈두덩에는 힘이 들어간다. 양미간은 앞 머리카락 사이로 심히 일그러져 보인다. 사직서를 쓰는 것보단 때를 기다리며 버텨보는 게 더 현실적이라고 그녀는 애써 판단을 내린다.

"허산아 양, 여기 커피 한 잔." 한 사장은 차 주문을 한 후 등받이 가죽 의자를 엉덩이와 상체를 앞뒤로 이동시켜가며 흔들거린다.

몇 날째 한마디도 없던 사상이 처음으로 말을 건 것이다. 그녀는 자신의 양 귀를 의심해본다. 내가 뭘 잘못 들은 게지. 곧이어 똑같은 주문이 이어진다. 그건 분명 환청이 아니었다. 헌데 이상한 현상이 맘 속에서 일어난다. 인간미가 한 푼어치도 없던 한 사장의 목소리가 느닷없이 달갑게 느껴지는 것이다. 그것도 무척이나 말이다. 주위의 시선들도 급작스런 한 사장의 언사에 몹시 당혹스러운지 두 사람을 갈마들어 본다. 길쭉한 얼굴은 얼떨결에 길쭉한 목이 쭉 올라선다.

역사 속의 인물이라면 사가들이 대놓고 악명 높은 권력자로 분류하고도 남았을 텐데 대체 내가 왜 이러는 거지. 그녀는 이해할 수 없는 감정에 일단 정색으로 대처한다. 커피를 담은 머그잔을 책상 위에 퉁 올려놓고 몸을 홱 돌려 자기 자리로 곧장 가버린다.

"아직 멀었어." 한 사장은 들릴 듯 말 듯한 음성으로 같은 말을 되풀이한다.

꼿꼿이 제자리로 돌아온 그녀는 착석하기 전 양아영과 남자 직원들을 쭉 훑어본다. 모두들 묵묵히 자기 맡은 일에 열의를 보인다. 마지막으로 옆자리에 철석같이 붙어 있는 강산혜와는 눈이 위아래로 마주친다. 내려다보이는 눈웃음은 뭔가를 얘기하는 것만 같다. 조금 더 깊이 들여다보니 다른 직원들과는 달리 왠지 모를 촉촉함과 따스함이 느껴진다. 하지만 그것…이 자신의 처지에는 당장 위로가 되진 않는 것에 허산아는 안타까워한다.

의자에 털썩 앉는다. 모든 걸 외면하며 눈길은 바닥으로 떨군다. 회전의자를 좌우로 틀어댄다. 쇠붙이의 맞물림 재들은 윤활제의 결핍 소리를 낸다. 미세한 금속들의 갈증이 바닥 위를 음으로 수면화한다. 그 위로 상념 하나가 물 위의 소금쟁이처럼 안착한다.

최소한 10년 이상의 경력을 지닌 직원들이 사장의 일방적인 지시에 왜 침묵으로만 일관하는 걸까. 여기에 미처 인지하지 못한 뭔가가 있다고 짐작하며 자신의 오감에 묻은 때를 벌레의 더듬이 청결처럼 닦아낸다. 묵은 때 하나가 진득거리다 뚝 떨어진다. 아니 어쩌면 이 난관을 탈출할 수 있는 묘책이 있을 것 같기도 하다.

인간 관계론! 그녀에게 그건 나만 잘하면 되는 거지였다. 그것이 수세월 쌓이며 켜켜이 먼지 층을 이룬 것이다. 이젠 컴퓨터 프로그램의 버그처럼 확연히 오류임을 깨닫고 벌레의 온 몸짓처럼 일거에 털어버린다. 분진들이 오감에서 탈탈 이탈된다. 어떤 감각의 부위에선 먼지 구름의 형상이 뽀글뽀글 일다가 중력에 붙잡히는 모습을 띤다.

주둥일 꽉 다물고 귀를 쫑긋 세운 채 한 사장의 얘기만을 경청하는 남자 직원들의 상판이 스마트폰 속의 화상처럼 하나 둘씩 보이며 즉각 넘겨진다. 회의가 길어질수록 저들의 안면은 경색되지. 하지만 그들은 절대로 불평 한 번 내색하지 않았어. 그녀의 의아함은 직관적으로 여기에 포인트를 맞춘다. 그러자 뇌리의 구름층 위로 번뜩임 하나가 솟구친다. 잠시 후 성면(聲面) 위에 앉아 있던 생각의 소금쟁이가 네 다릴 박차고 뛴다. 성의 수면 위로 동심원의 파문이 일며 사위로 번진다. 그 파동의 소리가 의자의 삐걱 음을 깔고 그녀에게 명령한다.

"내게 화살이 날아오게 하지 마."

그녀는 조용히 입술을 움직인다.

"그래, 나만 아니면 되는 거였어." 그걸 이제야 깨달은 자신이 자꾸만 바보처럼 느껴진다. 떨구었던 고갤 들어 주위를 쭉 둘러본다. 그들에게 다가갔던 어제의 친근감이 재가 되면서 사위로 흩어진다. 하지만 지금의 과녁은 나잖아. 이걸 어떻게 딴 곳으로 돌리지. 문득 한 사장이 커피를 주문했던 일을 떠올린다. 그녀의 입술 꼬리가 본인도 모르게 위로 올라간다. 다시 내게 차 주문을 할 거야.

며칠 뒤 강산혜는 사장 앞으로 불려가 핀잔을 듣는다. 그는 좀 억울하다는 듯이 식식거린다. 직원들의 시계는 두 사람에게로 무언의 포커스가 맞춰진다. 말총머리의 양아영은 길쭉한 목을 실룩 틀어 히죽이 웃는다. 사정은 이러했다.

40대 중반의 여성 고객은 구입한 에어펫에 하자가 있다고 가져와 막무가내로 교환을 요구한다. 강산혜는 자세히 들여다보지 않고도 부주의로 인한 과실이라고 즉시 판단을 내린다. 구릿빛으로 빛나는 왼쪽 다리 한쪽이 뭔가에 심히 짓눌려 늘어진 상태다. 동작은 이상 없지만 녀석은 다리의 균형을 잃고 절름발이가 된 것이다.

"이 정도의 상해면 본인 과실 아닌가요."

"젊은 총각이 몰라도 너무 모르시네요. 난 얘한테 손 하나 까딱하지 않았다니까." 그녀는 두 눈을 부릅뜨며 자신의 결백함을 과시한다.

"그러면 다리가 저절로 늘어났나요? 그럴 리는 만무하잖아요." 그는 구겨지는 눈총에 애써 웃음을 띠며 이해를 구한다.

"호, 호, 호. 거, 젊은 총각이 통 대화가 안 되네. 그래가지고서 어디 사람이 붙어나겠어요?"

"……."

"다시 말하지만, 난 얘에게 해를 입도록 한 행태가 하나도 없어요."

"그러면 저절로 그리 된 건가요?" 그가 다시 웃는 얼굴로 묻는다.

중년 여성의 눈이 한순간 번뜩인다.

"이제 대화가 통하네. 그렇다니까. 지가 넘어져서 지가 다친 거야. 그러니까 책임은 내가 아니라 이쪽에 있는 게 경우 아니겠어요." 그녀는 잠시 뜸을 들이다 마지막 쐐기를 힘껏 박는다.

"내 말이 틀렸으면 틀렸다고 해봐요. 젊은 총각."

듣고 보니 고객의 입장에선 틀린 말도 아니다라고 판단이 선다. 하지만….

"에익펫 제품을 구입한 후 위험에 자연 노출되는 경우는 본인 과실이에요. 사용설명서의 주의사항에도 분명 붉은 글씨로 또박또박 써있잖아요." 강산혜는 힘주어 재차 반박을 한다.

"참 또박또박 잘도 쓰여 있지. 헌데 당신도 중년이 되어 노안이 와 봐. 그 깨알 같은 글씨가 잘도 보이겠다."

중년의 여성은 구깃구깃해진 사용설명서 용지를 대뜸 펴며 강산혜에게 들이민다. 분명 거기엔 사용법과 빨간색으로 쓰여진 주의사항이 함께 기재돼 있다. 그녀는 그걸 보기 위해 준비해온 돋보기를 꺼내어 든다. 확대경 안에 경계해야 할 사항들이 큼지막하게 돋아난다. 그녀가 깊게 한숨을 내쉰다.

"여기엔 없잖아요."

강산혜는 도통 무슨 말인지 이해를 못한다.

"중년 이상은 주의사항을 볼 땐 꼭 확대경을 지참하라고."

강산혜는 순간 어안이 벙벙하며 말문이 막힌다.

"그러니까 책임은 내가 아니라 당신들에게 있는 게 맞지요. 내 말이 틀렸으면 틀렸다고 반박을 해 봐요."

"그래도 이건 다른 제품으로 교환을 해줄 수가 없는 과실이에요." 그는 다시 버겁게 이해를 청한다.

중년 여성이 벌떡 일어나 강산혜를 나무라며 한참을 째려본다. 이어서 고객 상담실의 문을 힘껏 박차고 나간다. 잠시 후 사무실 안이 쩌렁쩌렁 울리도록 뒤끝은 장렬한다.

"내 공장으로 직접 가서 교환을 할 거예요. 그리고 고객 상담 서비스도 엉망이라고 소비자 센터에 바로 올릴 겁니다."

"……."

"나이 먹는 것도 서러운데, 내 말을 무시해. 내 참 기가 막혀서…."

"고객을 설득했어야지, 저렇게 뿔이 나 가버렸는데 나 몰라 하면 어떡해. 소비자 센터에 생산품 불평 민원이 자꾸만 쌓여 가봐. 그러면 우리 제품의 판매량이 저조해지는 건 불을 보듯 뻔하잖아. 얼른 에익펫 구입 여성에게 전화를 걸어 죄송하다고 해."

"죄송보단 제품 교환을 원하는데요." 강산혜는 한 사장의 지시에 모순을 지적하며 단칼에 거절한다.

자기의 명령에 복병처럼 불쑥 튀어나와 거부권을 행사하는 직원이 또 하나 있다는 게 몹시 거슬린다. 넥타이가 꽉 조인 목이 뻑뻑해진다. 팔짱을 낀 채 고갤 좌우 아래위로 틀어댄다.

"그래서 사과를 안 하겠다는 건가?"

"사과를 못 하겠다는 게 아니라 백 번을 해도 중년 여성의 소비자가 원하는 건 결국 제품 교환이지 않나요." 강산혜는 한 사장 앞에서 자신의 견해를 굽히지 않는다.

무언의 포커스를 맞추고 양쪽 귀를 쫑긋 세우고 있는 직원들에게 두 사람의 상황이 생중계 방송처럼 속속 들어온다.

남시각은 10여 년 전에 근무했던 곳이 민원 센터였다. 얼토당토 않은 민원은 아예 접수되지도 않는다는 걸 잘 알고 있다. 그 경험의 생생함이 음성 언어가 되어 목청까지 올라와 밖으로 튀어나오려 한다. 그는 꼬고 앉은 다리의 뒤꿈치를 얼른 들어 아래 발치의 등을 힘껏 재차 눌러댄다.

허산아는 본능적으로 느낀다. 과녁이 자기에게서 강산혜에게로 지금 옮겨가고 있는 중임을. 입술의 한쪽 꼬리가 자기도 모르게 치켜지는 걸 인식한다. 얼른 정색 띤 얼굴로 되돌린다. 그녀는 이런 행위가 결코 위선이라 생각하지 않는다. 대놓고 하는 표출의 거스름이 그래도 선배인 강산혜에 대한 예의는 아닐까 하는 기류가 그녀의 몸을 타고 미세하게 흐르고 있는 게다.

처음엔 몰랐는데 녀석이 갈수록 뻣뻣해지고 있어. 허산아보다는 역시 남자인 강산혜가 먼저였어야 했어. 한 사장은 자신의 우선순위 정책이 좋은 첫인상에 의해 실패한 걸 인정한다. 더욱이 저런 녀석에게 5월 중순에 휴가 갈 내 가족의 사소한 얘기까지 했다는 것에 자꾸만 심기가 뒤틀린다. 역시 사람은 겪어봐야 아는 거야. 그는 고개를 끄덕이며 조용히 말한다.

"알았어. 가봐."

강산혜는 고갤 짧게 숙여 인사한 후 자리로 속히 돌아온다.

"허산아 양 여기 커피 한 잔 부탁해."

그녀는 이때를 기다렸다는 듯이 화사한 표정을 표출하며 서서히 자리에서 일어선다. 팔걸이 의자에 털썩 앉는 강산혜와는 눈길이 교차하며 지나친다. 그녀의 밝은 기색을 보며 그는 자신이 사장에게 한 방 날린 일격이 솟구치는 이산화탄소처럼 억눌린 가슴을 뻥 뚫게 했기 때문이라 여긴다. 흡족한 그는 의자를 짧고 힘있게 엉덩이 쪽으로 바싹 끌어당겨 착석시킨다. 네 개의 바퀴 굴러가는 소음이 일시에 바닥을 긁는다.

그녀의 화색이 아직 뇌리에 남아서인지 강산혜는 업무에 들어가기 전 무의식적으로 고갤 돌려 두 사람을 응시한다. 사장과 짧게 얘기를 나누는 허산아의 옆 모습이 즉시 포착된다. 어제까지만 해도 엄격했던 사장은 그녈 앞에 두고 손 발짓을 해가며 왠지 모를 우스갯소릴 지껄인다. 그녀는 여기에 호응하며 맞장구를 기분 좋게 쳐준다. 분위기는 더욱더 고조되며 화기애애해진다. 그럴수록 강산혜는 왠지 모를 묘한 상실감을 받는다. 가슴 한 부분이 부서져 내리는 흙덩이처럼 바닥으로 뚝 떨어진다. 기분이 썩 내키지가 않는다. 애써 무시하며 고갤 돌리는데 감시자 같은 양아영과 시선이 마주친다. 둘은 머츰하며 침묵이 흐른다. 이 어색함을 얼른 깬 건 길쭉한 코를 식식거리며 웃는 낯짝이었다.

"아차, 내가 뭘 하려고 했었는데."

사장은 여직원과 농지거리다 무슨 생각이 들었는지 강산혜를 힐끗 본 후 호출한다. 길쭉한 그림자가 먼저 다가서자 목을 가다듬는다. 이어 묵직한 톤으로 분위기를 잡으며 요번 참에 실패한 에익펫(Aicpet) 2.0의 업그레이드 지시를 다시 내린다. 기간은 더도 말고 덜도 말고 딱 전과 같이 보름을 주면서 말이다. 강산혜와 허산아는 예기치 못한 명령에 주뼛주뼛하며 서로를 응시한다.

"할 수 없다면, 사…표도 생각해봐야 되겠지. 어차피 이걸로 먹고 사는 직종인데, 안 할 수는 없는 노릇 아닌가. 만약 거절을 한다면 더욱이 이 회사가 요구하는 깜냥이 아니라는 걸 스스로 증명하는 꼴이지. 안 그래, 남청각."

"……."

"남청각보단 남총각이 낫겠는데. 아직 미혼이잖아."

촉각을 곤두세우고 있던 직원들은 동시다발적으로 일소한다. 곁에 서 있는 허산아는 애써 웃음을 절제한다.

예측은 했지만 닉네임으로 웃음가마리가 될 줄이야. 얼굴 색이 점점 붉어진다. 달아오르는 기색을 숨기려는 듯 본능적으로 고개는 서서히 떨구어진다. 그러면서도 이상하게 생각은 깊어진다. 객관적 입장에 비춰보면 사장의 강압성 짙은 언사가 온전히 틀린 견해는 아니라고 여지를 남긴다. 다만 고 따위로 자신의 권위를 치켜세우는 데에만 늘 악용하는 게 탈이라서 그렇지. 생각이 여기까지 뻗어 내리자 강산혜는 자연스레 목을 꼿꼿이 세우며 허산아의 얼굴을 일견한다. 그러자 당시 곤혹스러워 했던 그녀에게 위로 겸 넌셨던 실문 하나가 떠오른다.

"에익펫 2.0 업그레이드의 최종 담금질은 버그를 잡아내는 거잖아."

편의점 앞 파라솔 의자에 앉아 커피와 함께 시원한 봄바람을 쐬며 강산혜는 혹시나 하고 물어봤다. 다소 안정을 되찾아 가던 그녀의 얼굴빛이 다시 급작스레 화끈해지며 일그러진다. 그건 어린아이한테나 하는 질문이라는 뜻의 항의였다.

강산혜는 고갤 알 듯 모를 듯 끄덕인다. 이어 사장의 지시를 묵묵히 수락하며 자리로 속히 돌아간다. 양아영과는 재차 눈길이 마주친다. 그녀의 길쭉한 얼굴은 더욱 길어지며 일소한다. 코너에 몰린 처지라 그런 걸까. 주위의 직원들은 요번에도 자신은 사장이 쏜 화살의 과녁이 아님을 천만다행으로 여기는 분위기다.

벽시계의 분 초 바늘이 아라비아 숫자 12 한가운데에 멈췄다. 시침은 6을 가리킨다. 훤하게 뚫린 창밖으론 달빛을 닮은 빛들이 비스듬히 들어선다. 책상 앞 주변을 갈무리한 후 강산혜는 기다렸다는 듯이 자리에서 벌떡 일어선다. 그의 하반신이 누런 빛 속에 담겨진다. 연황색 벽면에 비친 길쭉한 실루엣은 사장 앞으로 씩씩하게 다가선다.

앞에 서자마자 말 한마디 없이 칼 퇴근 인사를 한다. 예기치 못한 돌발 행동에 사장의 바투 머리가 쭈뼛한다. 나보다 먼저 사무실…을. 직원들은 부러움과 의아함으로 가득 찬 눈길을 보낸다. 양아영에게 눈짓을 보내 급히 이유를 묻는다. 하지만 그의 오른팔도 이해할 수 없는 행동거지라며 양손바닥을 드러내 보이며 고갤 배딱한다. 늘 보던 녀석의 뒤통수가 경중거리며 어느새 사무실 출입문을 밀치고 나간다. 그런 그를 꽤 못마땅히 관찰하며 입술을 실룩거린다.

"사장 질도 조금만 더 하면 사람 알아맞히는 재주도 생기겠어. 뒷골만 봐도 저 직원이 누군질 척하면 아니까 말이야."

"……."

"혹시 회사를 그만두려나. 어, 그러면 안…되는데."

다음날 오후 고객 상담실의 안쪽에선 오늘도 운이 안 따르는지 강산혜는 만만치 않은 소비자의 볼멘소리를 버겁게 경청하고 있다.

점심식사를 끝낸 지 얼마 안 돼서인지 식곤증이 몰려든다. 사지는 나른해지며 눈꺼풀은 자꾸만 아래로 당겨진다. 간간이 그런 그를 흘겨보며 중년의 남성은 침을 튀며 자신의 얘기를 쏟아낸다. 온몸을 눌러대는 졸음 앞에 제품 불평에 대한 고객의 성화가 잘 청취되지 않는다. 이래선 도저히 안 되겠다는 판단하에 강산혜는 머릴 좌우로 여러 차례 짧게 흔든다. 여기까지가 그가 의도한 바였다. 하지만 몸은 생각과는 달리 두 팔을 있는 힘껏 천장 위로 뻗친다. 동시에 입은 최대한 벌리며 목젖을 훤히 드러낸다. 이게 아니잖아. 머리만 흔들랬지 누가 하품까지 하라고 했어. 고객의 면전에서 크게 실수한 걸 즉각 깨닫는다. 하지만 거둬들이기엔 너무 늦었다. 바램이 있다면 이해해주길 바랄 뿐이다.

중년의 남성은 자신의 요구사항을 회피하기 위해 노골적으로 하품을 해대며 딴청을 부리는 것처럼 오해한다. 그의 안면은 뭐라 할 틈새도 없이 우락부락해지며 하던 불만을 이어간다. 호흡이 거친지 잠시 숨을 고른다. 강산혜는 이 때를 놓치지 않는다.

"죄송합니다. 식사한 지가 얼마 안 돼서… 저보다 직장생활 선배인 것 같은데 너그러이 양해를 부탁합니다."

직원의 사과를 듣고서야 고객은 뿔 난 마음을 다소 누그러뜨린다.

타원형의 유리창을 통해 쭉 살펴보고 있던 사장은 유선 전화를 걸려다 돌연 생각을 바꾼다. 재킷의 안쪽 주머니에서 스마트폰을 꺼내들어 즉각 발신자 숨김 옵션을 설정한다. 이어 강산혜에게 발신 신호를 송출한다. 투명 유리창에 비친 그가 청바지 주머니 속에 손을 찔러 넣어 받으려 하면 뚝 끊어버린다. 이러기를 수차례 시도한다. 그때마다 고객 상담실 안쪽에서 소비자의 제품 불만을 아슬아슬하게 만회하고 있는 강산혜의 면상을 면밀히 살핀다. 멀리서 봐도 골치께나 썩고 있는 모습이 역력하다. 잠은 확 달아났겠군. 직사각형 안경 아래

214

의 입술이 슬그머니 조소한다.

번거로이 꺼내 든 폰의 화면에 발신자의 번호가 연거푸 뜨질 않자 짜증스러워 하던 얼굴은 이젠 울긋불긋해진다. 사장은 낮은 음색으로 낄낄거린다. 그것이 조용히 바닥을 타고 깔린다. 일을 내도 이거 크게 내겠는데. 아무래도 중년 남성에게 사과해야 할 말을 미리 준비해 놔야겠는데.

강산혜는 본능적으로 머릴 떨군다. 달아오른 기색을 보이기보단 차라리 감추는 게 상책이라 여긴다. 그러면서 속으로 자신만의 주문을 거는 것처럼 혼잣말을 해댄다. 〈내가 누군가를 아프게 하고 있을 땐 그건 내가 아프다는 게야〉.

그래도 후끈거리는 기색은 식지가 않는다. 그가 손으로 급히 부채질을 해댄다. 중년의 남성은 별 시답지 않은 사람이 앞에 앉아 있다는 투이다.

사장은 벽시계를 올려다본다.

"이쯤이면 고객 앞에서 실수를 해도 크게 한 번 할 때가 됐는데. 녀석 꽤 끈질기네."

가까이에 앉아 있는 양아영은 사장의 일거수일투족을 예의주시하면서 같은 방향을 투시한다. 그녀도 조용히 조소한다.

그래, 내 마법의 문장처럼 지금은 내가 아픈 거야. 아픈 이가 불만에 가득 찬 고객을 상담한다는 건 어불성설 아냐.

남직원들은 혹시나 하며 한 가닥 품은 정시 퇴근이 허깨비임을 다시 한 번 실감한다. 모니터 앞에서 키보드 치는 소리가 거세진다. 그건

에라 모르겠다 하며 죄 없는 자판만 두들겨대는 거였다.

강산혜는 지금 벌어지고 있는 상황이 더 이상 자신이 해결할 수 없는 거라 판단을 내린다. 딴 사람에게 이 일을 맡겨야 돼. 혼잣말을 끝내자마자 자리에서 벌떡 일어나 출입문 쪽을 향해 급히 나아간다. 중년의 남성은 또 한 번 무시당했다는 것에 몹시 분개한다.

밀치고 내닫는 문을 조용히 닫아야 한다고 마음속으론 되뇌는데 결과는 정반대가 된다. 꽝 하고 출입문 닫히는 소리가 고객 상담실과 사무실에 천둥소리처럼 울려댄다. 중년 남성의 고객과 예기치 못한 사장의 얼굴은 검붉어진다. 직원들은 날벼락 맞은 것처럼 어리둥절해 한다. 특히 허산아는 어제의 자신의 모습을 보는 것 같아 몹시 안타까워한다.

"피해 당사자이든 아니든 마음이 아픈 건 마찬가지가 되네."

사무실 밖으로 자취를 감추는 강산혜의 뒷모습이 시야에서 완전히 사라질 때까지 그녀는 눈을 떼지 못한다.

"내 모습도 분명 저러 했겠지."

그가 더 이상 사무실 공간에 존재하지 않자 그녀는 남직원들에서 시작하여 여직원인 양아영 쪽으로 눈동자를 천천히 한 바퀴 돌린다. 이곳에 계속 거하면 나의 미래는 또한 저들의 모습인가.

한 사장은 급히 고객 상담실로 들어선다. 그는 좀 전에 자신이 한 언사를 떠올리면서 말이다. 이거 사과해야 할 말을 미리 준비해놔야겠는데. 하지만 이런 상황을 염두에 두고 한 장담이 아니었기에 기분은 당혹감에 몹시 불쾌해진다.

한 시간 정도 후 겨우 마음을 추스른 강산혜는 사무실로 뚜벅뚜벅 들어선다. 주위의 눈길에 머쓱해한다. 하지만 곧 허산아의 옆으로 다가가 자릴 잡고 의자를 힘껏 당겨 앉는다. 저만치서 한 사장은 혼자서 구시렁거린다.

그는 눈짓으로 민원인 일은 잘 처리됐냐고 묻는다. 앞 머리카락 사이로 가려진 두 눈엔 걱정이 사이사이 서려 있다. 청바지 주머니 속에서 스마트폰을 꺼내 들어 전화 송수신 아이콘을 클릭한다. 발신자 불명의 수신 내역이 쭉 현시된다. 그걸 들이밀자 그녀는 미확인 발신자의 수신 상태가 일정한 간격을 두고 연속적인 것에 눈을 껌벅거린다. 동시에 전화를 걸었다 끊었다 하기를 반복하던 사장의 행동거지가 상기된다. 그 위에 그가 짓던 조소가 겹쳐진다. 악몽의 그림자가 길쭉이 바닥에 깔린다. 이어 서서히 검은 육체를 일으켜 세운다. 그녀는 그것이 상상의 고통이 만들어낸 허상임을 지각한다. 더욱이 그 허깨비의 근원은 사장에 대한 두려움으로 인한 것임을 알기에 단호히 뿌리치려 애쓴다.

한 사장은 식식거리며 강산혜를 급히 호출한다. 다급히 일어서는 그에게 행여신은 스마트폰의 발신자 번호 미 현시 옵션 설정을 급박하게 실행한다. 이따금씩 검지의 끝이 미세하게 떤다. 그가 대뜸 뿔난 얼굴을 들이대자 그녀는 눈길로 사장의 책상 위에 놓여져 있는 폰을 긴박하게 가리킨다. 잠시 후 강산혜는 한숨을 길게 내쉰다. 짤막한 침묵이 흐른 뒤 저도 모르게 탄식하며 옹알댄다.

"저게 진실이면 저 사람에게 난 뭐지."

"……"

"아니, 어떻게 인간…이 저…럴 수가 있지."

사장은 그를 앞에 세워놓고 힐난을 해대기 시작한다. 강산혜는 당
장에 이를 모면할 수를 궁리하다가 되레 무심함으로 물꼬를 튼다.

이럴 땐 한쪽 귀로 들은 걸 그대로 다른 쪽 귀로 흘려 보내는 게 최
고지. 난무하는 질책 속에 그것이 잘 먹혀 들지가 않자 그 위에 상념
하나를 추가한다. 사장은 악다구니를 써가며 소릴 높이는데 강산혜는
듣는 등 마는 등 생각의 바다 속으로 자꾸만 빠져든다.

생각은 육신을 감싸 안고 수심 속 물살을 가르며 가라앉는다. 내려
갈수록 부력의 힘이 느껴진다. 그것이 하강의 속도를 조금씩 낮춘다.
하지만 온몸을 눌러대는 물의 입력이 만만치가 않다. 그는 견디기 힘
들다는 듯이 손가락으로 귀속을 만지작대다가 막아 버린다. 그러자
그의 두 눈이 놀란 듯 떠진다. 사장은 강산혜를 앞에 놓고 여전히 잡
아 먹을 듯이 눈알을 부라린다.

어떻게 보스란 작자가 아래 직원한테 이렇게 모질 수가 있지. 어처
구니없어 하며 온몸이 한소끔 부르르 떤다. 자기가 하는 일이 결국 회
사를 위한 건데, 이럴 수는 없는 노릇이 아닌가. 스스로에게 재차 되
묻는다. 그럴수록 처지는 막다른 골목으로 내몰리기만 한다. 그러다가
문득 한 가지 이상한 생각이 몰려드는 먹구름 속의 섬광처럼 뇌리에
서 번쩍인다. 그것이 음성 신호가 되어 입술 밖으로 도출된다.

"그러고 보면 이 인간도 참 연구 대상이야."

"너, 방금 뭐라고 했지."

"……"

"아, 아니에요." 강산혜는 자신이 내뱉은 말귀를 알아듣지 못한 것에 꽤 통쾌해한다. 타인을 질책할 때 음성의 톤이 너무 큰 것도 문제야. 자기가 내는 짐승 같은 말투에 모든 소리가 묻혀버리니 말이야. 그것이 재미있다는 듯이 이젠 식식 웃어댄다. 가끔씩은 직원들 쪽으론 눈웃음까지 준다.

본인 앞에서 책망을 듣는 와중에 여유를 부리며 실실 쪼개는 놈이 있다는 것에 사장은 처음으로 당혹해한다. 성을 내느라 숨이 찼던지 호흡을 길게 내쉰다.

쭉 상황을 지켜보던 양아영은 참다 못해 마주보고 있는 직원들을 향해 길쭉한 코를 실룩거리며 일언거사처럼 참견한다.

"그냥 고개 한 번 숙이고 잘못했다고 하면 끝이잖아. 안 그래요? 어떻게 그 말 한마디를 하지 못하지. 그래가지고서 앞으로 남은 사회생활을 제대로 하면서 살겠어요."

이 중 경력이 제일 많은 남다리는 굵고 짧은 목을 끄덕거리며 그녀의 지원사격에 지지를 보낸다.

"그거, 어려운 거 아닌데."

허산아는 자기 귀를 의심하며 어이없어한다. 그게 못마땅한지 양아영은 그녈 섬뜩하게 째려본다.

이젠 어떻게 해야지. 앞일을 생각하면 막막할 뿐이다. 허공에 높이 뜬 화살 하나가 자신을 표적으로 삼고 내리닫고 있는 것만 같다. 달아나다 뒤돌아 보면 그것이 이마 한가운데로 큼직하게 달려든다.

당장 회사를 그만두어야 하나. 아니면 다른 직원들처럼 다소곳이 묵묵함으로 버티며 다른 이에게로 겨우 화살촉 방향이 꺾이기만을 기다려야 하나. 잠시 후 그는 힘주어 고개를 가로젓는다. 그런 방식은 결코 자기와는 어울리지 않는다는 걸 본능적으로 인식하고 있다는 행위였다. 외려 남우세스러움을 사기 일쑤일 지경이 될지도 모를 일이다. 그렇다면 답은 한 가지밖에 없다는 게 자명해진다. 그건, 정면 돌파뿐이다. 그리고 그것이 자기임을 그는 본능적으로 잘 알고 있는 것 같다.

"나중에 다시 얘기할 테니까 얼른 제자리로 돌아가." 한사장은 힐책을 하는 것도 이젠 버거운지 강산혜를 물리친 후 등받이 의자에 털썩 주저 앉는다.

오늘도 칼퇴근자는 오후 6시가 되자 어김없이 사장 앞에서 칼 인사를 한다.

"이만…"

"남총각은 집에 가야 기다려줄 가족도 없잖아. 여기서 다른 동료들처럼 내가 지시한 프로젝트나 마무리하는 게 낫지 않겠어." 사장은 의자에 편히 앉아 상대의 급소를 단번에, 그것도 정확히 찌른 걸 꽤 흡족해한다. 이어 박힌 비수를 살짝 비틀기라도 하려는 듯 아픈 자의 얼굴을 올려다보며 실소를 해댄다.

찔림을 당한 자의 인상은 급격히 일그러진다. 그러면서도 비장해 둔 뭔가가 있는 것처럼 묘한 눈빛을 쓰-윽 흘린다.

벽시계의 초침은 짧은 거리를 이동했는데도 입술의 모양은 웃음기를 슬슬 되찾는다. 조금 더 나아가자 돌연 함박웃음을 연거푸 짓는다.

220

예기치 못한 반응에 한사장은 되레 역풍을 맞은 것처럼 황망해한다. 나만 아니면 괜찮다는 기미들은 다시 고개를 쓱쓱 돌려 이 둘에게로 오감을 속속 뻗친다.

"아무래도 사장님은 날 존경하나 봐요."

이 얼토당토않은 말투에 갑자기 어안이 벙벙해진다. 여기에 알 수 없는 신경 신호의 전달에 하반신의 한쪽이 움찔거린다.

내리 보는 그의 눈에 그것이 덜걱 포착된다. 강산혜는 이 순간을 놓치지 않고 바로 이유를 설명한다.

"난 내려다보는데 사장님은 그런 나를 우러러보고 있잖아요."

"……."

"어쨌거나 날 존경의 눈으로 봐주니 기분은 좋네요."

여태껏 억눌렸던 직원들의 웃음보가 여기저기서 피식 터진다. 고걸 다시 주워 담으려다 남척추는 재터지고 만다. 한 사장의 얼굴은 직사각형의 안경 아래로 확연히 검붉어진다. 이 기세를 놓치지 않고 강산혜는 입 밖으로 숨을 한 번 고른 후 다시 대화를 이어간다.

"사장님의 별명 하나가 막…떠올랐는데, 들어보실래요."

상대의 무기로 상대를 무너뜨리는 게 반감이 가장 덜 사는 전술이 겠지.

주위의 모든 이들은 귀를 쫑긋 세우며 침을 꿀꺽 삼킨다. 직원들이 근처에서 일으킨 웃음의 기세에 위축된 한 사장은 대꾸조차 하지 못한 채 눈앞에 서 있는 이를 오도카니 올려다볼 뿐이다. 강산혜는 마지막 칼갈이를 끝내듯이 조용히 입술을 또박또박 움직인다.

"〈나 존경 해〉는 너무 기니 두 글자로 줄여 〈라돈〉으로 하면 어떨까요?"

얼굴 기색이 후끈 달아오르던 한 사장은 섣불리 다음과 같이 되묻는다.

"나존? 거, 괜찮은데."

어쩌면 닉네임일지라도 글귀 속에 있는 높을 존(尊)이 마음 한 구석에선 썩 내켰었는지도 모를 일이다. 라돈를 나존으로 성큼 들은 걸 보면 말이다.

강산혜는 한 사장을 넌지시 본 후 거 이상하다는 듯 자신의 한쪽 귀를 만지작거린다.

"난, 방사성 물질인 라돈을 지칭한 건데. 행여 귀에 문제라도 있는 건 아니죠."

사무실 한복판에선 아주 짧은 침묵이 흐른다. 하지만 고건 터지기 직전의 웃음보를 어찌해 잡아보려는 몸부림들이었다. 도화선은 뇌관을 향해 자꾸만 타 들어가고 있는데 말이다.

사무실은 너나 할 것 없이 깔깔댄다. 하지만 그 깨소금 같은 고소함은 오래가지는 못한다. 펑 터지고 만 일발성의 폭발로 끝나버린다. 왜냐하면 자신들이 방금 엄청난 실수를 저지른 걸 뇌리를 스치는 속도로 인식했기 때문이다. 이젠 저마다 주위에 흩뿌려진 웃음의 파편들을 주워담느라 몸이 바빠진다. 제일 먼저 양아영이 사장의 오른팔답게 정장의 옷 매무새를 단정히 하며 근엄한 표정을 짓는다. 주위의 직원들은 이걸 신호탄으로 해서 각자 하던 일로 엉거주춤 재 몰입한다.

이날 이후 한 사장은 강산혜의 상판때기만 보아도, 아니 발자국 소리만 들어도 방사성 물질인 라돈과 함께 남들의 웃음거리가 됐던 일이 두통처럼 상기된다. 그래서일까 되도록이면 놈을 멀리하기 위해 자릴 비우는 일이 다반사다.

"퀴리 부인은 왜 하필 방사성 물질인 라듐을 발견해가지고…."

한 줄짜리 사감의 비평에 마저 마침표를 찍기도 전에 그는 무의식적으로 저만치 있는 녀석의 두개골 측면 부위를 흘겨본다. 우연의 일치일까 아니면 옆 뒷골이 당겼기 때문일까. 고갤 우측으로 틀다 한 사장의 눈매와 일순간 부딪힌다. 서로의 안경 알일까 아니면 눈빛일까 순간 번쩍임이 쨍하고 울린다.

그는 허릴 돌려 자연스레 마주 응한다. 그리고 노려보는 직사각형의 알 안쪽의 눈매를 향해 너스레 웃음을 떨어댄다. 사장은 몹쓸 병에라도 걸린 것처럼 당장에 자릴 박차고 일어나 회사 건물 밖을 향해 나선다. 그의 식식거림이 빠끔히 벌어진 문 틈 사이로 점점 작아져 들어온다.

양아영은 못마땅한 기색을 숨기지 않고 마주보는 강산혜를 향해 바로 비아냥 투로 일설한다.

"에익펫 버전 2.0의 프로젝트 시연 일이 내일 모레인데, 준비는 잘된 모양이죠?" 일갈을 날린 후 그의 곁에 있는 허산아를 빤히 응시한다.

나만 아니면 된다는 기류들이 다시 꿈틀거린다. 이어 이 둘의 몸을 둘러싸며 일어서는 형세다.

하지만 강산혜는 전혀 개의치 않고 차분한 톤으로 스스로에게 언사한다.

"고마워요, 퀴리 부인. 라듐(Radium)을 발견해줘서."

→ 3일 후.

에익펫 버전 2.0 업그레이드 판의 최종 프로젝트 시연이 모든 이들이 지켜보는 가운데 시행되고 있다. 나선형의 회의용 탁자 한가운데서 에익펫(Aicpet)은 사장의 음성 지시 언어에 즉각 반응을 보이며 대화형 서비스 프로토콜을 수행한다. 하지만 돌연 신규직원인 허산아에게서 일어났던 버그(bug→어처구니 없이 똑같은 질문만을 되풀이함.)가 어김없이 재발한다. 한 사장과 양아영은 이 순간만을 용케 기다려왔다는 듯이 서로의 눈빛을 기분 좋게 맞춘 뒤 강산혜를 오지게 쏘아본다. 나만 아니면 된다는 기류들은 바닥에 스멀스멀 깔리며 나선형의 모양처럼 천장을 향해 서서히 일어선다.

허산아는 아픈 기억이 생생히 상기되는지 곁에 있는 이를 응시하며 연민을 느낀다. 그냥 참고 사는 것도 그리 나쁜 건 아닌 것 같아. 지금 고립무원에 처한 이 남자를 보면 말이야. 하지만 곧 그녀는 예사롭지 않게 놀란 표정을 짓는다.

사위에서 무언의 기세로 엄습해오고 있는 형세에도 강산혜는 기 한 번 꺾이지 않고 오히려 흉상을 꼿꼿이 펴며 세운다. 천장에 부딪친 공기의 입자들은 반동에 힘입어 내리닫는다. 이 때문일까, 그의 앞 머리카락이 잔잔히 날린다. 바람을 맞고 있는 얼굴빛엔 뭔가 모를 여유가 묻어 있다. 어쩌면 그의 긴장된 열기를 식혀 주고 있는 건지도 모른다.

그가 벌떡 자리에서 일어선다. 이어서 바로 사무실 한복판을 차지하고 있는 서버로 뚜벅뚜벅 직행한다. 잠시만 기다려 달라는 당부의 말과 함께 말이다. 주변의 안색들은 이 예기치 않은 행동에 서로의 얼굴을 보며 당황스런 빛을 띤다. 한 사장은 양아영에게 눈짓과 손짓으로 둘만이 알 수 있는 제스처를 취한다. 그건 에익펫 프로젝트의 당사자가 하루 전날 자기에게 넘긴 원본 파일을 제외하곤 전부 삭제를 했냐는 암시 어다. 양아영은 길쭉한 코를 실룩거리며 회의실 탁자용 의자에 맨 마지막으로 착석하기 전에 에익펫과 관련된 모든 파일을 제거했다고 엄지와 검지로 OK 표시를 하며 자신만만해한다.

강산혜는 서버의 시스템 디렉토리인 /systemAI로 작업 공간을 바꾸기 위해 〈Change Directory〉의 명령어의 약자인 cd /systemAI를 실행한다. /systemAI로 방이 옮겨지자 곧바로 서버의 타임어(Timer)를 조작하여 파일의 생성 날짜와 이름을 갱신하여 일주일 전의 시간으로 되돌렸던 파일을 검색한다. 잠시 후 원하는 파일의 명이 까만 화면의 바탕에 흰색의 글씨체로 드르륵 써진다.

Radon.

"고마워요, 퀴리 부인."

입가에 슬며시 미소를 지으며 그것을 이동저장장치인 USB에 복사한다. 그리고 곧장 회의실로 되돌아와 노트북으로 재 옮긴다. 그런 다음 노트북을 에익펫(Aicpet)과 연결한 후 프로젝트의 메인 파일인 〈Aicpet〉를 다운로드한다. 다음으로 명령어의 해석기인 셸(Shell)을 속히 띄운다. 주위의 직원들은 호기심 반 의구심 반에 자연스레 강산혜에게로 몰려든다. 그는 모든 이들이 훤히 보는 앞에서 까만 텍스트 화면에 비교(Compare) 명령어인 Comp와 대상인 두 파일의 입력을 마친 후 잠시 뜸을 들인다. 천천히 고갤 들어 목전에 있는 한 사장과 양아영을 번갈아 본다. 다시 입가에 미소가 지어진다. 한쪽 입술 꼬리가 살짝 치켜 올라감과 동시에 엔터 키를 탁 친다. 보스와 길쭉한 코는 기대했던 사건이 틀어질 수도 있다는 불안에 도리질을 치는 눈치다.

Comp Radon, Aicpet

Comp 명령어는 두 개의 파일에 저장되어 있는 내용을 바이트 단위로 서로 비교 검색하면서 끝나는 지점(End of File)이 발견될 때까지 연이어 실행된다. 만약 조금이라도 어긋난 게 있으면 비교 명령어의 프로세스는 그 즉시 실행을 멈추어 서로의 틀린 부분을 정확한 문장으로 띄어준다. 하지만 아직 화면에는 아무런 글귀도 현시되고 있지 않다. 모든 이들이 침을 꿀꺽 삼키는 소리와 잇달아 일어나는 노트북의 기계음이 들을 수 있는 전율의 전부이다.

분명코 확신은 서지만, 강산혜도 인간이기에 불안하긴 마찬가지다. 원본의 복사본과 한 사장에게 건넨 파일이 한 치의 오차도 없이 정확할 수도 있다는 의구심이 불쑥불쑥 고개를 쳐든다. 시간이 지연될수록 그것이 초조한 심리를 자꾸만 콕콕 찔러댄다. 이렇게 아무런 메시지의 문장 없이 프로세스가 종료되면 난, 나락으로 떨어…지는 건…데.

모두들 경을 친다. 까만 화면에 두 파일의 일부가 다르다는 경고 메시지와 함께 수정해야 할 부분의 코드 내역이 흰색의 글씨체로 연이어서 드르륵 쓰여지고 있기 때문이다.

강산혜는 악몽 속에서 가까스로 깬 이처럼 안도의 한숨을 길게 내쉰다. 나만 아니면 된다는 기류들은 보스의 농간을 못 본 척 애써 외면해왔지만 그것이 당장 눈앞에서 현실로 폭로가 되니 경악을 금치 못 한다. 앞 전 계교의 피해자였던 허산아는 이들의 행동거지를 보며 오히려 냉소를 짓는다. 하지만 곧 자신의 처지를 빗대어 보니 이해할 수 있는 구석이 보이기 시작한다. 어쩔 수 없잖아. 아직, 혼자의 육신인 나도 당장에 회사를 때려치우기가 이리도 힘든데, 저들은 오죽하겠어. 또 한편으론 도리질을 심히 쳐댄다. 그렇다손 치더라도 나의 미래가 이들은 결코 아니잖아.

구석으로 몰린 양아영은 길쭉한 코를 실룩거리며 한 사장에게서 이 난관을 헤쳐나갈 묘안을 기대한다. 그녀의 길쭉한 눈매가 보스에게 의지하는 눈빛을 보낸다. 동시에 그의 바투 머리는 한 치의 흐트러짐도 보이지 않는 걸 눈여겨본다. 더욱이 얼굴색은 태연자약하기까지 한다. 그녀의 눈매에 왠지 모를 묘한 웃음이 슬슬 돋아난다.

"이 정도면 함께 일하긴 그른 거 아냐."

한 사장은 의기양양한 강산혜를 정면으로 쏘아보며 일침을 날린다. 헐 소리가 절로 난다. 자신의 양쪽 귀를 의심해본다. 외려 본인이 뭘 잘못한 건 아닌가 하는 의구심이 들 지경이다. 낯짝이 두꺼운 건 익히 알고 있었지만 이 정도일 줄은 차마 예측이 서지 않았던 모양이다. 도도하면서 공격적인 기세에 달리 뭐라 되받아 칠 엄두가 선뜻 나지 않는다. 되레 의표를 찔린 강산혜는 조용히 입술을 움직여 되뇐다.

"난, 언제나 인간을 있는 그대로 보게 되는 걸까."

"입장을 바꿔 놓고 생각을 해봐. 위의 상사한테 이 정도의 수치심을 불러일으켜 놓고서 함께 일하길 바란다면 누가 너 따위와 함께 공조하려 하겠어."

그가 이젠 날 너 따위라고까지 불러.

사장은 짤막한 설교의 일침을 끝내고 흐트러진 주위를 쭉 둘러본다. 나만 아니면 된다는 기류들은 그의 눈짓에 행여 벗어나는 처세를 하고 있는 게 아닌가 하고 스스로를 점검하는 눈치다. 길쭉한 코는 그걸 후각적으로 감지하는지 그때마다 코를 실룩거리며 묘한 웃음을 짓는다. 이어 허산아를 흘겨본다. 그녀 또한 자유롭지 못한 처신을 간파하며 흡족한 표정을 짓는다.

그래, 이 정도의 관계라면 나 또한 사장이란 작자와 어떻게 한 밥을 먹으며 같은 공간 내에서 머릴 맞대겠어. 그는 허산아의 귀띔이 뇌리 속에서 그려진다. 지근거리는 머릴 식힐 겸 간혹 자릴 비울 때면 언제 들어왔는지 한 사장은 의자에 털썩 자릴 잡는다. 유선 전화기의 수화기를 급히 들어 지인 회사의 벤처 사장에게 전화를 건다. 잠시 후 낄낄거리며 눈 밖에 난 직원 흉을 보느라 배꼽이 빠질 지경으로 웃어댄다. 보는 앞에서 하지 않는 것만도 다행이지. 스스로의 위안을 찾아보지만 입술이 깨물어진다.

나에 관한 정보는 나의 의지와는 상관 없이 늘 이렇게 먼지 부스러기처럼 서서히 떨어지며 쌓이고 있었던 거야. 그리고 그들이 날 가늠할 때면 사장이란 공감대끼리 주고받은 단서와 실마리로 먼지 위를 짓누르고 지나간 발자국처럼 날 기억하겠지. 비록 전 사장과는 사이가 틀어졌어도 햇살 속에서 반짝이는 누런 먼지처럼 단 한 순간만이라도 자신과는 좋은 관계를 만들 수 있다고 생각하는 보스는 단연코 없을 거야. 만약에 그런 존재가 실제 있다면 그건 언제나, 한두 명 꼴이겠지.

빠끔히 열린 출입문 사이로 한 줄기의 어둠 자락이 길쭉이 들어선다. 그것이 삽시간에 흑과 백의 색깔로 번갈아 댄다. 건물 밖에선 해가 몰려드는 먹구름 층에 가리면서 일순간 번개가 쳐대는 성싶다.

이 분야에서 자기란 캐릭터가 더 이상 존재조차 인정받을 수 없는 영역이라고 판단을 내린 강산혜는 되레 한 사장을 꼴같잖게 본다. 서로의 눈빛이 한 치의 물러섬도 없이 맹렬해진다. 경력이 제일 많은 남다리는 어떻게든 이 사태를 무마해보려는 심상으로 이럴 땐 아랫사람이 먼저 수그리고 들어가는 거라며 언질을 준다. 다른 직원들도 이에 수긍하는 태세다. 하지만 이미 마음이 떠난 그에겐 소음공해로밖에는 전달되지 않는다.

일주일 전부터 회사를 그만두기로 마음을 굳혀가던 강산혜는 회의용 노트의 커버 안쪽에다 온전히 꽂아두었던 사직서를 늠름 꺼내 들어 한 사장에게 들이댄다. 얼떨결에 사직서를 받아 든 손이 움죽거린다. 빠끔히 열린 문 사이론 어두운 그림자가 음양을 바꿔가며 파드득 댄다.

"후회할 텐데."

"……."

주위의 모든 직원들은 사장의 경고성 발언에 호응하는 기세다. 순간 벼락치는 소리가 회의실 안까지 엄습한다. 모두들 가슴 한 켠이 뜨끔해진다.

"그래도 이곳보단 낫겠지."

"흐, 흐, 흐. 그건 네가 힘이 없다는 증거가 아닐까. 나보다 강하다면 굳이 이곳을 떠날 하등의 이유가 없잖아."

그는 직원들을 쭉 둘러보며 마지막 말을 잇는다.

"안 그래."

강산혜는 냉소를 짓는다. 이젠 한 치의 머물 이유도 채 느끼지 못한다. 그는 몸을 휙 돌려 출입문 쪽을 향해 나아간다. 나만 아니면 된다는 기류들은 그의 기세에 밀려 몇 발작 옆 걸음질을 놓는다.

"몇 주만 지나 봐. 이력서 들고 이곳 저곳 막 쑤시고 다닐걸." 남척추는 경험론자처럼 확증한다.

허산아는 떠나는 이의 뒷모습을 보며 연민이 일면서도 또 한편으론 개울 한가운데를 막 건너고 있는 홀씨 비행체를 떠올린다. 나 또한 저 뒤를 이어갈까, 아니면 꽃대에 매달린 민들레 홀씨의 구체처럼 아직은 바람 속에 서 있는 걸까. 허산아는 전자가 아닌 것만은 분명하게 인지한다. 그녀는 비장하게 사라지는 동료를 지켜보며 작은 소리로 인사말을 보낸다.

"안-녕."

어쩌면 한 사장의 예단처럼 회사를 그만둔 걸 바로 후회할는지도 모를 일이다. 더욱이 떠나는 건 언제나 힘없는 약자의 몫이라는 것이 결코 허튼 말은 아닐 게다. 그의 고개가 자연스레 숙여진다. 그래도 아직 가보지 않은 길이 있다는 건 그래도 어딘가에는 희망이 존재한다는 거다. 숙여진 눈빛이 번쩍인다. 문득 한 기억을 불러낸다. 의도치 않게 더 나쁜 경우의 수를 선택받았는데 오히려 그게 더 좋은 결과로 이어졌던 것을 말이다. 발길이 서서히 가벼워지고 있음이 느껴진다.

발치 아래에서 음과 양이 번갈아 처댄다. 홍채가 그 번쩍임을 파드득 잡아낸다. 힘을 내어 출입문을 밀려는 찰나 한 사장은 그를 보며 갈파한다.

"어딜 가나 세상은 힘있는 자가 지배하는 거야."

강산혜는 다시 한 번 냉소를 품으며 문을 힘껏 열어젖힌다. 돌연 검은 그림자가 돌풍처럼 다그쳐 든다. 동시에 벼락치는 소리와 번개 빛이 그의 얼굴을 연달아 강타한다. 그는 본능적으로 머릴 숙여 웅크린 자세를 취한다. 간신히 실눈을 뜨고 사무실 바깥 벽면의 유리창을 주시한다. 시커먼 구름 장 하나가 아가리를 최대한 벌려 해를 목구멍 아래로 막 넘기는 순간 푸르스름한 벼락이 천둥과 함께 지상을 내리친다.

포식 공룡 티라노사우루스의 포효 소리가 멎었는데도 생사의 갈림길이 자꾸만 지체된다. 어이가 상실했음에도 둘은 이상함이 느껴질 정도다. 시방 온전히 성한 채 살아 있다는 것 자체가 기이함으로 다가든다. 한 사장은 X자 모양의 팔을 서서히 거두어들인 후 떨리는 사지와 눈으로 사위를 살핀다. 돌연 또다시 경악을 금치 못 한다. 뒤쪽으로 고갤 돌린 곁눈질에 티렉스의 턱주가리에 용각류의 목이 으깨어진 채 신음하며 주검을 맞고 있는 형국이 목도되고 있기 때문이다.

둘은 누가 먼저라 할 것 없이 숨 한 번 쉬지 않고 땅을 박차며 일어선다. 이어서 뒤도 돌아보지도 않고 꽁지를 보이며 냅다 줄행랑을 친다. 그것이 강 형사의 눈앞에 있는 위치 모니터에서 긴박하게 움직이는 노란 점으로 껌벅거린다.

"두 사람이 북동쪽 방향으로 이동하고 있어요."

눈가의 화살 별자리 여자는 길게 한숨을 내쉬면서 도청 스피커에 온 신경을 쏟는다. 귀가 절로 쫑긋 세워진다. 그녀의 이맛살은 점점 굵어지며 십자 선이 그려진다. 흘러나오는 소리가 육식공룡의 위장 속인지 아니면 바깥 풍경을 내달리는 둘의 거친 숨결인지 아직 분간이 서지 않는다. 다만 강 형사의 북동쪽 방향이란 말에 일말의 희망이 생긴다.

"티렉스의 위장 속이 아니어야 될 텐데."

그녀는 만찬 덩어리인 용각류를 제쳐놓고 결핍의 결정체인 두 인간을 사냥한다면 그건 폭군이 아니라 우둔한 육식 공룡일 뿐이라고 단정한다. 그래가지고선 이미 오래전에 멸종했을 개체다. 게다가 한참 가동 중인 수축과 팽창의 위산 과다 작용을 거스르며 북동쪽으로 방향을 틀고 거대한 체구를 행차한다는 걸 우연의 일치로 치부하기에는 역부족이라 결론 짓는다. 긴장과 초조함으로 오므라들던 안색이 다시 서서히 펴지는 기색이다.

POS

6

두 호모 사피엔스는 휘어진 산등성이 타고 북동쪽 방향의 돔을 향해 오르고 있다. 한낮의 태양에 반원형의 지붕이 은빛을 반사하고는 있지만 간간이 갈림길이 닥치면 행여나 산속에서 길을 잃을 성싶어 위치 탐지 기기를 꺼내 든다. 도착할 목적지와 방위각이 맞는지를 먼저 확인한다. 다음엔 앞 전에 눈여겨보았던 이동거리(안테나 수신 막대)와 비교해 경로가 단축되고 있는지를 점검한다. 강산혜는 타임머신 기지가 근접해지고 있음을 재확인한 후 흔쾌히 길을 잡는다.

산 중턱쯤 오르자 두 호모는 숨을 헐떡거리며 잠시 쉬어갈 곳을 물색한다. 다행히 눈앞에 큼직한 너럭바위가 우뚝 솟아 있다. 둘은 먼저라 할 것 없이 그 위로 올라선다. 돌연 등반했던 산등성이의 길이 굽이굽이 펼쳐진다.

상승기류는 두 사람의 얼굴과 머릿결을 부드럽게 만져댄다. 자연스레 시야는 더 아래쪽으로 향하다가 대뜸 예상 밖의 광경에 적이 놀란다. 뿔뿔이 흩어진 줄로만 알았던 용각류의 개체들이 다시 질서정연하게 행과 열을 맞추어 휘어진 강줄기를 따라 대이동을 하고 있는 게 아닌가.

세 지점의 영역으로 분할되어 폭거 사냥을 했던 티라노사우루스들은 포획물로 양껏 배를 채운 후 어디론가 자취를 감추었다. 아직 어린 티렉스 한 마리만이 큼직한 둥치로 서 있는 플라타너스의 나무들 사이로 흔들거리는 꼬리를 따라 깡쭁 뛰어대며 막 따라 들어서는 것이 포착될 뿐이다.

그들이 먹다가 남기고 간 용각류의 사체들은 내장이 들쑤시어진 속을 훤히 들어내 보인 채 제각각 널브러져 있다. 시시각각 송장의 피비린내가 잇달아 발산된다. 사위로 흩뿌려지고 있는 냄새의 파동입자들은 상승기류의 띠를 붙잡고 높이 솟아오른다.

미크로랍토르 구이의 무리들은 열풍에 온몸을 맡기며 양 산맥을 오고 간다. 제일 앞선 녀석의 콧구멍 속으로 냄새 입자가 소-옥 들어선 후 길쭉한 후각의 뇌로 직행한다. 녀석이 전율하며 카-악 소리를 지르자 그것이 마치 신호인 냥 뒤따르는 무리들이 동시에 짖어댄다. 그 광경을 지켜보고 있던 두 포유류는 몸서리치며 기겁한다. 순간이나마 하늘이 찢어지는 줄로만 알았기 때문이다.

녀석들은 만찬 덩어리들이 연이어 쏘아대는 시그널의 발신지 쪽으로 급히 방향을 틀어 떼거지로 몰려든다. 이어 상승기류인 열풍을 내리 가르며 급하강을 한다. 마찰력에 날개 부위의 공기 입자들이 뜨거워진다. 그 곳을 통과해 오는 가시광선의 하늘빛이 두 호모의 홍채 속에서 일그러지고 있다. 미크로랍토르의 비행체들이 만들어내는 자연현상에 이번엔 혀를 차며 경외감마저 갖는다.

맨 먼저 착륙한 놈이 겅중겅중 걸음걸이를 옮기어 송장 쪽으로 다가가더니 길쭉한 주둥일 벌려 단번에 살점을 물어뜯는다. 잠시 후 세 지점의 영역은 삽시간에 놈들의 날개더미로 덮힌다. 그것은 마치 날개의 깃털로 켜켜이 쌓아 올려진 무덤처럼 보일 지경이다.

어미 용각류는 동서의 두 산맥이 교차하는 지점 사이로 뱀의 꼬리처럼 빠져나가는 강줄기의 어귀에 서서 대행렬의 선두가 어서 오기만을 애타게 기다리는 처지다. 한참을 앞서서 흐르던 물도 그들의 뒤처짐에 재차 뒤돌아보는 고갯짓처럼 머뭇거림의 물결이 인다.

"저 아랠 내려다봐. 세상은 분명 힘이 지배하잖아." 바투 머리의 한 사장은 자신의 논리를 재확인한 냥 우쭐댄다.

"저 아래의 굴레는 포유류가 아닌 파충류의 속세간인데." 강산혜는 그의 오류를 가볍게 지적하며 냉소한다.

"……"

"파충류든 포유동물이든 무리가 거하는 곳엔 재갈이 물린 채 굴레를 뒤집어 쓴 자들과 그 속박의 고삐를 힘껏 당기며 앞으로 나아가도록 조정하는 자가 있는 거지." 한 사장은 잠시 휴지한 후 청자의 반응을 살핀다. 안색이 떨떠름해지고 있음을 읽어낸다. 이에 흡족한 표정을 지으며 마지막 구절에 힘을 싣는다.

"넌 아직, 내 손 안에 있어."

강산혜는 생태계의 먹이사슬과 같은 논평에 상대의 상판때기를 오지게 쏘아본다. 흥분해서인지 얼굴은 몹시 붉어진 채로 말이다. 팽팽한 긴장 사이로 날벌레 한 마리가 빠른 날갯짓을 해대며 쑥 지나쳐가다가 붉으락푸르락한 기색의 열기에 포식자를 만난 것처럼 놀라 성큼 날아간다.

기겁하며 달아나는 미물은 한 사장의 머리통에서 궤도 이탈을 한 것처럼 떨어져 비행한다. 그것을 보고 있노라니 회사를 그만두고서 몸소 겪었던 고뇌의 순간이 불현듯 상기된다. 지금 눈앞에 있는 이 인간을 얼마나 해하고 싶었던가. 하지만 그럴 때마다 그 무언가가 그렇게는 하시 말라는 시그널을 또 수없이 보내지 않았던가.

"왜 당신은 귀 기울여 듣지 않지?"

"지금 뭐라 했지?"

"이 세간을 움직이는 건 결국 완력과 같은 근육질이라 했는데, 그걸 쓸 때면 그렇게는 하지 말라는 소리가 네 안에선 정녕 들리지 않는 거야. 한 사장님."

주위가 떠나갈 듯 큰 소리로 상대의 질의를 조소한다. 곁에 서 있는 나뭇가지의 꽃술에서 한참 당분을 섭취하던 벌레 녀석이 자신의 더듬이를 정갈하게 닦아낸 후 안테나처럼 주위의 파동 입자를 잡아내어 점검한다.

"내가 몇 번이나 알려줘야겠어. 그건 너희 같은 약자들이나 모여서 하는 개똥 철학 같은 거야. 그거, 아무리 해봐도 결국 회사를 떠나는 건 사장인 내가 아니지. 더욱이 그대들은 내가 준 월급으로 생계를 유지하는 잔가지 위의 벌레들 같잖아."

이맛살이 굵게 일그러진다. 직사각형의 안경은 그런 그를 보며 묘한 웃음을 짓는다. 그러면서 바지 주머니 쪽을 힐끗 본다. 위치 탐지기와 도청 기능이 동시에 장착되어 있는 기기가 주머니의 겉으로 불쑥 돌출된 상태다. 결국은 녀석을 격분하게 해야 해. 그래야지 실수로라도 자백을 할 테니까 말이야.

느닷없이 한 사장은 따끔거렸는지 자신의 한쪽 뺨을 무의식적으로 때린다. 잠시 후 그의 손바닥엔 끈적끈적한 벌레 한 마리가 으깨어져 있다. 그것을 재킷의 자락에 신경질적을 비벼댄다.

이 상황이 고소한지 얼룩 줄무늬의 가슴은 그를 보며 조소한다.

바투 머리는 숙였던 고개를 서서히 들며 일갈한다.

"내 처자식을 죽게 했을 때도 남이 안 보이는 벽면에 숨어 서서 그렇게 킥킥거리는 그림자와 함께 웃어댔나."

강산혜는 움찔한다. 이젠 날 용의자에서 살인마로까지 내몰려고 해. 내가 정말 누군가를 의도적으로 살해해 놓고 벽면의 음영과 함께 웃을 수 있을 정도의 살인귀인가. 그는 스스로를 의심해 본다. 곧이어 고개를 저으며 도리질을 친다. 이젠 그의 취조 공세에 분개감이 치솟기보단 오히려 머리끝이 쭈뼛해짐을 지각한다. 이러다간 꼭 강력계 형사의 심문 앞에서 쩔쩔매는 범죄자의 처지로 전락하고 말 것 같은 강압감에 그는 시선을 산 아래 쪽으로 돌려 먼하(河)바라기를 한다.

출애굽기와 같은 대행렬의 선두가 어미 용각류의 인솔을 받으며 두 산맥 사이로 난 강줄기를 따라 활 모양으로 꺾어지고 있는 광경이 파노라마처럼 조망된다. 도열의 머리 쪽에 더 근접이 초점을 맞추니 재우치는 발걸음에 누런 흙먼지가 뭉게뭉게 일어난다. 맨 먼저 어미와 함께 시계에서 사라지는 녀석이 기차의 기적 소리처럼 울어댄다. 강산혜는 그 음향에 조금 더 가까이 가보려고 귀 기울인다.

"왜 시선을 똑바로 응시하지 못하고 죄지은 놈처럼 피하는 거지? 선불리 입을 놀리면 담벽에 드리워졌던 조소의 실루엣이 당장에라도 튀어나올까봐 그러는 건가?"

얼룩 줄무늬의 가슴은 다그치며 질책하는 음색의 톤이 발하는 쪽으로 귀찮다는 듯이 인상을 구기며 고갤 획 돌린다. 이어 직사각형의 안경을 한참 동안 뚫어져라 쳐다본다. 서슬 퍼런 침묵의 눈빛이 안경알 유리면에서 쨍하며 번쩍인다.

두 인간의 머리통을 따라 길쭉한 테이프를 감듯이 사인 곡선 그리며 날벌레 하나가 날아간다. 초당 200-300번의 날갯짓 소리에 둘의 짧은 적막은 깨진다.

"한 사장, 당신을 보면 내 항상 궁금한 게 있었어."

"지금 중요한 건 그게 아닐 텐데." 그가 비아냥거리며 말문을 가로채려 한다.

"좀 전에 언급을 했듯이 진정코 당신의 힘은 저 아래의 티라노사우루스와 같은 건가."

자신의 인생 철학인 〈파워〉를 하등 동물인 파충류에 빗대어 되묻자 자존감이 상했는지 그가 다소 얼굴을 붉힌다.

"넌, 그래서, 내가 싫어하는 거야."

"아니, 그러니까, 누구에게나 무게중심과 같은 삶의 선(善)이란 게 있는 거잖아. 그것이 저마다에 다소 차이가 있을 뿐이라 그렇지."

설복시키려는 그의 말귀에서 불현듯이 뭔가가 연관된 것인 것. 바투 머리 아래의 이마에선 섬광처럼 번쩍이며 갈지자가 그려졌다 사라진다. 강산혜의 눈이 순간 예리해진다.

"지금 옳을 선이라고 했나." 그가 예사롭지 않게 엄중히 되묻는다.

내 물음에 처음으로 진지해졌어. 어쩌면 녀석에게 선은 피뢰침 위에 떨어진 날벼락 같은 것인지도 모를 일이야. 조금 더 깊이 캐물어야겠다는 생각이 솟구친다.

"그러…니까, 달리 말하면 절대적인 순…수 같은 거라 해야 하나."

순수라는 단어에 또 한번 바투 머리 아래의 이맛살에 뇌편 자국이 번뜩였다 사라진다. 무의식의 영역에서 뭔가가 호출되고 있음을 강산혜는 매의 눈매로 다시 한번 직감한다. 한 사장의 입술이 천천히 움직인다.

"그래, 내게도 절대적인 진리와 같은 참됨이 분명 있었지."

그는 비탈 아래를 무심히 내려다본다. 열풍이 낙엽수의 가지들을 흝고 지나가는 게 비친다. 뇌리 속에서 옳음과 그름이 선명했던 사춘기 때가 헤지는 가지와 잎새들처럼 왔다갔다한다. 그러다 돌연 다발적으로 떨어대는 잎새 소리에 전자의 구름층과 같은 대뇌피질로 막전 하나가 치솟자 누군가의 목소리가 큼직하게 울려 퍼진다.

"학생, 너 방금 뭐라고 했어."

"아줌마가 그러면 안 되잖아요. 여긴 대중이 이용하는 공용버스 안이잖아요." 울컥 성이 나려는지 잠시 하던 말을 멈추고 숨결을 고른다.

"다들 불편함이 있지만 내색하지 않고 묵묵히 인내하고 가잖아요. 왜 아주머니 혼자만 그 난리예요."

공분을 간결히 쏟아낸 남학생은 다음 정거장에서 내리기 위해 버스의 하차 문 쪽으로 이동을 한다. 버스 운전기사를 향해 악다구니를 써가며 고래고래 소릴 지르며 난동을 떨었던 중년의 여성은 조그마한 녀석이 시시비비를 가리며 꼬박꼬박 대드는 게 너무 괘씸했는지 곧장 다가가더니 가슴에 착용한 명찰을 일거에 낚아챈다.

"너 어디 학교야."

한마루는 명찰을 쥔 그녀의 손에서 붉은 선혈이 튄 자국을 발견한다. 한쪽 가슴에서 완력으로 패용물을 이탈시킬 때 삐쭉 돌출된 핀이 검지의 안쪽에 긁히며 찔려나간 것이라 판단된다. 하지만 당사자는 격노한 탓 때문인지 쓰라림조차 인식하지 못하는 기색이다.

이름표야 다시 구입하면 되는 것이지 하며 열린 자동문으로 몸을 냅다 뺀다. 자신이 친 그물망에 순진하게 걸려든 포획물이 눈치 채고 돌연 사라지자 난사할 상대를 잃은 중년의 여성은 이래선 속이 영 안 풀리겠다는 생각인지 닫히는 문을 간발의 차로 빠져나간다. 그녀는 걸음을 재우쳐 횡단보도에서 녹색 신호등이 바뀌기를 기다리고 있는 바투 머리의 학생을 향해 성큼성큼 다가간다. 걱정 반 호기심 반의 심정으로 맨 뒷좌석에서 상황을 예의주시하던 승객들의 표정이 멀어지는 버스처럼 무심해진다.

"아, 저 아줌마 결국은 따라 내렸네."

"너, 얼른 잘못했다고 사과해. 그렇지 않으면 신상에 좋을 리가 하나도 없을 거야."

한마루는 당최 이해가 되지 않았다. 버스 안에서 운전 기사에게 노발대발 윽박지르는 여자에게 어느 누구 하나 제지하지 않기에 어쩔 수 없이 자신이 나선 것밖에 없었다. 헌데 그녀가 다짜고짜 따라와서 사과부터 하라고 명령조로 주둥일 나불대고 있는 게 아닌가.

"내가 뭘 잘못했는데요. 오히려 사과를 해야 할 사람은 아주머니가 아닌가요."

"넌, 아직 어려서 뭘 잘 몰라."

"나도 알 만큼은 다 아는 나이에요. 함부로 무시 발언하지 마세요."

"공부밖에 모르는 놈이 어디 쓰디쓴 인생의 맛을 알겠어. 얼른 사죄부터 하라니까."

쓰디쓴 인생이란 구절에 한마루는 아버지가 불쑥 떠올랐다. 가끔씩 술에 잔뜩 절어 집에 들어오시면 자기를 앞에 앉혀 놓고 늘쌍 하던 훈계 반 넋두리 반의 골자 였다. 그때마다 잘 이해할 수는 없었지만 세상살이가 결코 쉽지만은 않다는 걸 적게나마 느끼곤 했었다.

"미…안해요. 이젠 됐어요?"

하지만 이미 생채기 자국이 선명한 감정엔 요 조그만 바투 머리의 녀석이 얄팍한 재간을 부려 순간의 위기를 모면해보려는 속임수처럼 비춰진다. 살다가 이젠 어린 놈한테까지 기만을 당한다고 생각하니 분통은 걷잡을 수 없는 지경에까지 이른다.

"이 쥐새끼 같은 새…."

그녀의 말이 채 끝나기도 전에 신호등이 녹색으로 바뀌자 한마루는 기다렸다는 듯이 사람들 사이를 비집고 잽싸게 건너편으로 돌진한다. 오고가는 인간들의 연막 속으로 갈지자의 잔영을 남기며 급히 자취를 감추는 모습에 또 한번 농간 당한 기분이다. 중년의 여성은 입술을 깨물며 손에 쥔 명찰을 뚫어져라 쳐다본다. 그때 스마트폰에 고갤 처박고 횡단보도를 건너오던 젊은 여성이 그녀의 어깨를 툭 치며 휙 지나간다.

"왜, 이 따위의 일은 꼭 도미노처럼 일어나는 거야. 내가 문제인 거야, 아니면 이 세상이 문제인 거야."

"……."

"그래, 다음엔 또 어떤 종자야."

젊은 여성은 조그만 액정화면에 골몰했던 두 눈을 그대로 들어 격한 소음이 들려오는 쪽으로 고갤 돌린다. 두 여인의 눈빛이 순간 마주친다. 중년의 여인은 혈안이 되어 당장에라도 득달같이 달려들어 머리끄덩이라도 있는 힘껏 잡아 뽑을 태세다. 스마트폰의 여자는 섬뜩함에 가슴이 덜컹한다. 일단 자리를 피하고 보는 게 상책이라 느껴진다. 얼른 꽁지를 보이며 황망히 자리를 뜬다.

"저것이 어디다 대고 눈깔질이야."

"오늘의 운세가 나쁘진 않았는데. 아, 재수 없어. 별꼴이야."

다음 날 Y고등학교 홈페이지엔 민원 하나가 올라왔다. 그리고 그 투서는 하루에도 똑같은 내용으로 몇 건씩 뜨기 일쑤였다. 민원청구의 내용인즉슨 이러했다.

Y고교에 재학 중인 3학년 2반의 한마루라는 남학생에게 어제 오후 승객이 다 지켜보는 버스 안 한가운데에서 어이없게도 욕보임을 당했다. 그게 너무나도 억울한 나머지 그날 그 시간 이후론 하루를 온전한 정신 상태로 버티기가 겨워할 정도에까지 이르렀다. 그래도 아직 공부하는 학생이란 걸 감안해본다. 따라서 본인이 직접 찾아와 그날의 행태에 대해 진정 어린 사죄를 한다면 다소나마 아픈 몸과 마음이 풀릴 것만 같다는 선처의 내용이었다.

투고의 내용은 사실 여부를 떠나 삽시간에 학교 안팎으로 퍼져 나갔다. 처음엔 클릭(딸깍)에서 클릭(딸깍)으로 시작하더니 나중엔 입에서 귀로 귀에서 다시 입으로 점점 확대되는 양상이었다. 뜻이 애매한 단어인 〈욕보임〉은 이상한 의미 쪽으로 방향이 틀어지더니 사람들의 마음 속의 그물망에서 끝내 걸러지지 못했다. 듣는 즉시 욕보임이란 어휘는 선정적인 뜻으로 대치되어 스폰지 속의 물처럼 빨려 드는 형국이었다.

"결국, 은유법이 문제야."

한마루는 사태가 이 지경에까지 온 것에는 A는 B라는 비유법이 사람들의 생각을 찰흙덩이처럼 마구 주무르고 있기 때문이라고 여겨졌다. 급우들은 저마다의 망상으로 점토를 차지게 빚어서 길쭉한 녹색의 칠판 앞에 세워져 있는 골격 위에다 갖다 붙인다. 곧 완성된 형상이 얼굴을 붉히며 교단에 서서 자신과 마주보고 있는 형세다. 그 형체는 누군가에게 욕보임을 행세하고 있는 자태였다. 마치 자신의 수치스러움이 자신을 욕보이고 있는 꼴이었다. 그게 사실이 아니라고 소리치면 칠수록 벗들은 그런 그를 조롱하듯이 쳐다보며 더욱 더 큰 소리로 마구 지껄여댄다. 선생님은 지금이라도 왜 이실직고하지 않냐며 추임새처럼 핀잔을 주어가면서 학생들을 이끌어간다.

바투 머리는 더 이상 참을 수가 없었다. 그는 두 주먹을 불끈 쥐어 책상을 있는 힘껏 내리치며 벌떡 일어선다. 일순간에 터진 충격파열음은 교실 한복판에서 폭발물의 파편 조각들처럼 사위로 비산한다. 경악한 급우들의 경직성에 시간은 마치 마비된 것처럼 보인다. 길쭉한 V자의 형으로 미풍을 가르며 창가 옆을 날아가던 제비는 자신의 의지와는 상관없이 두개골이 우측으로 꺾이며 몸체는 덜커덩거린다. 놀란 나머지 경기를 보이며 황급히 자취를 감춘다. 다시 초 바늘이 딸깍 움직인다. 모든 학우들과 선생님은 교실 한가운데로 상체를 움직여 바투 머리를 황급히 본다. 담임 선생님이 먼저 목청에 힘을 준다.

"한마루, 이럴 때일수록 뭐라 했어. 좌절하지 말라고 했잖아. 내 얘기 벌써 잊은 건 아냐?"

선생님의 훈계에 번뜩하며 정신이 들자 지금 자신이 보고 들은 것이 모두 허깨비임에 어리둥절해 한다.

"죄송해요. 제가 뭔…가를 착각했나 봐요."

미안쩍음을 표한 후 미혹해진 심신 탓인지 일어섰던 그대로 털썩 주저앉는다. 급우들은 제각각 원래의 자세로 흉부를 속속 되돌려 수업에 몰입한다.

정작 문제가 된 건 학부모였다. 명문대 진학률이 꽤 높은 학교가 욕보임으로 수치스러워졌다고 다들 이구동성으로 질타가 난무했다. 교장은 낯을 들고 다닐 수가 없을 처지라고 담임과 그 외 선생님들에게 학생 교육을 어떻게 시켰기에 이 지경까지 온 것이냐 하며 교사들을 힐책하였다. 그런 후 당장에 민원인을 찾아뵈옵고 사죄부터 하고 오라고 명한다. 행여나 모 방송국에서 이 불순한 내용이 사태 해결에 앞서 송출된다면 학교 명예의 추락은 걷잡을 수 없을 것이니 얼른 이 문제를 깔끔하게 처리하라고 다시 한 번 지시를 내린다. 만약에 민원인의 마음을 되돌리지 못하면 아예 학교로 돌아올 생각조차도 하지 말라고 으름장까지 놓는다. 담임은 한숨부터 내쉰다.

학생의 신변 보호보다 학교의 명예와 민원인에게 더 많은 가치평가를 두는 교장과 옥신각신하며 제자를 보호하는 쪽으로 물꼬를 틀어야 하나 아니면 빨리 현 상황을 수습하고 원래의 상태로 되돌아가야 하나. 갈림길에 선 그는 잠시 후 고개를 끄덕이며 후자를 선택한다. 세태를 거부할 순 없을 것 같았다. 혼자의 힘으론 자신이 처한 형편이 너무나도 역부족임이 명확했다.

잘못한 것도 없는데 오히려 민폐 유발자인 중년의 여성에게 거듭 사과를 한 끝에야 일은 마무리되었다. 위로하는 선생님을 뒤로 하고 홀로 돌아서 오는 길에 생각하면 생각할수록 끝끝내 자신이 옳다고 주장하지 못한 게 분하면서도 억울했다. 굴욕감에 이젠 자괴감마저 들 정도이다. 게다가 여태껏 절대적인 옳음이라고 믿어왔던 게 하루아침에 무력하게 허물어진 것이 아닌가. 그것도 몰상식한 인간에게 말이다. 당장에 눈앞에서 사과를 받겠다고 떡하니 버티고 있는 여인과

거듭 찔러대는 선생님의 억압감에 움츠러들기만 했던 자신과의 차이가 있었다면 그건 선도 악도 아닌 역(力)의 유무였다. 머릴 숙이며 용서를 구하는 바투 머리에게 중년의 여성은 꽤 흡족한 표정을 지으며 한마딜 던졌다.

"거봐, 내 말이 맞지. 인생은 쓰디쓴 거야."

이따금씩 술에 절었던 아버지의 얼굴이 오늘따라 다리 밑을 흐르는 물결에 일렁인다. 이어 뒤따르는 물줄기에 이지러지다가 늘어지기를 번복하며 이리저리 떠밀려 나아간다. 마치 힘없는 자들의 휩쓸림처럼 행렬은 잇달아 이어진다. 내리닫는 물소리는 모두가 이구동성으로 삶의 버거움에 아우성쳐대는 것만 같다. 이상하게도 멀찌감치서 아버지의 음성이 끊어질 듯 밀려온다. 그는 개천이 흘리가는 방향으로 속히 고개를 돌려 귀여겨듣는다.

오늘 네가 당한 수모는 흐르는 물처럼 결코 멈추지는 않을 게다. 그리고 저 아래 어디에서나 그들은 포식자처럼 이를 훤히 드러낸 채 약한 네가 오기만을 기다리고 있을 거다. 하지만 상대를 압도할 수 있는 세가 있다면 그들은 분명 너에게 굽실거릴 때조차도 조심을 기울일 것이다. 방금 전의 경청이 환청이란 걸 그는 잘 알고 있다. 하지만 두 눈이 스르르 감길 때면 이따금씩 양 귀의 고막을 스르르 두들기는 공기의 잔물결이 있었다. 돌이켜보니 그 파동의 근원지는 바로 빠끔히 열린 안방 문이었다.

아버지의 상은 갈지자로 일그러지면서 초승달 모양의 수로로 접어들더니 이내 안팎으로 세차게 갈라진다. 그 파열음이 한마루의 가슴

을 무심히 핥고 지나간다. 자신도 모르게 한쪽 손을 들어 앙가슴을
재차 문지른다.

용각류의 행렬 말미가 굵고 길쭉한 꼬리를 위아래 흔들며 두 산맥
사이로 난 길로 막 모습을 감추며 사라진다. 그러자 휘어져 돌아가던
강줄기는 다시 파노라마처럼 그의 눈에서 선해진다. 태양은 초식공룡
의 안녕을 기원하고 있는 것인가. 물결의 표면 위로 알알이 자신을 품
은 하얀 해꽃들을 인산인해처럼 피우고 있는 게 아닌가. 그 풍경을 바
라보고 있는 한 사장의 얼굴이 사위로 발하는 빛처럼 밝아지고 있다.
곧이어 몸을 돌려 자신의 과거를 몹시 빼닮아 보이는 강산혜를 물끄
러미 바라보다 한 구절의 어구가 예언자의 주술처럼 떠오른다.

"강산혜, 너도 곧 내 뒤를 따를 거야." 주문을 짧게 읊은 후 묘한 웃
음을 알쏭달쏭 짓는다.

"그게 무슨 객쩍은 소리야. 내가 물어…본 건 그게 아니었잖아." 기
대치와 달리 엉뚱한 답변에 강산혜는 욱기를 표출하고 만다.

"그래, 네 질의 맞다나 내게 절대적인 옳음이 있다면 그건 단연코
강력한 포스야. 이제 됐나."

"……."

"그러니까 내 물음의 의중은 그 강세한 파워에 혹여 부하가 걸릴 때
면 그렇게 하지 말라고 우리의 내부에서 어떤 시그널을 단속적으로
쏘아대지 않나. 이런 메커니즘의 안전장치를 외부로 표출한 게 전기장
치의 퓨즈가 아닌가. 나의 이 논거가 맞다면, 한 사장, 당신의 몸 안에
서도 분명 그런 신호가 간헐적이라도 발하고 있을 텐데. 혹여 일부러

듣지 않으려고 애써 무시하는 거 아냐." 강산혜는 자신의 논지로 상대를 갈파해 나간다.

"저 낙엽들을 봐봐." 묵묵히 듣고 있던 한 사장은 묵직한 어투로 상대의 주의를 나무 쪽으로 자연스레 돌린다.

얼룩 줄무늬 가슴은 직사각형의 안경이 가리키는 방향으로 마뜩찮게 눈길을 준다.

"만추가 되면 저 잎새들은 다들 떨어져 고엽이 되겠지."

"여기서 마른 낙엽이 대체 무슨 상관이야." 강산혜는 얘기가 샛길로 빠진 것에 답답한 냥 성마른 표정을 짓는다.

"방금 전 뭐라고 했지? 그렇게 하지 말라고 하는 소리가 들리지 않냐고 내게 힐문을 했던가. 그렇다면 지금 네 안에서도 내 얘기를 경청해보라고 하는 신호가 발산해야 되는 거 아닌가." 상대의 논지로 상대를 논박한 후 굵직한 기침을 두세 차례 해댄다.

"강산혜, 바닥에 여기저기 나뒹구는 낙엽이 타는 듯한 갈증에 겨워 온몸이 절로 말려지는 걸까."

"그야, 물론 그렇지 않겠어."

"흐흐흐." 당연하다는 투의 대꾸에 비아냥대며 웃는다.

"관찰력이 부족하군. 결론부터 개진하자면 죽은 낙엽은 절로 말라 비틀어지는 게 아니지."

"어째서 그렇다는 거지?"

"잘 들어 봐. 그건 말이야, 그 안에 어떤 포스가 존재한다는 거야. 시각적으론 결코 자신의 정체성을 보여주진 않아. 하지만 수분이 바닥

난 누런빛의 몸뚱어리를 끊임없이 끌어당겼다 놓았다 하며 비틀어대고 있는 거지. 하여 바람은 아무 때나 낙엽의 가슴을 비벼대는 게 아냐. 바스락바스락 낙엽 밟는 소리도 아무 때나 들리는 게 아니지. 결국 그들이 온 곳인 저 누런 흙 알갱이로 되돌아가기 위해선 반드시 없어서는 안 되는 물질인 거지. 모든 생명체가 가혹한 환경에서 멸종할 때도 다시 새로운 생명덩이를 탄생시켜 준 것도 돌이켜보면 꿈틀거림이었지."

여태껏 도청의 본분을 수행하고 있던 단발머리의 여자는 바투 머리의 논조를 쭉 청취하며 20여 년 전 그가 자신을 매몰차게 내팽개치고 부와 명예를 쥘 수 있는 여인을 택했던 것을 비로소 이해하게 된다. 한마루, 네가 날 떠난 건 결코 사랑이 식어선 게 아니라 결국 속세였었구나. 그래도 그녀는 머리가 아닌 가슴이 아려온다.

"용의자의 자백을 받아야 되는데, 왠지 일이 거꾸로 흘러가고 있는 거 같네요." 강 형사의 예리한 눈매가 화살자리의 눈가를 응시한다. 그녀는 가벼이 쥔 주먹을 입에 대고 헛기침을 재차 한다.

"아직 시간이 있으니, 조금 더 기다려봅시다."

남 모르게 20여 년 이상을 가슴에 부조해 두었던 신조를 끝내 입 밖으로 내어내서일까? 물방울 하나가 스스로의 무게에 이지러지더니 포스(POS)란 돈을새김 사이를 찌르르 내리닫는다. 그는 무의식적으로 앙가슴에 손을 갖다 댄다. 이상해, 녀석에게서 지금껏 느낄 수 없었던 동질감이 막 발아하고 있는 것 같아. 속내를 드러내 보였기 때문일까. 그는 조금 더 생각해본다. 강 형사의 언질대로 이 자백 프로그램의 핵심 포인터인 〈동고동락〉이 서로에게 공감을 갖는, 바로 이 지점에 와서야 봇물처럼 터지려 든다는 판단 성 추측이 퍼뜩 인다. 보스인 내가 이…정도인데 내색은 안 했지만 녀석에게선 벌써 물꼬가 트이며 주르르 흐르고 있겠지. 그의 입술 꼬리가 슬쩍 올라간다.

"강산혜, 왜 그랬어."

한 사장의 힘의 예찬론에 한껏 흥미를 느끼며 빠져들고 있던 찰나 예기치 않는 부드러운 질의에 생뚱맞아 한다.

"뭘…말이야."

"여기까지 왔는데, 더 갈 필요 없잖아. 여기서 사건의 전말에 대해 실토하는 것도 괜찮지 않겠어. 안 그래?"

"한 사장이 막판에 다시 시도하는데요. 이 시점에서 모든 게 일사천리로 끝났으면 좋을 텐데. 헌데 예감이 영, 그래요." 예리한 눈매가 감청의 두 귀처럼 쫑긋해진다.

"용의자도 결코 만만한 상대가 아니란 걸 피해자는 망각해서는 안 되죠."

"이번엔 더욱이 그런 것 같네요." 그의 눈이 본능적으로 다시 한 번 쫑긋거린다.

직사각형의 안경은 용의자의 기미를 예의 관찰하며 자신의 예측대로 빗장이 풀린 문이 바람에 밀리며 돌쩌귀의 소음이 삐걱 일기를 기다린다. 강산혜는 낚시 밥처럼 넌지시 던지는 자백 강요에 뇌꼴스레 한다.

"내가 무슨 떡밥에 몰려드는 금붕언 줄 아나. 어제 저녁에 아니라고 얘기했잖아. 처음엔 원망스레 널 해하려고 했던 건 사실이라고. 하지만 내 안에서 그렇게 하지 못하게 하는 뭔가에 이끌려 끝내는 그만두었다고. 내가 한 진술이 궁여지책 속에서 나온 거짓부렁으로만 간주한다면 한 사장, 당신이 듣고 싶은 대답은 이미 정해져 있는 게 아닌가."

자신의 결백을 단호히 주장한 뒤 바로 잇달아 두 귀를 의심할 정도의 내성이 들린다. 차라리 내가 그랬다고 할까. 뭘 잘못 들은 건 아닌가 하고 스스로를 의심해본다. 이해할 수가 없었다. 그 음성이 내부에서 재차 들리고 있지 않는가. 뒤돌아보면 웬수 같은 인간이 아니던가. 고작 요 1박 2일의 고락으로 녀석에게서 연민이 인 걸까. 만약에 그렇다면 그것이 용납이 되지 않는 모양이다. 자꾸만 도리질을 쳐댄다.

상대의 역공세에 한 대 된통 얻어맞은 한 사장은 녀석에게선 애초부터 연민이란 단어가 없었음에 몹시 실망한다. 이에 자신을 살해하려다 어처구니 없게 처자식을 죽게 한 의심은 확고히 굳어진다.

"내 안의 시그널, 그건 힘이 없는 약자의 변명거리일 뿐이라고 어제 저녁 분명히 지적해준 것 같은데. 고 걸 잊은 건 아니겠지."

"그래, 한 사장, 당신 말마따나 내가 약자인 건 분명한 사실이야. 하지만 난, 내 안의 안전장치와 같은 시그널을 갖고 있으며 그것을 때가 되면 언제든지 귀담아들을 수 있는 지력이 있는 존재야. 당신처럼 들어야 할 소릴 귀넘어듣지 않는다고. 그러니 함부로 날 살인 용의자로 몰아붙이지 마."

작사각형의 안경은 키득키득 웃어댄다.

"아, 그래서 한 손엔 비수를 쥐고 내 뒤를 그것도 까만 어둠 속에서 졸졸 따라다닌 게구먼. 거기다 변장까지 하고서 말이야. 역시, 훌륭해!"

용각류의 사체덩이를 뼈까지 발라내 먹어 치운 미크로랍토르 구이의 무리들은 하나둘씩 날갯죽지와 동체인 앞발과 뒷발의 갈고랑이를 이용해 근처의 교목 위를 탁탁 찍어가며 오른다. 한 사장의 눈매에 그 경쾌한 몸놀림이 멀거니 포착된다. 그의 경험치가 활공을 시도하려는 움직이란 걸 단번에 지각한다. 마음이 조급해진다.

"그래서 사람은 첫인상이 참 중요한 게야. 강산혜, 널 처음 봤을 때 어땠는지 알아? 인정미라곤 모기의 주둥이질처럼 없게 생겼더구먼. 여기까지 함께 죽을 고비를 수없이 넘기며 동고동락을 해올 정도면 모기란 놈도 본의 아니게 지가 지은 죄 정도는 인정할 정도의 감성은 가지고도 남았을 성싶겠다."

강산혜는 자신의 속마음을 꿰뚫어 보고 하는 독심술은 아닐까 하는 생각에 어깨와 목이 옴찔한다. 잠시 후 그럴 리는 만무하다며 피식 웃다가 해를 가린 거무스름한 기세의 물체에 허공 위쪽으로 급히 시선을 돌린다.

상승기류에 온몸을 맡긴 채 맨 먼저 떠오르고 있는 미크로랍토르 구이의 음영이 자신들이 서 있는 너럭바위의 바닥 위로 울퉁불퉁 늘어지고 있다. 그러면서 중천을 한참 지난 태양을 서서히 가리고 있는 게 아닌가. 둘은 두려움에 산 아래쪽을 급히 내려다본다.

교목의 우듬지 근처의 가지 위를 막 타고 올라선 녀석들은 즉시 날갯죽지를 최대한 힘껏 펼치며 급강하한다. 자유 낙하하는 몸체의 흥상과 양쪽의 날개가 바람을 유선형으로 가르며 내리닫는다. 동시에 물결처럼 갈라지는 공기의 알갱이들은 마찰열을 일으키며 상승기류에 가속도를 붙인다. 이에 놈들의 경쾌한 몸놀림은 활공으로 바뀐다. 여기에 열기의 부력이 치닫자 제일 먼저 길쭉한 주둥이의 대가리가 허공의 위쪽으로 꺾이기 시작한다. 깃털이 달린 채 방향타 역할을 하는 뒷다리는 땅에 닿을 듯하다 반등을 친다.

한 사장의 다그침은 돌풍처럼 불어 닥치고 있는 미크로랍토르 구이 떼의 공격적 성향 때문이라고만 여겨지지가 않는다. 강산혜는 뭔가가 좀 이상해지고 있음을 어렴풋이 감지한다. 그는 상대의 대꾸에 일일이 반응하지 않는 게 이로울 거라고 판단을 내린다. 게다가 지금은 이곳을 속히 떠날 때임을 직시한다.

"뭘 그리 서두르는 거야. 이젠 거의 다 왔잖아. 타임머신 기기를 이용해 과거로 되돌아가서 서로가 원하는 걸 확인만 하면 모든 게 해결되는 거 아냐."

"용의자의 결백 주장도 막상막하인데요. 아무래도 요번 사건은…." 강 형사는 실패할 확률 쪽으로 생각이 기우는지 어쩔 수 없다는 표정을 짓는다.

속세 속에서 잔뼈가 굵은 한마루인데, 쉽게 포기할 리는 분명 없을 거야. 그녀는 자기의 이익을 위해선 한때 자신을 매몰차게 내팽개쳤던 기억을 떠올린다. 어떻게든 결론을 내려 하겠지.

"아직 포기 쪽으로 확정을 짓긴 일러요."

산등성이 아래의 나무 사이로 뭔가가 언뜻언뜻 비치며 속히 오르고 있는 물체가 직사각형의 안경에 탐지된다.

"얼른 목적지로 이동을 하자고. 여기서 어벌쩡할 필요가 1각도 없잖아."

한 사장은 먼저 등을 보이며 방향을 잡는다. 그러면서 재킷의 안주머니를 만지작거린다. 거기엔 아직 2발의 실탄이 남아 장착된 리볼버 권총이 있다는 것에 왠지 모를 감사를 한다.

은빛 지붕의 돔과 누런 흙 마당의 반원형을 합치면 완벽한 원형이 되는 걸 둘은 단번에 지각한다. 이어 고개를 좀 더 위로 든다. 화살 표시형(〉)의 안테나 하나가 남서쪽 방향으로 아가리를 한껏 벌린 채 반구형 지붕의 좌측 뒤 위로, 웃자란 풀대 위의 꽃처럼 솟아있는 게 두 사람의 시야를 끌어당긴다. 양쪽으로 벌어진 한가운데엔 길쭉한 타원형의 물체가 붉은색을 띠며 꽃의 수꽃술처럼 도드라져 있다.

옆 방향으로 길쭉이 늘어선 두 사람의 그림자는 잠시 뜸을 들인 뒤 곧바로 길 한복판을 가로질러간다. 나란히 걸음을 옮길 때마다 황색의 두 발자국이 바로 뒤이어 쫓아온다. 옆쪽으로 슬쩍 눈길을 주니 샛길이 건물을 에둘러 치며 돌아가는 지세다. 그곳에도 인적의 자취는 감지되지 않는다.

반듯한 벽면 앞에 똑바로 선다. 두 사람의 실루엣이 허연 금속 재질의 문에 짧게 드리워진다. 한 사장의 흉상쯤에선 붉은색의 글씨체(ATI)가 도드라져 보인다. 본능적으로 그 지점에 검지를 갖다 대며 약간의 힘을 주어 누른다. 짧은 침묵 후 삐 하는 음과 함께 문이 양 옆으로 스르르 열린다. 현관문을 활짝 열어젖히는 정도의 공간이 확보됨과 동시에 내부의 안쪽으로 빛이 비스듬히 스며든다.

딸깍 소리가 인다. 태양빛만으론 부족하기에 강산혜는 왼쪽 벽면에 있는 전원 스위치를 습관적으로 올렸다.

궁륭 천장 아래에는 그들이 타고 올 때와 같은 타임머신이 똑바로 선 공룡의 알처럼 길쭉한 타원형을 형성하며 초승달 모양의 받침대와 동체가 된 채 돔의 내부 한복판에 덩그러니 놓여져 있다. 강산혜는 조만간 모든 난제가 단칼에 해결될 것 마냥 두 팔을 벌려 만끽하며 반긴다. 그의 너털웃음 소리가 둥근 천장에서 반향을 일으킨다. 이에 반해 한 사장은 재킷의 안주머니를 만지작거리다 턱주가리를 치켜 바깥쪽을 주시한다. 강산혜는 그의 턱짓거리가 열린 문을 빨리 닫으라는 뜻으로 해석한다. 속으론 식식대면서도 곧장 출구 방면으로 발길을 옮긴다.

"어, 어딜 가려고 그래?"

"문 닫으라며."

"허…. 그냥 놔둬. 햇살도 부드럽고 거기에 더할 나위 없이 공기까지 좋잖아. 안 그래?"

강산혜는 시큰둥하며 정면 문간쪽으로 반 거리쯤 가던 발치를 되돌린다. 퉁명스런 기색을 띠며 머리통은 치켜세운다. 그때 못 보던 것이 하나 더 눈에 들어온다. 옴폭 들어간 반구형 천장 한복판에 360도 회전 방향의 CCTV카메라가 짧은 크롬 막대에 매달려 장착돼 있다. 이곳을 보이지 않는 누군가가 감시하고 있다는 판단이 퍼뜩 인다. 하지만 선뜻 이해가 되지 않는 얼굴빛을 띤다. 아무리 빛의 속도일지라도 6,500만 년 전의 시공간인 이곳을 넘나들 수는 없는 노릇이 아니던가. 그는 이렇게 입속말을 해놓고 본능적으로 바지 주머니 밖으로 볼록 돌출된 위치탐지기기에 손길이 간다. ATI(사) 제어센터로부터 통신 메시지를 받았던 기억이 자연스레 상기된다. 정확히 이해할 수는 없지만 이곳을 엿보고 있다는 게 이젠 분명해진다. 고개가 연신 끄덕여진다. 그는 반가움에 약간의 장난기가 발동했는지 카메라의 눈을 향해 살짝 윙크를 한 뒤 손을 들어 재차 흔들어댄다. 하지만 저쪽 너머로부터 모니터의 각도를 살짝 비트는 등의 반응조차 없이 냉랭하자 곧바로 흥미를 잃는다. 신속히 과거로 돌아가 혐의를 벗어야 할 당사자로선 그게 그리 중요하게 받아들여지지 않을 터이기 때문일 게다.

한편 한 사장은 타임머신 기기 안으로 들어가 주위를 도리반거리며 설정 장치를 찾는다. 전면부 한가운데엔 다이아몬드 형의 화면이 현시되어 있는 게 즉시 눈에 띈다.

정점에서 정 반으로 나눠 왼쪽 위아래론 〈SET〉과 〈BEFORE〉의 버튼이, 오른쪽 위아래론 〈CANCEL〉과 〈RETURN〉의 버튼이 각각의 직각 삼각형의 모양 안에서 누군가의 손길을 기다리며 위치하고 있다. 기능적인 명령어들은 보자마자 의미 파악이 쉽사리 된다. 그는 〈RE-TURN〉의 누름 화면에서 머뭇거리는가 싶더니 바로 〈SET〉의 지시어 쪽으로 고개를 돌린다. 그러면서 예리한 눈매의 강 형사가 주의를 언급했던 명령 규칙 중 불상사로 이어질 수 있는 내용을 떠올린다. 만약에 과거로 돌아간 시간 여행자가 행여 과거의 나와 접촉이 이루어지면 현재의 나는 삽시간에 사라집니다. 잠시 뜸을 들이며 그 경고 문구의 의미를 곱씹는다. 혹시라도 작금의 내가 사라지…면 이곳에서 실패한 자백 프로그램의 프로세스가 재가동되는 허점은 아닐까 하는 찰나 느닷없이 모를 뭔가가 그의 뇌리에서 번뜩이더니 플랜 A와 플랜 B가 동시에 완성이 된다. 직사각형의 안경은 해죽이 웃으며 〈SET〉 누름 화면을 〈ENTER〉의 키보드 키처럼 힘껏 내리친다.

"다 끝났나 보지?"

"아니야, 조금 남았어. 타임 설정이 끝날 때까지 밖에서 대기하고 있어." 그는 신경질적이면서 명령조로 반응한다.

"RETURN키만 누르면 되는데, 도대체 한 사장은 지금 뭘 하고 있는 거죠. 행여, 내가 누누이 당부했던 주의사항 중 하나를 의도적으로 깨려고 하는 건 아니겠죠."

강 형사는 ATI(사) 실무 대표를 다급하게 응시한다. 그녀는 기다렸다는 듯이 CCTV 화면의 실행 명령어를 날쌔게 실행시킨다. 격자문양(+)의 창 화면 하나가 모니터에 바로 뜬다. 키보드의 화살표시를 이용하여 감청 스피커의 출력 음성에 적합한 영상 화면을 잡아내기 위해 카메라를 도리반도리반 작동시킨다. 강산혜는 각도를 앞뒤로 번갈아 돌아대며 내는 회전 모터의 음향이 궁륭 천장에서 송신용 접시 안테나처럼 반향을 일으키는 걸 인식한다. 팬스레 반기면서도 왠지 모를 불안감이 긴박하게 엄습해온다.

"빨리 출발하자고."

다그치는 동시에 타임머신 기기 안으로 재촉하여 들어서려 하자 시간 설정을 거의 끝마친 한 사장은 움찔하며 속히 재킷의 안주머니에서 리볼버 권총을 꺼내 들어 강산혜를 겨눈다. 나머지 한 손으론 검지를 치켜세워 맵살스레 좌우로 흔들면서 말이다.

"오, 아니지."

"오, 아니지." 어안이 벙벙해진 강산혜는 저도 모르게 상대의 부정어로 되받으며 뒷걸음질을 놓는다.

타임머신 기기의 문 밖으론 리볼버의 짧은 총신이 금빛을 발산하며 모습을 드러내는 영상이 CCTV 화면에 포착된다. 곧이어 권총을 들어 상대를 제압하고 있는 바투 머리의 전신이 망라된다. 강 형사와 단발머리의 여자는 숨을 죽인 채 현 상황을 예의주시할 뿐이다. 달리 해결책이 또렷이 없다는 게 현재로선 큰 낭패임을 자각하면서 말이다.

"강산혜."

"그래, 시간여행이란 기기 장비를 써서 사건 사고가 일어나기 전의 과거로 돌아간 다음 나의 알리바이를 확인하면 모든 의혹이 단숨에 해결되는 게 아니었어?" 도통 이해가 가지 않는 얼굴빛을 띠며 상대의 생각을 떠본다.

"넌, 다 좋은데 눈치가 없는 게 꼭 탈이야."

그는 고개를 서서히 도리머리한다. 강산혜는 몹시 맞갖잖아 하며 묻는다.

"그게 무슨 뜻이지?"

"허, 허, 허. 단도직입적으로 말하면 말이야, 여기가 어디인지를 아직도 너만 모른다는 거야."

"이곳은 타임머신 기기의 오작동으로 인해 잘못 이탈된 6,500만 년 전의 시공간이잖아. 게다가 분명히 문자 메시지도 받았던 걸 망각한 건 아니겠지." 하도 어처구니가 없음에 증명이라도 해 보이려는 의도로 위치탐지기를 꺼내 들려 한다.

이 진지한 몸짓을 지켜보던 직사각형의 안경은 퍽 재미있어 하며 연신 킥킥대다가 이내 궁륭 천장이 떠나가도록 조소한다. 그럴수록 강산혜는 멍하니 서서 상대의 낯짝만 흘겨본다. 쩌려보는 기세에 눌린 직사각형의 안경은 애써 정색 띤 얼굴로 되돌아온다.

"그래, 네 말마따나 여긴 공룡의 대멸종 전인 백악기 시대의 층이 맞아. 하지만 우리 둘이 이 과거의 시공간으로 불쑥 떨어진 건 결코 우연의 실수가 아니라 사전에 이미 계획된 프로그램이었지."

듣고 있던 강산혜는 이 지점에서 또 한번 어이를 상실한다. 그렇다고 격한 감정의 표출로 이어지기보단 녀석의 얘길 더 들어보는 쪽을 택하는 게 지금으로선 최선의 길이라 판단하며 맥동치는 흥분을 꾹꾹 눌러댄다.

"그래서."

"여긴 말이야, 용의자가 자신의 죄를 털어놓는 자백 프로그램의 프로세스 내야."

그제야 한 사장이 대화 중에 뚫고 들어갈 상대의 틈이 보일 양 싶으면 여차 없이 자신에게 재차 들이대곤 했던 질문 공세들이 사실은 자백을 강요받기 위한, 고도의 심리전이었다는 걸 비로소 자각하게 된다. 녀석이 속으로 자기를 얼마나 얕잡았을까를 환기하니 본인만 모른 채 대놓고 당한 꼴이 억울할 따름이다. 그렇다고 총을 든 놈에게 당장 내달아 후려갈길 수는 없는 지경이 아닌가. 생각이 여기까지 뻗치자 그는 이 위기의 사태를 슬기롭게 넘겨보는 쪽으로 어느새 마음이 기울어져 가고 있는 자신을 발견한다. 그는 머리 위를 올려다보며 검지로 반구형 천장에 장착된 CCTV를 기분 좋게 가리킨다.

"지금 이 나쁜 상황을 저쪽에서도 매우 심각하게 쭉 지켜보고 있을 텐데."

작사각형의 안경은 고 말이 툭 튀어나오기를 기다리고 있었다는 듯 너털웃음을 짓는다.

"상…관 없…어." 웃음이 잘 제어가 되지 않는 모양이다.

"왜…인 줄 알아? 아, 이거 너무 재미있는데. 흠, 잘 생각해봐. 만약 네가 6,500만 년 전인 이곳에서 재수 없게 생을 마감한다면 현재 우리의 관계는 어떻게 될까."

"그야, 애초부터 우리의 만남이 시작될 수 없…."

"바로 그거야. 내 아내, 자식을 너란 살해 용의자로부터 구할 수 있다는 거지. 네가 여기서 저 마당 속의 누런 먼지들처럼 소멸해준다면 말이야."

"그렇다손 치더라도 너의 범죄 행위가 저 위의 CCTV에 고스란히 녹화되고 있는데도 말이야?"

"역시 넌 생각이 짧아. 과거의 네가 소멸하면 현재의 너와 내가 연관된 모든 물질들은 한줌의 재로 영원히 사라지는 게 아니겠어." 그는 이 말을 해놓고 껄껄 웃는다. 강산혜는 상대의 논리 정연함 속에서 즉각 맹점이 될 만한 곳을 찾는다. 그리고 바로 그곳을 쾌히 찔러본다.

"혹시라도 현재의 네가 사라지지 않을 수도 있잖아."

그는 멍텅구리 같은 반박이라 하며 실소한다.

"이 자백 프로그램 중에는 결코 위반해서는 안 될 규정이 하나 있지. 그건, 과거와 현재의 두 존재는 같은 시공간 속에서 함께 공존할 수 없다는 거지. 만약에 두 물질의 거리가 충돌할 지점에 점점 근접해지면 그 중에 무한의 시간 속으로 영원히 사라지는 존재는, 미래에서 온 자일 뿐이지. 그래서 사실 너와 난 애초부터 사건 사고가 일어나기 전의 과거로 돌아갈 수가 없었던 거야."

진실을 들어 알고 보니 자신의 결백 알리바이를 확인하러 온 게 아니라 이들의 사전 모의에 속아 끌려 들어왔는데 여기서 한 발 더 나아가 이젠 의혹만으로도 죽을 수 있다는 것에 순간 억울함과 공포감이 급습해온다. 녀석이 겨누는 리볼버의 총신 구경이 이 순간만큼 큼직하게 보인 적도 없었을 게다. 게다가 금빛의 탄환이 방아쇠를 당기기만을 차분히 기다리고 있는 게 또렷이 보일 정도다.

"나만 빼고 탄환마저 침착해."

예리한 눈매의 강 형사는 자신의 두 손을 말끄러미 내려다보며 한숨짓는다.

"조만간에 내가 사라지다니, 과거의 내가 지금의 나를 알까. 아니 과거의 아내가 지금의 나를 알까."

"무슨 수를 써서라도 알려야죠."

단발머리의 여자는 풀이 반쯤 꺾인 강 형사에게 박차를 가하며 기를 불어넣으려 한다. 그리고 지금으로선 역설적이게도 시간의 고리 속을 끊임없이 맴도는 무한 루프에 빠지는 게 차라리 탈출구라 강변한다. 그렇지 않으면 우린 용의자인 강산혜를 결국 자백이 아닌 제거하려는 한 사장과 영락없이 공모한 꼬락서니로 전락되고 마니까 말이다.

마냥 듣고만 있던 강 형사는 절망의 바로 위 절망도 때론 희망의 계책이 될 수 있다는 것에 호기심이 발동된 걸까. 그의 눈과 귀가 다시 원상태로 회복되는 기미다. 그는 이마를 가린 앞 머리카락을 왼쪽으로 속히 쓸어 넘기며 팔걸이의자를 엉덩이에 바싹 당겨 앉는다.

"여긴 자백 프로그램의 프로세스 내이지 누군가를 죽음의 구렁텅이로 빠뜨리기 위해 작당 모의나 꾸며대는 소굴은 결코 아니죠."

"……."

"무한 루프로 한 단계 도약할 궁책…."

그녀는 사정없이 도리머리를 친다. 자기의 이익을 위해선 사랑했던 이도 버릴 수는 있었지만 그렇다고 누군가를 마음만 먹으면 해할 수 있는 살인귀 같은 족속은 결코 아니라고 애써 마음을 다잡는다. 또 다른 내면의 음성에선 뭐 그리 할 수도 있는 거 아냐 하는 의아심의 발언이 고개를 바싹 쳐들고 거듭 들이민다.

"정말 여기서 일을 저지를 건가."

상대의 진중한 물음에 직사각형의 안경은 대답대신 고개를 연신 끄떡인다.

"어떡해서든 막아 봐야죠." 예리한 눈매의 강 형사는 일단 메시지라도 전송해보자고 제의를 한다. 그녀의 능숙한 손길이 즉시 전송 내용 입력란을 꽉 채운 뒤 바로 날림 명령어를 실행시킨다.

청바지의 주머니에서 수신 알림벨이 긴박하게 울려댐을 인지한 강산혜는 머릴 들어 궁릉 천장 아래에 매달려 있는 CCTV 쪽을 올려다본다. 좌우로 딸깍딸깍 회전각을 주며 움직여댄다. 왠지 모를 안도감이 내리 전해진다. 이에 즉각 위치탐지기를 꺼내 들어 수신 내역을 확인함과 동시에 내용을 단번에 읽어낸다. 잠시 후 바로 고갤 들어 입가에 미소를 머금으며 기기에 현시된 문장들을 보란 듯이 한 사장의 낯짝을 향해 들이댄다.

"우린 살인 용의자의 자백을 받으려 했던 것이지 살해하려고 당신 둘을 그 험지로 보낸 게 아님을 여기서 다시 한 번 분명이 밝힌다. 게다가 상대를 아예 전멸시키려는 당신의 모략에는 결코 동의할 수 없다. 어떻게 해서든 당신의 일거수일투족을 기록 보존하기 위해 우리 ATI(사)는 온 힘을 쏟는 데에 한 치의 망설임도 없을 것이다. 방법이 없다고 생각하면 그것만큼 큰 착각은 없을 게다. 그러니 속히 총을 거두고 복귀 기능 버튼을 누르는 게 당신을 위해서도 진정 이로울 것이다. 다시 한 번 알린다. 총을 버려라."

"한마루, 얼른 총을 거둬."

"상황이 역전되어 가고 있어." 강산혜의 기색이 좀 더 밝아진다.

"강산혜, 다시 한 번 말하지만 넌 참 순진해. 널 죽이는…건 내가 아냐."

"이게 무슨 뚱딴지 같은 소리죠." 예리한 눈매의 강 형사가 CCTV

화면을 뚫어지게 본다.

"아뿔싸." 단발머리의 여자는 말문을 잃는다.

출입문의 한가운데에서 중천을 한참 지난 햇살을 등지고 서 있는 한 물체의 그림자가 둘 가까이로 길쭉이 늘어진다. 녀석은 공격적인 자세를 취하며 우측 뒷다리의 둘째 발톱을 초승달 모양처럼 세워 단속적으로 바닥을 탁탁 두드려댄다. 온몸을 감싸고 있는 모피는 황갈색의 빛을 띠며 사위로 발산된다. 간간이 삽상하게 이는 바람은 도가 머리에서 발끝까지 온 깃털을 부드럽게 날린다.

돌연 갈퀴의 발톱을 가진 길쭉한 앞발을 양쪽으로 힘껏 벌려 사방의 공간이 찢어지도록 새된 소리를 낸다. 강산혜의 얼굴빛은 삽시간에 사색을 띤다. 녀석은 그런 그를 향해 고개를 설설 흔들며 한발한발 다가온다. 중간쯤에 이르니 한 사장은 리볼버의 총구로 길쭉한 주둥이의 머리통을 겨눈다. 그러자 녀석의 양 어깨와 목이 움찔하며 걸음을 멈춘다. 아마도 고것으로 죽은 부하들과 애지중지했던 암컷이 떠올랐기 때문일 것이라고 한 사장은 소견을 낸다. 파충류에게도 분명 아픔이 있는 게야. 그는 그것을 증명했다는 것에 꽤 호쾌해 한다.

"강산혜, 그래도 난 너에게 출입문은 열어 놨어. 이제 죽고 사는 건 오로지 너에게 달린 것 같은데. 그럼 이만, 난 좀 바빠서 말이야."

혼자 덩그러니 남겨진 강산혜는 겁먹은 채 어찌할 바를 모른다. 빛이 들어오는 출입문을 경계로 마당에선 누런 흙 먼지가 바닥에 깔리며 자유로이 날리는데 그 방향의 길목을 약탈자인 벨로키랍토르가 당차게 막아서며 접근하고 있는 형국이다. 길쭉한 주둥이의 이빨 사이로는 타액이 넘실넘실 방출된다. 녀석은 휴지하며 침을 한 번 꿀꺽 삼킨다. 큰 동전과 같은 동그란 양안비복시론 점점 다가드는 얼룩 줄 무늬 가슴에게 호기심까지 보이며 고개를 설레설레 흔든다. 강산혜의 사지는 소름이 돋으며 전율한다.

"어떻게든 해봐야죠."

강 형사는 단발머리의 여자를 재촉한다. 그녀는 자신이 할 수 있는 비상 응급처치라곤 CCTV와 메시지의 전송밖에 없다는 것에 허망해한다.

강 형사는 돔의 한복판에 매달린 CCTV의 카메라를 응시하면서 다큐멘터리에서 보았던 제비 둥지를 연상한다. 그리고 그곳에서 알을 깨고 나왔던 제비 새끼들을 상기한다. 어쩌면 공룡에겐 천장에 설치된 저 물체가 둥지 속의 알처럼 보일 수도 있을지 몰라. 그의 눈이 번뜩인다.

"타임머신의 외부 디자인이 혹여 공룡의 알과 연관 있는 건 아니죠."

강 형사의 예리한 질문에 화살자리의 눈가가 퍼뜩 되살아난다. 그녀는 당장에라도 곁에 있는 이에게 얼굴을 들이밀어 볼에 키스라도 퍼주고 싶은 심정이다.

"한 사장은 의도치 않게 공룡의 알을 깨부수고 그 안으로 침투한 약탈자의 꼴이 되어 버렸어."

직사각형의 안경은 SET(설정)의 탑다운 메뉴에서 출발을 알리는 〈START〉 버튼을 가벼이 누른다. 곧이어 타임머신의 꼭대기 한가운데에 설치된 내장 스피커에서는 30초 후면 기기가 자동 가동됨을 알림과 동시에 허연빛의 출입문을 스르르 닫힌다. 막 닫히려는 순간 벨로키랍토르의 왼쪽 눈에 한 사장의 움직임이 포착된다. 녀석은 눈알을 부라리며 출입문을 뚫어져라 응시한다.

단발머리의 여자는 CCTV의 카메라에 미세한 각을 좌우로 번갈아주며 재차 움직여댄다. 그것은 마치 알의 껍질을 깨고 나오려는 새끼 공룡의 애면글면을 연상케 하려 함이다. 궁륭 천장 아래로 자연스레 쏘아대는 반향음에 녀석은 가늘고 긴 목을 들어 카메라를 주시한다.

강산혜는 포악한 육식공룡의 공습이 무슨 이유에서인지 재차 지체되고 있음을 감지한다. 그러자 한 올만큼의 생존 희망이 이 순간을 놓치지 않고 생명의 실 가닥을 가늘게 풀어내고 있음을 인지한다.

돌발적으로 방향을 어긋나게 트는 꺾기 전술을 사용하기엔 포식 공룡과의 거리가 너무 짧다고 가늠한다. 하지만 이 판단보다 한 발 앞선 무언가가 먼저 뒷걸음질을 시나브로 놓게 하고 있는 자신을 본다. 생각보다 빠른 게 내 안에서 날 움직이고 있어.

"녀석이 조건반사의 작용처럼 즉각 반응을 보이지 않는데요." 강 형사의 얼굴이 알 수 없는 불안으로 어두워진다.

"그래도 먹이 사냥감보단 위급한 알의 우선순위가 더 높을 텐데." 그녀는 자신의 소견을 접지 않는다.

타임머신의 기기가 회전을 시작하기 위해 초승달 모양의 받침대 위로 서서히 자기부상을 한다. 녀석의 앞에서 커다란 알이 둥 떠오르는 모양새다. 그것이 좌우 앞과 뒤로 기우뚱하며 회전을 시작한다.

266

포식공룡은 조금씩 자신의 손아귀에서 이탈되고 있는 얼룩 줄무늬의 가슴을 향해 안쪽으로 흰 이를 드러내어 날카롭게 짓는다. 피식자는 뒷걸음질을 놓다 멎는다. 눈은 휘둥그레지며 사지는 자신의 의지와는 상관없이 또 한번 부들부들 떨어댄다. 먹잇감을 제어권 내에 확실히 못박아두었다고 판단이 서자 포식공룡은 위태로운 팽이처럼 갸우뚱 돌고 있는 타임머신 기기를 향해 훌쩍 뛰어오른다.

경쾌한 몸놀림으로 먼저 초승달형 받침대 위로 안착하려 한다. 두 발이 옴폭 들어간 바닥에 닿으려는 순간 유선형으로 떨어지는 속도의 힘만큼 자기부양은 반동력을 일으킨다. 몸뚱이가 위로 솟구친다. 먼저 상반신이 기기의 회전력에 의해 오른쪽 방향으로 틀어지며 꺾인다. 녀석은 타임머신의 상부 위쪽으로 길쭉한 앞발을 최대한 벌려 알을 낚아채듯 움켜잡는다. 이젠 떨어지지 않기 위해 하반신의 엉덩이와 두 발치를 사용해 꼭대기 위를 타고 오른다.

때는 이때다 하며 얼룩 줄무늬의 가슴은 한 치의 망설임도 없이 누런빛의 흙 마당을 향해 힘껏 달음박질을 친다. 쏜살같이 내달리는 영상에 강 형사와 단발머리의 여자는 서로를 부둥켜안고 몹시 호쾌해한다. 그러다가 별안간 정신이 퍼뜩 드는 모양이다. 먼저 여자가 안면에 정색을 띠며 옷매무새를 한다.

"이젠 어떻게 무한루프를 탈출하느냐만 남았어요."

출입문 밖으로 운 좋게 위급 상황을 면한 강산혜는 벽면에 등을 댄 채 붉은색 글씨체의 (ATI)버튼을 긴박하게 눌러댄다. 혹시라도 방출될 자기장의 감마선을 최대한 피해보려는 심상이다. 양쪽 방향의 미닫이는 다급한 심정에 비해 답답할 정도로 느리게 작동한다. 마주보는 면이 거의 맞닿으려는 순간 뭔가가 휙 날라와 출입문의 정 중앙과 오지게 부딪친다. 이어 퉁겨 나가떨어짐을 감지할 수 있는 충돌 음이 연이어 짧게 전해진다.

숨을 가다듬으며 다시 문을 폐쇄하려 애쓴다. 하지만 전혀 진척이 없다. 혹여 버튼 외의 곳을 무턱대고 누르고만 있는 건 아닌가 하며 고개를 돌리는데 빠끔히 열린 문턱 아래로 벨로키랍토르의 앞 발치 하나가 삐죽이 돌출되어 배의 닻처럼 걸려있는 게 아닌가.

갈고랑이의 앞 발치를 안으로 밀어 넣을 엄두가 도무지 나지 않는다. 그렇다고 여기서 더 이상 머물 수는 없을 지경이다. 벌써부터 문 틈 사이론 자기장의 파동이 넘실거린다. 샛길로 피하는 게 상책이라 여기며 몸을 냅다 빼려는 찰나 느닷없이 출입문이 철거덕 닫혀버린다. 탄소나노튜브 재질의 하단 표면엔 그 짧은 폐쇄의 순간 갈퀴의 발톱에 긁힌 자국이 지그재그를 그린 채 역력히 남아 있다.

"한 사장은 또 다른 시공간 속으로 사라진 거야. 어쨌거나 그의 계획은 여기서 실패했어."

하지만 곧 그는 섣부른 판단이라 여기며 방금 전 내린 결정을 취소한다. 도리머리를 세차게 친다. 그가 얼마나 용의주도한 인물이었던 가를 망각하고 있는 자신을 보면서 말이다.

"한 사장은 분명 내가 미처 인지하지 못한 플랜 B까지 짜놨을 거야."

다시 돔의 내부로 들어선 그는 가리가리 찢어진 채 여기저기 널브러져 있는 벨로키랍토르의 사체덩이들을 눈여겨본다. 타면서 그을린 터럭발의 냄새가 공간을 진동한다. 그는 코를 심하게 찡그린다.

타임머신의 기기 앞으로 다가가 출입문의 버튼을 누른다. 안으로 들어선 그는 전면부에 다이아몬드 형으로 현시된 매뉴얼 화면을 응시한다. 제일 먼저 RETURN(복귀)의 기능 키가 인식된다. 돌연 경직된 긴장이 풀려서일까 누적된 고단함에 삭신이 쑤시고 아파 온다. 일단 어깨와 목덜미를 좌우로 틀어대며 경동맥의 혈액 순환을 원활이 돕는다.

이젠 모든 걸 접고 되돌아가고 싶은 심정이 일뿐이다. 그런데 그렇게 하면 안 된다는 시그널이 복귀의 전환 국면에서 불쑥 돌출되어 딴죽을 걸어댄다. 그는 이 의아함에 대해 곰곰이 헤아려본다. 잠시 후 현재의 시공간으로 복귀한다고 해서 살인 용의자의 누명이 완전히 해소되는 건 아니란 결론에 이른다.

"그렇다면 어디로 가야 하지."

그는 팔짱을 낀 채 조금 더 생각을 나아가본다. 한 사장이란 낯짝을 다시 마주본다고 생각하니 진절머리가 절로 처진다. 그를 영영 안 볼 수 있는 길은 정녕 없는 것인가 하다가 문득 하나의 발상이 상기된다.

"현재의 시간보다 하루만 더 앞선 미래로 떠나면 어떻게 될까. 그가 오달지게 만나려는 건 언제나 24시간 전에 내가 남긴 궤적일 뿐이 아닌가."

순간 고소해하며 쾌재를 연발한다. 게다가 미래의 나는 분명 나이지 않은가. 하지만 허점이 전혀 없는 건 아니라는 의구심이 쑥쑥 일어난다.

한 사장이 언급했던 논리가 정면으로 반박하며 들어선다. 만약에 그의 두 번째 플랜이 홀연히 사라져 재 반복의 루프를 되풀이하는 거라면 미래의 나에게도 영향을 끼침이 전혀 없다고 보장할 수는 없을 터가 아닌가. 결국 그는 불안한 미래를 접는 쪽을 택한다.

"진정 녀석에게서 벗어날 수 있는 길은 없다는 건가."

강산혜는 청바지 주머니 속으로 자연스레 손을 집어넣는다. 아까부터 수신 벨이 울리고 있음을 감지하지 못했던 걸 인지했기 때문이다. 접수된 메시지 내용을 찬찬히 읽어나간다.

"당신은 결코 현재로 복귀해선 안 됩니다. 만약에 한 사장이 본인의 과거로 돌아갔다면 그는 분명 시공간의 틈 속으로 사라질 겁니다. 그렇게 되면 그와 연관된 모든 물질들도 그를 따라 조만간 자취를 감추게 됩니다. 결국 오늘과 같은 일이 다시 반복이 되는 거죠."

자신의 추론이 전혀 틀린 게 아니었다는 것에 재차 안심하면서 그는 계속 읽어나간다.

"이 무한 루프를 빠져나올 수 있는 열쇠를 쥐고 있는 건 현재로선 역설적이게도 살인 용의자인 당신뿐입니다."

자신뿐이라는 것에 그는 의아함을 가지며 계속 읽어나간다.

"당신이 결정적으로 용의선상의 목록에 오른 건 다름이 아닌 알리바이의 부재 때문이죠. 이로 인해 본인의 의사와는 전혀 상관없이 여기까지 내몰린 거죠."

그녀는 이쯤에서 잠시 머뭇거리다 강 형사를 일견한다.

"우린 기로에서 항상 최선의 선택을 해왔죠."

그의 응대에 고개를 끄덕이며 그녀는 새 입력란을 속히 채워 나간다. 수신벨이 울리자 강산혜는 기다렸다는 듯이 얼른 받아 읽어나간다.

"어쨌거나 지금은 우울한 푸념이나 뇌까릴 때가 아니라 현실을 직시하여 어떻게 하면 이 무한 루프의 궤도에서 이탈할 수 있는지를 궁리할 때입니다. 그런데 의외로 궁계는 간단합니다. 단, 당신이 이 사건과는 정말로 무관하다면 말입니다. 알리바이가 자연스레 성립할 수 있잖아요."

강산혜는 ATI(사)에서 전송한 메시지의 내용을 읽어나가면서 미로에서 출구를 막 찾은 이처럼 기뻐하며 고개를 연신 끄덕인다.

"하지만 이와는 반대라면 무한의 소용돌이에서 허우적대는 당신 곁엔, 한번 들러붙으면 결코 떨어지지 않으려는 거머리 같은 한 사장이 늘 대기하고 있음은 불을 보듯 뻔한 이치죠."

강산혜는 마치 그 일이 당장에라도 실현이라도 된 것처럼 오싹해하며 몸서리를 친다. 그러면서 상상의 시뮬레이션만으로도 감성은 고통을 받을 수 있다는 걸 또 한 번 자각한다.

"우리 또한 어떤 방식을 궁구해서라도 속절없이 반복되는 궤도를 탈출하는 데에 전심전력을 기울일 겁니다. 하지만 당신이 당신을 구하는 게 현재로선 최선의 지름길입니다. 그러니 행운의 여신이 당신과 꼭 함께하기를. ATI(사) 실무 대표로부터."

내가 날 구하는 게 모두를 구하는 궁극의 해결책이 돼버렸군. 이것이 그의 의지를 불러일으키는 모양이다. 그가 목을 풀며 자세를 반듯이 취한다. 그럼 이젠, 잠시 뜸을 들이며 생각에 잠기는가 싶더니 곧바로 설정 메뉴 버튼을 누른다. 시간 조작을 하다가는 어이없게도 굼적 놀란다. 메시지가 한 번 더 온 것이다. 거기엔 이렇게 씌어 있다.

"과거의 시공간이 가까워질수록 당신의 수중에 있는 위치탐지기 기는 이동 통신의 기능도 가능하다. 누군가에게 긴급히 콜을 하려면 아래의 눌림 버튼을 5초간만 누르면 된다. 다시 한 번 행운을 빈다. Good luck."

→ 사고 전날의 초저녁.

지하 1층의 주차장에 도착한 한 사장은 잿빛의 두건을 쓴 이를 쏜살같이 뒤따라가 바로 등덜미를 낚아챈다. 후두가 널름 뒤로 벗겨진다. 뒷골이 분명 강산혜임에 혹 하는 불안감은 삽시간에 사라진다. 몹시 경악하며 뒤로 당겨진 당사자는 상체가 어처구니 없이 틀어지며 고개를 돌린다.

서로는 서로를 응시하며 한참 동안 넋을 잃는다. 1초가 60초처럼 느껴지는 침묵 속에서 많은 생각이 갈지자를 일으키며 오락가락한다.

"녀…석이 아니었어." 수없이 보아온 뒤통수잖아.

"당…신, 지하 터널의 한복판에 차량을 그대로 주차해놓고 막무가내로 날 뒤쫓아온 거야." 그는 참으로 별난 인간에 어이없어하며 오히

272

려 놀라 뛴 가슴이 수그러들 기미다.

"왜 엘리베이터를 이용하지 않고 지하 주차장의 입구 터널인 오르막 길로 무턱대고 들이닥친 거야."

한 사장은 뭔 의도가 있는 게 아니냐는 듯 상대를 무섭게 째려보며 재차 몰아센다. 이에 후두 차림의 남자는 기세가 꺾이며 말을 얼버무린다. 아무나 저곳에 차를 세워놓을 수는 없을 텐데, 혹시 이곳의 터줏대감이나 되나 보나. 그는 위아래로 바투 머리의 직사각형 안경을 훑어보다 이내 말문을 연다.

"어제 이 아파트로 새로 이사를 왔는데, 그 전에 살던 곳이 비…탈진 산골이라서 그래요." 그는 예사의 버릇이라는 듯이 두건의 마찰에 의해 떡이 된 머리카락을 재차 긁적인다.

"그러고 보니 이 아파트 단지의 총괄 책임자이신가 봐요."

"아, 이 일을 어쩐담." 한 사장은 자신의 손 끄트머리에서부터 손가락의 일부가 분진이 되어 주위로 흩뿌려지는 것을 본다.

차체는 내리막의 끝에서 덜커덕 소리를 내며 전조등 불빛을 위아래로 짧게 흔들어댄다. 두건의 남자는 지하 터널 내에 주차된 줄로만 알고 있는 차량이 쏜살같이 접근하고 있는 것에 어리둥절해한다. 더욱이 눈앞에선 운전대를 잡고 있는 이와 똑같은 형체의 육신이 원자의 알갱이들로 분산되며 허공 위로 비산을 하고 있는 걸 목도한다.

그는 대거 질겁하며 엘리베이터가 위치해 있는 방향 쪽을 생존의 본능처럼 급히 찾아낸다. 그리로 재우치며 걷는 발치는 점점 속보로 바뀐다. 두건을 다시 훅 뒤집어 쓴다.

직사각형의 안경은 브레이크를 살살 밟아가며 사위로 분산되고 있는 부스러기들을 눈여겨보다 본인도 모르게 차창 문을 열고 손을 서서히 내민다. 하지만 눈썰미는 자꾸만 멀어지고 있는 낯익은 뒤통수를 응시한다.

같은 시간 거리의 빛은 시나브로 어스레해지고 있다. 앞 머리카락이 행운의 여신인 허산아는 편의점 옆 통로에 서서 통화 중인 강산혜를 기연가미연가하며 다가온다. 거리가 좁혀질수록 앙가슴에선 먼저 반김이 인다. 그녀는 한쪽의 귀에 휴대폰을 대고 고개를 살짝 기운 채 발신자의 음성에 귀를 기울인다.

"허산아 씨, 지금 내가 하려는 말을 듣고 머리가 어리둥절할지라도 분명 난, 가까운 미래에서 온 나예요."

그녀는 실없는 농담인 줄 알고 피씩 웃어댄다.

"방금 들은 얘기가 당최 얼토당토않다고 생각이 든다면 그냥 그 자리에 서서 고개를 돌려봐요. 절대 놀라 혼절하지는 말고요."

의아심에 그녀는 지시한 대로 찬찬히 뒤돌아본다. 조금 먼 발치서 또 다른 강산혜가 어스름한 거리의 주변을 도리반거리는가 싶더니 이내 걸음새에 힘을 주어 또박또박 다가오고 있는 게 아닌가. 앞 머리카락에 가려진 동공이 커진다.

"대체 무슨 일이 일어나고 있는 거죠?" 그녀는 자신도 모르게 두상을 흔들며 묻는다.

"아니, 혹여 쌍둥이인가요?"

그녀의 질문에 헛웃음을 짓는다.

"난, 곧 시공간 속으로 사라질 존재예요. 그래서 당신에게 부탁을 하나 하러 온 거예요. 하지만 결코 어려운 청은 아니니 부담은 갖지 말아요. 뒤에 오고 있는 나와 잠시 머물며 함께 커피를 하면서 이런저런 담소나 나누면 돼요. 그게 전부에요."

"그게 전부라뇨. 지금 날 놀리는 거 아녜요? 내가 맹추나 되는 줄 알아요."

그는 빈 손바닥을 앞뒤로 돌려보며 유심히 살핀다. 아직 사라지지 않고 있는 형체에 짐짓 여유를 갖는다.

"조금 전 나의 진술에 시답잖아 하니 직접 당신 앞으로 다가가 사실임을 보여줄게요. 그러니 그 후엔 내가 요청한 대로 꼭 들어주기만 하면 돼요. 그게 전부예요."

이동형 전화기를 끊자마자 그는 곧장 허산아 앞으로 또박또박 다가간다. 상황이 도통 이해가 가지 않아 어리뜩해진 그녀는 좁혀오는 그를 보며 이젠 얼굴이 상기될 지경이다. 그런 그녀와의 거리가 근접해질수록 마녀의 주술에라도 걸린 듯 몸통의 언저리부터 누런빛의 흙먼지가 일면서 오고가는 바람에 이리저리 휘날린다. 경악한 그녀의 등 뒤론 또 다른 강산혜가 걸음을 재우치며 속속 다가온다.

길을 가던 행인들 중 일부는 그 광경을 보며 혼비백산하고 또 일부는 호기심에 가득 찬 눈길로 찰나의 기이함을 사진 한 장에 담아 보려고 시도한다. 여기저기서 플래시가 번쩍번쩍 터진다. 그녀의 눈앞에서 전신이 비산하고 있는 강산혜는 마지막 안간힘을 다해 한 발 더 다가들어 인사말을 건넨다.

"와줘서 고마워요."

입 밖으로 내어진 음성이 먼저 홀연히 소리를 감춘다. 그 뒤를 마저 남은 입술의 형상이 흩뿌려지며 뒤를 따른다.

"왔어요. 산아씨."

그녀는 말문이 막힌 채 다정한 어감이 들려오는 등뒤로 몸을 돌려 강산혜를 바라볼 뿐이다.

→ 다음 날 오후.

한 사장은 상체를 웅크린 채 병원 휴게실의 한 의자에 앉아 있다. 조금 전 의사로부터 아내와 아들의 사망 소식을 접했다. 교통사고로 살아남은 건 본인뿐이라는 것에 슬픔과 죄책감이 동시에 가슴 한복판을 쑤시고 들어온다.

병원 방문자들은 무관심한 얼굴로 그의 주변을 오고가며 지나친다. 이따금씩 흐르는 시간이 절름거리기라도 한 듯이 방문객들의 이동 움직임은 멎다가 다시 움직이기를 반복한다. 하지만 어느 누구도 그것을 인식하진 못한다. 마치 모든 이 우주의 물질이 돌고 있는 레코드 판의 트랙 선에 배열된 채 시간의 바늘이 알 수 없는 이유에 간간이 튀어대는 것처럼 말이다.

또각또각 구두 발자국 소리 하나가 점점 근접해옴을 인지한다. 바투 머리 아래의 두 귀가 본능적으로 쫑긋거린다. 그러면서 이해하기 힘든 아련함이 맘 한구석에서 울려대고 있음을 감지한다. 그것은 아내가 귀가할 때면 실내에서 아들과 함께 머릴 벽면에 대고 귀여겨듣던 발치의 음이었기 때문이다. 더욱이 그 발소리는 함께 재잘거리며 걷는 이웃집의 여인들과는 확연히 구별됐다.

그는 자신도 모르게 다가들며 커지는 의성어의 방향 쪽으로 상체를 펴며 돌린다. 바로 그때 뚜걱뚜걱 소리가 똑 멎는다. 걸음을 멈춘 채 고갤 살짝 숙이며 내려다보는 아내의 얼굴엔 왠지 모를 빛이 푸르스름하게 사위로 발산되고 있다. 그것은 마치 죽음의 문턱까지 갔다가 아직 때가 아니라 막 되살아 돌아온 이의 모습이었다. 눈이 부신 입술이 그간의 사정을 알리기 위해 잔잔히 움직이려 든다. 더할 나위 없는 마음에 얼른 자리에서 일어난 그는 듣기도 전에 아내의 얘기를 낚아채며 반긴다.

"여보. 정말, 당…신이야?"

두 사람 사이에선 몇 번의 마른기침 소리가 들린다.

"한 사장님이, 되…신가요." 예리한 눈매의 강 형사는 상대의 감성 상태를 조심스레 헤아린다.

일반적인 교통사고가 아니라 누군가가 의도한 형사 사건일 가능성이 꽤 높다는 강 형사의 발설(사건의 경위) 내용에 직사각형의 안경알 너머의 두 눈은 번뜩인다. 더욱이 전자가 아니라 틀림없이 후자일 경우엔 타임머신의 기기를 이용해 과거의 범죄현장에 들이닥쳐, 일어날 사건을 사전에 예방할 수도 있다는 지점에선 눈앞에 있는 형사를 아내로 본 게 왠지 착각만은 아니라는 생각이 든다.

"혹여, 의심이 갈 만한 사람이라도 있나요?" 형사는 질문을 던진 후 예리한 눈매로 상대의 눈 놀림 하나도 놓치지 않는다.

직사각형의 안경은 사고 전날 밤 강산혜의 뒤통수와 꼭 닮았던 녀석을 승용차로 칠 뻔했던 일을 생각해본다.

지하 1층으로 통하는 터널의 커브 길을 막 돌아서려는데 느닷없는 인적 하나가 후두를 뒤집어쓴 채 돌출 변수처럼 튀어 들어온다. 충돌을 피하기 위해 최대한 브레이크 페달을 밟는 순간 꺾인 왼쪽의 앞 바퀴 측면이 코너의 턱 면에 할퀴며 급제동이 걸렸을 게다. 창문을 완전히 밀폐시켰는데도 지면과의 마찰음 소리가 공기의 장(帳)을 찢어댈 정도였다. 아마도 이때 타이어에 치명적인 흠집이 났을 것이란 추측이 든다.

당혹함을 추스른 뒤 곧바로 뒤쫓는 자신을 뒤로한 채 쏜살같이 달아나던 녀석의 뒷골이 엘리베이터의 문이 스르르 닫히기 직전에 달리는 차창 문으로 또 한 번 보였다. 그건 여지없는 강산혜의 그것이었다.

다음 날 가족과 함께 여행을 가던 중 간선도로에서 왼쪽 앞 바퀴의 터짐은 결코 우연한 사고가 아니라 누군가의 의도에 의한 것이란 확신이 자꾸만 굳어진다. 그는 고개를 연신 끄덕인다. 더욱이 자기 앞에선 불만이 많다고 항상 투덜거리기만 하다가 끝내 사표를 던지고 퇴사한 놈팡이가 아니었던가.

"있는 것 같네요."

"혹시 근래에 회사를 그만둔 직원인가요?" 예리한 눈매가 살짝 눈웃음을 친다.

278

"그걸 어떻게." 의아한 표정을 거두지 못한다.

"사전에 조사 좀 했죠. 헌데 이 친구는 알리바이가 확실합니다."

하지만 한 사장의 마음속에서는 형사의 고지에 어깃장을 놓으며 도리질을 쳐댄다. 녀석에게서 당한 일을 생각하니 가슴에 맺힌 응어리가 결코 사그라질 것 같지가 않다. 사장인 내가 이 정도인데 하물며 힘없는 아랫것은 앙갚음을 당할 때엔 오죽했겠는가. 당시의 첨예한 갈등을 상기하니 범행의 주체는 자연스레 강산혜밖에 없음이 또 한 번 단정 지어진다. 잠시 머뭇거리던 그가 조심스레 입술을 움직인다.

"범죄를 꼭 혼자서만 하는 건 아니잖아요."

"공범이 있다고 여기시는 건가요."

"확률상 그럴 경우의 수가 전혀 없는 건 아니죠." 한 사장은 말미에 강세를 높이며 눈을 희번덕거린다.

우주의 물질이 저장된 레코드 판의 트랙 선을 시간의 바늘이 읽어 나아가다가 느닷없이 연달아 툭툭 튀어댄다. 대화를 주고받고 있는 둘과 주위를 오고가고 있는 이들의 이동 몸짓이 정지화면의 순간 이동처럼 멎었다 움직이기를 반복한다. 하지만 어느 누구도 이 현상을 인식하지는 못한다. 강 형사는 짧게 휴지된 입술이 풀리며 상대의 질의에 덜거덕 응대한다.

"진범이 둘이다."

직사각형의 안경은 알 너머로 강 형사를 응시하며 확신에 차 눈씨한다. 이어 한쪽 입 꼬리를 살짝 치켜 올린다.

끝.

포스 POS

발행일 2020년 11월 5일

지은이 조상현
발행인 이용훈

발행처 북스원
출판등록 제 제 2015-000033호
주소 서울시 송파구 오금로44나길 5, 401호
전화 010-3244-4066
이메일 wisebook@empas.com
공급처 (주)비전북 031-907-3927

ISBN 979-11-955207-4-9 03810